루팡의 딸 2

DAUGHTER OF LUPIN

루팡의 딸 2

DAUGHTER OF LUPIN

요코제키 다이 지음

루팡의 딸이 홈즈의 딸을 만났다!

루팡 가문에 숨겨진 비밀은?

LUPIN'S RETURN

목차 루팡의 귀환

LUPIN'S RETURN

제 1 장

형사의 탄생

1. 탐정된 자, 진실 규명을 최우선으로 여기며 이를 위해서는 어떠한 수고도 마다하지 않을 것.
1. 탐정된 자, 항상 청렴한 마음으로 일하며 현세의 악을 근절하기 위해 매진할 것.
1. 탐정된 자, 매일 쉬지 않고 정진하며 동서고금 삼라만상을 거름 삼아 지식을 쌓고 그 능력을 발휘할 것.

아침 6시, 침대에서 내려온 호죠 미쿠모는 벽에 붙은 호죠 가문의 탐정 3개조를 소리 내어 읽었다. 미쿠모의 아침 일과이자 어릴 때부터 반강제로 지속해온 습관이라 스물세 살이 된 지금은 이 과정을 거치지 않으면 하루가 시작되지 않는 것 같았다.

커튼 사이로 부드러운 아침 햇살이 비쳐들었다. 커튼을 열자 한없이 푸르게 펼쳐진 하늘이 보였다. 그야말로 새로운 출발에 어울리는 쾌청한 날씨였다. 미쿠모는 화장실에 가서 나갈 채비를 시작했다. 세수하고 화장을 했다. 화려해 보이지 않도록 최소한의 화장만 했다. 오늘을 위해 새로 맞춘 회색 정장을 입고 성인식 때 엄마에게 선물 받은 진주 귀걸이를 하자, 완벽하게 외출 준비가 끝났다. 가방을 들고 펌프스를 신은 다음 집을 나섰다.

"안녕하십니까."

경찰청에 도착해 지나가는 선배들에게 깍듯이 인사하며 1층에 있는 식당으로 향했다. 식당에 있는 선배들은 대부분 가벼운 스웨터 차림이었고, 아침 일찍부터 단정하게 옷을 빼입은 사람은 미쿠모뿐이었다.

아침 식사는 뷔페식이었다. 일반 가정식을 좋아하는 미쿠모는 쌀밥과 된장국, 생선구이, 계란프라이를 골라 쟁반에 담았다. 식당 한쪽에 모여 앉은 여자 동기들을 발견하고는 그쪽으로 걸음을 옮겼다.

"안녕?"

"안녕, 미쿠모. 어? 옷을 벌써 갈아입었어?"

"응. 빨리 출발하려고."

"그렇구나. 역시 미쿠모는 다르네."

미쿠모는 의자에 앉아 수저를 들었다. 첫술을 뜨려던 순간, 가방 속에서 스마트폰이 깜박거렸다. 확인해보니 문자메시지가 와 있었다.

교토에 사는 엄마가 보낸 문자메시지였다. 짤막하게 '파이팅'이라고 적혀 있었다. 짧은 글 속에 담긴 엄마의 마음이 느껴져 군기가 바짝 드는 느낌이었다.

교토에 있는 미쿠모의 본가는 탐정사무소를 운영했다. 1950년대에 세워진 유서 깊은 탐정사무소로, 할아버지 호죠 소신은 20세기 홈즈라 불리는 탐정이었고, 아버지 호죠 소타로는 21세기 홈즈라고 불렸다. 두 사람 다 어려운 사건을 수도 없이 해결한 명탐정이었다. 호죠 가문의 뿌리는 오다와라성을 차지

한 전국시대 대영주인 호죠 가문이 아니라 카마쿠라막부의 집권을 세습한 호족인 호죠 가문의 방계라고 했다. 소타로의 외동딸로 태어난 미쿠모는 유서 깊은 호죠 탐정사무소의 공식적인 후계자로서 주변의 기대를 한몸에 받았다.

미쿠모는 그 기대에 부응하며 교토의 명문 고등학교를 나와 교토대학교 법학부에 단번에 합격했다. 사람들은 미쿠모가 대학교를 졸업한 뒤 바로 호죠 탐정사무소에 들어가 아버지 소타로의 후계자로서 탐정이 되리라 기대했다. 하지만 미쿠모는 그 기대를 저버렸다. 그녀는 가족들 몰래 경찰청 채용시험에 응시했고, 결과는 합격이었다.

미쿠모는 가족들이 반대할 것이라 생각했다. 하지만 예상과 달리 가족들은 미쿠모의 선택을 응원해 주었다. 그중에서도 엄마는 진심으로 기뻐하는 것 같았다.

'경찰청 좋지. 내가 대신 가고 싶을 정도다, 얘.'

엄마는 그렇게 말했다. 아버지 소타로는 뼛속까지 탐정인 사람이라 애초에 딸에게 큰 관심을 두지 않아서 찬성도 반대도 하지 않았다.

미쿠모가 치른 시험은 경찰관 채용시험이었다. 이른바 지방공무원으로서 경찰관이 되기 위한 시험이다. 사실 미쿠모 정도의 학력이면 국가공무원 종합직 시험을 봐서 흔히들 성골이라고 부르는 엘리트 관료가 될 수도 있었다. 하지만 미쿠모는 굳이 지방공무원으로서 경찰관이 되는 길을 택했다.

미쿠모는 올해 3월에 교토에서 상경하여 경찰학교에서 반년간 교육을 받았고, 오늘 10월 1일부로 경찰청에 정식 발령될 예정이었다. 그야말로 새로운 출발을 여는 아침이었다.

"사흘 동안은 연수래. 너는?"

"나도야."

"엄청 졸릴 것 같아. 어떡하지?"

미쿠모는 동기들의 대화를 한 귀로 흘려들으면서 묵묵히 아침을 먹었다. 이곳은 경찰청 여자 기숙사였다. 그 이름에서도 알 수 있듯이 여자 경찰관들이 머무는 기숙사로, 주로 젊은 20대 경찰관들이 이곳에서 생활했다. 하지만 매일 업무가 바빠서 기숙사는 사실상 잠만 자는 곳이었다.

"미쿠모, 본청도 처음에는 연수야?"

동기 한 명이 묻자, 미쿠모가 대답했다.

"응. 사흘간 한대."

경찰학교에서 교육을 마친 여경들은 보통 동네 경찰서에 배속되어 교통과나 생활안전과에서 일하게 된다. 하지만 미쿠모는 처음부터 본청으로, 그것도 매우 이례적으로 수사1과에 배속되었다. 채용시험도 만점에, 경찰학교 성적도 1등이었고, 심지어 집안까지 좋았다. 그런 점들을 인정받아 수사1과에 배속되었으니 미쿠모도 스스로 자랑스러웠다. 경찰청 수사1과는 유능한 형사들만 모이는 고수 집단이기에 가고 싶다고 해서 갈 수 있는 부서가 아니었다.

"나는 다 먹어서 먼저 일어날게."

아침 식사를 마친 미쿠모가 쟁반을 들고 일어났다. 퇴식대에서 식기를 정리한 다음 식당을 가로질러 현관으로 향했다.

경찰청 밖으로 나와 역 쪽으로 걸어가는 도중에 갑자기 뒤에서 인기척이 느껴졌다. 미쿠모는 돌아보지 않고 말했다.

"사루히코, 좋은 아침."

"좋은 아침입니다, 아가씨."

야마모토 사루히코. 나이는 딱 예순으로 오랫동안 호죠 가문을 위해 일해온 비서 겸 집사였다. 어릴 때부터 미쿠모의 시중을 들어주던 그는 호죠 가문과 함께한 세월이 어느덧 20년 가까이 되었다. 미쿠모가 상경할 때 그녀의 엄마가 붙인 감시자이기도 했다. 사루히코는 여자 기숙사 인근 공동주택에 살면서 항시 미쿠모의 행동을 지켜보았다.

"드디어 오늘이 왔군요, 아가씨."

"그러게. 그래도 어젯밤에 잠을 잘 잤어. 몸 상태는 아주 좋아."

"그것참 다행입니다."

오늘은 경찰관으로서 첫발을 떼는 날이었다. 미쿠모는 기분 좋은 긴장감이 느껴져 가슴이 설레었다. 모처럼 수사1과에 배속되어 형사가 됐으니 초일류 형사로 거듭나기로 마음먹었다. 초일류 형사는 아무리 어려운 사건도 결국에는 해결해내는 형사이다. 목표는 초일류 형사. 그냥 일류나 이류는 의미가 없다.

"아가씨, 위험합니다."

"앗!"

미쿠모는 앞에서 걸어오던 행인과 부딪치는 바람에 몸의 균형을 잃었다. 속수무책으로 엉덩방아를 찧었다. 사루히코가 손을 잡아 일으켜주었다. 미쿠모가 죄송하다고 사과하자, 그녀와 부딪친 샐러리맨 남자는 "제대로 보고 다녀!"라는 말을 남기고 사라졌다.

"아가씨, 조심하세요."

"사루히코, 고마워."

미쿠모는 무언가에 집중하면 주변에서 무슨 일이 일어나도 모르는 경향이 있었다. 그런 사람을 흔히들 덜렁이라고 부르지만, 미쿠모는 자신을 덜렁이라고 생각하지 않았다. 미쿠모가 정신을 다잡으며 말했다.

"이제 괜찮아, 사루히코. 다음에 같이 밥이라도 먹자."

"알겠습니다. 그럼 저는 여기서 이만."

사루히코가 고개 숙여 인사하고는 자리를 떴다. 미쿠모는 그 모습을 지켜보다가 지하철 계단을 향해 걸어갔다.

공무원은 원래 경직된 분위기의 행사를 피할 수 없다. 미쿠모는 오전 중에 경찰청 대회의실에서 열린 사령장 교부식이라는 행사에 참석했다. 오늘 새로 부임한 경찰관 한 명 한 명에게 사령장을 전달하는 행사였다. 요즘 같은 디지털 시대에 아직도 종이로 된 사령장을 전달한다는 데에 위화감을 느낀 미쿠모는 사령장을 PDF파일로 나눠주지 않는 이유를 이리저리 생각해 보며 지루한 시간을 견뎠다.

오전 11시에 사령장 교부식이 끝났다. 새로 부임한 경찰관들은 오후 연수가 시작되기 전에 자신의 발령지로 인사를 하러 가야 했다. 미쿠모는 수사1과로 발령난 사람들과 함께 수사1과로 향했다. 용맹하고 기골이 장대한 남자들 사이에 끼어 엘리베이터를 탔다. 미쿠모만 눈에 띄게 젊었고 여자라 더더욱 튀었기에 주변 사람들은 호기심 어린 눈빛으로 그녀를 바라보았다.

수사1과 사무실은 무척 넓었다. 책상 여러 개가 죽 늘어섰고 그 위에는 컴퓨터와 전화기, 개인 서류가 쌓여 있었다. 수사1과는 여러 반으로 구성되어 있으며 각 반은 서로 다른 사건을 담당했다. 지금도 형사들이 대부분 사건을 수사하러 나갔는지 전체 인원의 절반 정도만 자리에 남아 있었다. 오늘은 사령장 교부식이 있어서 그나마 많이 남아 있는 편인 듯했다.

"마츠나가, 잠깐 와보게. 이쪽이 너희 신입이야. 자네 반에서 잘 키워봐."

높으신 분이 그렇게 설명하며 미쿠모를 마츠나가라는 남자에게 소개했다. 마츠나가는 쉰 안팎으로 보이는 얼굴이 각진 남자였다.

"알겠습니다." 그렇게 대답하던 마츠나가가 미쿠모의 얼굴을 힐끔 보고는 순간 놀란 표정을 지었다. "어, 내가 마츠나가 반장이다. 너는 오늘부터 우리 반 사람이야."

"잘 부탁드립니다. 반장님, 혹시 무슨 문제가 있습니까? 제 얼굴에 뭐가 묻었나요?"

"아니. 문제없다. 소문으로 듣던 것보다 미인이라 놀랐을 뿐이야. 그보다…." 마츠나가는 헛기침을 하고는 말했다. "너는 이제 막 들어온 햇병아리다. 열심히 노력해서 한시라도 빨리 우리에게 도움이 될 만한 형사가 되도록. 잘 부탁한다."

마츠나가는 이미 미쿠모의 이력서를 훑어보았을 것이다. 어쩌면 속으로 잘못 걸렸다고 생각했을지도 모른다. 형사경력이 없는 신입이 수사1과에 배속된 것은 전대미문의 사건이었다. 미쿠모가 할 수 있는 건 결과로 보여주는 것뿐이었다. 그녀는 결의를 다지며 고개를 숙였다.

"열심히 하겠습니다. 앞으로 잘 부탁드-, 아, 죄송합니다."

고개를 숙이다가 지나가던 남자 형사의 어깨에 머리를 박고 말았다. 부딪친 상대는 서른쯤으로 보이는 준수한 남자였다. 그가 "괜찮아?"라고 묻자, 미쿠모는 조금 얼굴을 붉히며 대답했다.

"괜찮아요. 죄송합니다."

"마침 잘됐군, 카즈마." 마츠나가 반장이 젊은 남자 형사를 보며 말했다. "지난주에 말한 대로 네가 신입 교육을 맡아라. 그 유명한 21세기 홈즈, 호죠 소타로 선생님의 따님이다. 눈에는 눈, 이에는 이. 명문가 출신에는 명문가 출신이지. 미쿠모,

네 사수는 이 녀석이다. 카즈마, 실수 없이 해라."

미쿠모는 카즈마라는 남자 형사에게 인사했다.

"안녕하십니까. 오늘부로 수사1과에 배속된 호죠 미쿠모라고 합니다. 앞으로 잘 부탁드립니다."

"미, 미쿠모?"

"성이 미쿠모인 분들도 계시지만 저는 이름이 미쿠모입니다. 아름다운 구름(美雲)이라는 뜻입니다."

"그, 그렇구나. 이름이 예쁘네." 카즈마라는 남자 형사가 미소를 지었다. "나는 사쿠라바 카즈마다. 네 자리는 저기고, 나는 그 옆자리야."

"감사합니다."

사쿠라바 카즈마가 가리킨 곳에 빈 책상이 있었다. 미쿠모는 손에 들고 있던 핸드백을 그 위에 놓았다. 카즈마는 그 옆자리에 앉더니 책상 위에 놓인 서류를 훑어보기 시작했다.

"카즈마 선배님, 제가 도와드릴 일은 없나요?"

"지금은 괜찮아. 오후부터 연수잖아."

"네. 맞아요."

"오후에 네 컴퓨터도 올 거야. 내가 받아둘게."

오늘 오후부터 연수가 시작된다. 본청으로 처음 발령받은 신입이라는 의미에서 진행되는 신입 연수라 미쿠모 같은 초짜 경찰관뿐만 아니라 동네 경찰서에서 일하다가 본청으로 이동한 사람들 역시 똑같은 연수를 받을 예정이었다.

"연수가 끝나면 사건 수사에 투입될 거야. 수사1과로 발령받은 형사는 대부분 지방 경찰서에서 몇 년간 형사경력을 쌓은 사람들이라 너는 아주 이례적인 케이스야. 수사해본 경험은 없지?"

카즈마가 묻자 미쿠모가 대답했다.

"없습니다. 하지만 아버지가 하시는 수사에 협조한 적은 많이 있어요. 간단한 뒷조사 정도는 아버지 대신 처리하곤 했습니다."

미쿠모는 고등학생 때부터 탐정사무소에서 뒷조사를 도왔다. 사람들은 상대가 여고생이라는 사실만으로도 경계심을 낮추기 때문에 편하게 정보를 얻을 수 있다는 장점이 있었다.

"그렇구나. 역시 명문 탐정사무소의 따님은 다르네."

조금 비꼬는 듯한 말투였다. 미쿠모는 유치한 행동이라 느끼면서도 카즈마를 관찰하며 말했다.

"어제 밤을 새우셨군요. 잠복이라도 하셨나요? 따님은 몇 살이죠? 두 살? 아니, 세 살쯤 됐겠네요."

"너…, 그걸 어떻게…?"

"관찰력이죠."

정장에 잡힌 주름과 어깨에 내려앉은 비듬의 양을 보고 카즈마가 밤을 새웠을 것이라 판단했다. 그리고 옆에 앉아 있기만 해도 느껴지는 담배 냄새. 하지만 가슴께에 있는 주머니가 불룩하지 않은 것을 보면 카즈마는 비흡연자인 듯했다. 좁은 차 안에서 잠복하는 동안, 옆에 있던 파트너가 담배를 피웠을 것이다. 형사 드라마에서도 자주 볼 수 있는 장면이 연상되었다. 그리고 손가락에 낀 결혼반지로 보아 카즈마는 기혼자였고, 책상 위에 놓인 스마트폰에 아동용 애니메이션 스티커가 붙어 있으니 그에게는 어린 자녀가 있으리라 추측했다. 아들인지 딸인지 알 수 있는 근거는 없었지만 2분의 1 확률로 찍어 맞추었다.

그런 설명을 하자 카즈마가 감탄했다.

"와, 대단하다. 진짜 대단해. 지난주에 발생한 살인사건 용의자 때문에 어젯밤부터 잠복했거든. 집에 가고 싶었지만 오늘은 사령장 교부식이잖아. 반장님이 식이 끝날 때까지 집에 가지 말라고 하셔서 못 갔거든. 아무튼 대단하다. 21세기 홈즈의 딸이라는 말이 괜히 나온 게 아니구나. 솔직히 얕봤거든. 미안하다."

카즈마는 쾌활하게 웃으면서 얼굴 앞에 손을 모으고 사과하는 자세를 취했다. 미쿠모는 카즈마의 웃는 얼굴을 보며 그가 좋은 사람이라고 확신했다. 그러자 아침부터 느껴지던 긴장감이 조금 풀리는 것 같았다.

★

"아, 어머님, 안녕하세요. 안, 엄마 오셨다."

젊은 보육 교사가 부르자, 안이 뒤를 돌아보고는 미쿠모 하나코의 무릎 쪽으로 힘차게 달려왔다. 하나코는 달려오는 작은 아이를 안아 올렸다. 귀여운 볼에 뺨을 비비며 물었다.

"안, 착하게 있었어?"

"응. 착하게 있었어."

"정말?"

"정말이야. 엄마도 착하게 있었어?"

"엄마는 일했지." 하나코는 보육 교사에게 가볍게 고개 숙여 인사했다. "감사합니다. 내일 뵐게요."

"안, 잘 가."

"자, 안. 선생님께 인사해야지."

안이 보육 교사를 향해 자그마한 손을 흔들었다. 하나코는 신발장 앞에서 안에게 신발을 신긴 다음 딸의 손을 잡고 밖으로 나왔다. 오후 3시가 넘었다. 이곳은 스미다구 히가시무코지마에 있는 히가시무코지마 플라워어린이집으로, 올해부터 안이 다니고 있는 어린이집이었다.

여기서 15분 정도 걸으면 하나코가 사는 아파트가 나온다. 정확히 남쪽을 향해 걷는 중이라 오늘도 도쿄스카이트리의 실루엣이 선명하게 보였다. 하나코가 안에게 물었다.

"안, 오늘 점심에 뭐 먹었어?"

"으음…. 햄버그랑 미끌미끌."

'미끌미끌'은 파스타를 말하는 것이었다. 햄버그스테이크에 나폴리탄 파스타가 함께 나왔나 보다. 하나코는 집 냉장고에 무엇이 있었는지 떠올렸다. 어제 먹던 조림이 남아 있으니 채소볶음만 만들어도 저녁은 해결될 것 같았다. 오늘은 따로 장을 보지 않아도 되겠다.

"어린이집에서 재미있었어?"

"응. 오늘은 노래 불렀어."

"우와, 그래? 어떤 노래?"

안이 노래를 부르기 시작했다. '도토리 데굴데굴'이라는 동요였다. 하나코도 함께 노래를 불렀다.

안은 지금 세 살이다. 딸이 올해 4월부터 어린이집에 다니게 되자, 하나코는 우에노에 있는 서점에서 일을 시작했다. 예전에는 요츠야에 있는 구립도서관에서 사서로 일했지만, 개인적인 사정으로 퇴사했다. 대신 사서 자격증을 살려 서점 직원으로 일하게 되었다. 처음에는 여러모로 힘들었지만, 요즘에는 드디어 일과 육아를 병행하는 데 익숙해진 느낌이 들었다.

"하나코 씨, 안녕하세요."

"아, 아키 씨, 안녕하세요."

아들과 함께 슈퍼마켓에서 나오던 주부가 하나코에게 말을 걸었다. 같은 어린이집 엄마인 나카하라 아키였다. 그녀의 아들인 켄세이는 안과 동갑이라 반도 똑같은 해바라기반이었다. 아키는 막 장을 보고 나온 참인 듯했다.

"하나코 씨, 저녁 장은 안 봐요?"

"오늘은 괜찮아요. 냉장고에 남아 있는 재료로 해결할 수 있을 것 같아서요."

"나는 그게 안 되던데, 부러워요."

"익숙해지면 쉬워요."

아키는 싱글맘이라 낮에는 신주쿠에 있는 백화점에서 의류와 관련된 일을 했다. 옷 스타일이 어딘지 모르게 세련돼서인지 엄마들 사이에 있으면 조금 튀어 보였지만, 하나코와는 마음이 잘 맞아서 가깝게 지내는 사람이었다. 아이들끼리도 사이가 좋아 지금도 둘이서 동요를 부르며 놀고 있었다.

"그럼 저희는 이만 갈게요. 안, 다음에 보자."

"안녕."

교차로에서 아키 모자와 헤어진 뒤 하나코와 안은 육교를 건너 집으로 향했다. 하나코는 5년 된 12층 아파트의 8층에 살고 있었다. 방 두 개와 부엌, 식당이 있는 구조였다.

열쇠로 문을 열고 집 안으로 들어갔다. 안에게 세수와 양치를 시킨 다음 하나코는 서둘러 저녁 준비를 시작했다. 먼저 쌀을 씻어 밥솥에 넣고 취사 버튼을 눌렀다. 그리고 냉장고 문을 열려고 하다가 거실 테이블 앞에 앉은 안이 눈에 들어왔다. 도토리 같은 열매를 손에 쥐고 있었다. 설마….

하나코는 행주로 손을 닦으며 안에게 다가갔다. 안은 역시나 도토리를 손에 들고 있었다. 그것도 한두 개가 아니라 그 자그마한 손으로 다 쥘 수도 없을 만큼 많은 양이었다.

"안, 이 도토리 어디서 났어?"

안은 대답하지 않았다. 도토리를 가득 움켜쥐었다가 떨어뜨리는 놀이를 할 뿐이었다. 안이 직접 도토리를 주워온 것이라면 괜찮았다. 하지만 하나코는 짐작 가는 데가 있어 불안했다. 그래서 한 번 더 물었다. "안, 이 도토리 어디서 났어?"

"켄세이한테서…."

조금 전에 만난 나카하라 켄세이를 말하는 것이었다. 얘가 정말…. 대체 누구를 닮아서 이럴까. 하나코는 깊은 한숨을 쉬었다. 조금 전 켄세이와 노래를 부르며 놀다가 안이 일을 저지른 모양이었다.

요즘 안은 '어떤 재능'을 발휘하기 시작했다. 바로 훔치는 재능이었다. 미쿠모 가문은 대대로 도둑질을 가업으로 삼아온 집안이며, 지금도 그 명맥을 이어가고 있다. 하나코의 아버지 미쿠모 타케루는 미술품 전문 도둑이고 엄마 에츠코는 귀금속 전문 도둑이다. 할아버지 이와오는 전설의 소매치기이며 할머니 마츠는 못 따는 자물쇠가 없고 오빠 와타루는 집에만 틀어박혀 지내지만 유능한 해커이다.

하나코만 유일하게 정상적인 직업을 가졌지만, 사실 하나코도 할아버지 이와오에게 영재교육을 받은 탓에 미쿠모 가문이 존재한 이래 최고라 불릴 만큼 능수능란하게 소매치기 기술을 구사할 수 있었다.

물론 안에게는 그런 기술을 가르친 적이 없었고 앞으로도 절대 가르치지 않을 생각이었다. 하지만 핏줄로 타고난 무언가가 있는 것인지, 안은 무의식적으로 친구의 물건에 손을 댈 때가 있었다. 심지어 아무에게도 들키지 않고 그 물건을 집에 가져오곤 했다. 그나마 위안이 있다면 안이 훔치는 물건은 값어치가 없는 것들뿐이었다. 예를 들면 오늘처럼 도토리라든가, 지우개 똥이라든가, 과자 봉지 같은 것들이었다. 신기하게도 값이 나가는 물건에는 절대 손을 대지 않았다. 훔칠 대상을 제대로 고를 것. 다시 말하면 악인의 물건만 훔친다는 미쿠모 가문의 철칙을 자기도 모르게 실천하는 것 같았다. 정말 그렇다면 장래가 걱정되는 무서운 재능이었다.

"안, 그러면 안 돼. 그건 켄세이 물건이잖아. 남의 물건을 함부로 가져오는 건 나쁜 거야."

안은 대답하지 않았다. 이런 일이 있을 때마다 하나코는 안을 혼냈지만, 안은 그 말을 듣는 둥 마는 둥 했다. 하나코는 어떻게 하면 딸의 손버릇을 고칠 수 있을지 줄곧 고민했다. 최근 들어서야 인내심을 가지고 계속 주의를 주는 수밖에 없다는 결론을 내렸다.

"안, 그러면 안 돼. 그건 켄세이한테 돌려줘야 해."

하나코는 그렇게 말하며 바닥에 흩어진 도토리를 주웠다. 그러자 안이 손발을 휘저으며 투정을 부리다가 이내 울음을 터뜨렸다.

'지금 울고 싶은 건 나인데….'

하나코가 도토리를 손에 든 채 어쩔 줄 몰라 할 때, 초인종이 울렸다.

★

"나 왔어."

카즈마는 이틀 만에 집에 돌아왔다. 현관문 안으로 들어가자, 안이 달려나와 카즈마의 무릎에 매달렸다. 안은 울고 있었다. 카즈마는 안의 작은 몸을 들어 올렸다.

"안, 왜 그래? 무슨 일 있었어?"

카즈마가 물었지만, 안은 대답하지 않았다. 안은 카즈마의 가슴에 얼굴을 묻고 울다가 곧 고개를 들고 말했다.

"아빠, 냄새나."

"미안, 미안. 아빠가 계속 일해서 그래."

카즈마는 거실로 들어가 안을 바닥에 내려놓았다. 안은 TV 쪽으로 달려가더니 혼자서 리모컨으로 TV 전원을 켰다. 카즈마는 새삼 시간이 얼마나 빠른지 실감했다. 안이 아장아장 걷던 때가 엊그제 같은데 어느새 혼자 TV를 켤 수 있을 만큼 커버렸다.

"왔어요?"

앞치마를 두른 하나코가 카즈마에게 인사했다. 카즈마는 하나코에게 말했다.

"다녀왔어. 이거 슈크림이야. 역 앞에 있는 제과점에서 싸게 팔더라고."

카즈마가 손에 든 봉지를 테이블 위에 놓았다. 봉지 속 상자에는 슈크림이 들어 있었다. 카즈마는 아내의 어두운 표정을 눈치챘다. 미간에 주름이 잡혀 있었다.

"무슨 일 있었어?"

"응. 사실…." 하나코는 한 손에 가득 쥔 도토리를 카즈마에게 보여주었다. "이거 켄세이의 도토리야. 나카하라 씨네 아들 켄세이 알지? 안이 몰래 가져온 것 같아. 정말 얘를 어떻게 하면 좋지?"

"그랬구나…."

요즘 안이 어린이집에서 친구들의 물건을 함부로 가져온다는 이야기를 이미 하나코에게 들어 알고 있었다. 그런 일이 있을 때마다 하나코는 안을 혼냈지만, 안의 나쁜 버릇은 좀처럼 나아지지 않았다.

"안이 어려서 아직 잘 모르는 거 아닐까?"

"그건 그래. 하지만 조금이라도 더 어릴 때 고치지 않으면 큰일이 날 것 같단 말이야."

"큰일이라니?"

"카즈마, 안이 희대의 도둑이 돼도 괜찮아?"

놀랍게도 하나코는 도둑 일가의 딸이다. 그 사실을 처음 알았을 때는 정말 경악했다. 한편 카즈마는 경찰 일가의 아들이다. 아버지 노리카즈는 경찰청 경호부 소속이고 어머니 미사코는 과학수사대에서 비정규직으로 재직 중이다. 여동생 카오리는 올해부터 경찰청 기동수사대에서 근무하게 되었고, 할아버지 와이치는 '귀신 잡는 사쿠라바'로 불리던 전직 수사1과 과장이었으며, 할머니 노부에는 전직 경찰견 훈련사였다. 심지어는 사쿠라바 가문에서 키우는 개 역시 은퇴한 경찰견이다.

하나코 집안의 정체를 처음 알았을 때, 카즈마는 하나코와 결혼하기를 포기했다. 불가능하다고 생각했기 때문이다. 경찰 일가의 아들과 도둑 일가의 딸. 그야말로 물과 기름 같은 두 사람이 부부가 될 수는 없다고 생각했다. 하지만 이런저런 일을 겪은 끝에 카즈마는 하나코와 함께 살게 되었다. 사정이 사정인지라 혼인신고는 못 했지만, 카즈마와 하나코는 양가의 허락을 받은 관계였다.

"희대의 도둑은 너무 갔다." 카즈마가 웃었다. "나는 그렇게 걱정할 필요 없다고 생각해. 조금만 있으면 안은 해도 될 일과 하면 안 될 일을 구분할 수 있게 될 거야. 지금은 혼이 나도 왜 혼나는지 몰라서 그러는 거야."

"그렇게 가볍게 넘길 일이 아니야, 카즈마. 세 살 버릇 여든까지 간다는 말이 있잖아."

"그건 그렇지만…."

안을 낳고 나서 하나코는 정신적으로 조금 강해진 것 같다. 원래 하나코는 말싸움을 할 일도 없을 만큼 얌전하고 참한 여자였으나, 이제는 자신의 의견을 분명하게 주장할 줄 아는 여자가 되었다.

"아무튼 이미 벌어진 일이니 어쩔 수 없잖아. 이제 와서 어떻게 할 수도 없고."

카즈마는 그렇게 말했지만, 하나코는 꿈쩍도 하지 않고 무언가를 곰곰이 생각했다. 하나코는 자신에게 범죄자의 피가 흐른다는 사실을 몹시 신경 쓰는 경향이 있었고, 그 피를 딸이 이어받을까 봐 두려워했다. 그 마음은 카즈마도 잘 알았다.

형사라는 직업 특성상 카즈마는 집을 자주 비웠다. 흉악범죄가 일어났다 하면 일주일 정도는 외박을 해야 해서 하나코가 육아를 전담할 수밖에 없었다. 카즈마는 그게 미안해 하나코의 교육방침에 쉽게 간섭할 수 없었다.

"하나코, 빨리 저녁 먹자. 배고파."

하나코는 말없이 테이블 위에 놓인 봉지를 보다가 손을 뻗어 슈크림이 든 봉지를 집어 들었다. 하나코를 오래 보아온 카즈마는 그녀가 무엇을 하려는 것인지 금방 알 수 있었다.

"하나코, 설마 지금…."

"당연하지." 하나코가 단호하게 말했다. "훔친 물건은 오늘 중에 돌려줘야 해. 이 슈크림, 아키 씨한테 줘도 되지? 평소에 도움받은 것도 많으니까 역 앞에서 싸게 팔았다고 하면서 갖다 주면 아키 씨도 좋아할 거야."

'이거, 역 앞에서 싸게 판다고 남편이 너무 많이 사 왔거든요. 조금 가져왔어요.' 그렇게 말하며 슈크림을 들고 아키의 집으로 들어가면 된다. 현관문 안으로 들어가기만 하면 그 다음은 간단하다. 아키 모자에게 들키지 않고 어딘가에 도토리를 두고 오면 된다. 하나코에게 그 정도는 일도 아니었다.

"그럼 다녀올게."

"그렇게까지 할 것 없어, 하나코. 겨우 도토리잖아."

"겨우 도토리여도 돌려줘야 해."

하나코는 카즈마의 말을 한 귀로 흘려들으며 슈크림을 들고 거실을 나섰다. 현관 쪽에서 하나코가 외치는 목소리가 들렸다.

"저녁은 다녀와서 차릴 테니까 먼저 안을 씻겨줘. 부탁해."

"잠깐만, 하나코. 어차피 내일도 어린이집에 갈 테니까 꼭 오늘이 아니어도…."

문이 닫히는 소리가 들렸다. 하나코는 일단 하기로 마음먹은 일은 꼭 끝내고야 마는 성향이 있었다. 카즈마는 목욕물을 데우고는 TV 앞에 앉은 안에게 다가갔다. TV에서는 애니메이션이 흘러나왔다. 그 내용을 이해하는지는 모르겠지만, 안은 천진난만하게 웃고 있었다.

★

"아가씨, 연수는 어떠셨나요?"

사루히코가 묻자, 미쿠모가 대답했다.

"특별할 건 없었어. 빨리 수사를 시작하고 싶어."

오늘로 연수 이틀째도 끝이 났다. 이제 하루만 더 참으면 모레부터 통상적인 업무가 시작된다. 그러면 신입이기는 하지만, 미쿠모 역시 수사에 투입될 것이다.

"아가씨는 수사에 착수하자마자 큰 역할을 하실 겁니다. 저는 믿어 의심치 않습니다."

사루히코는 그렇게 말하며 사케를 홀짝였다. 이곳은 기숙사 근처에 있는 주점이었다. 사루히코와 몇 번 온 적이 있는 곳이었다. 기숙사에서는 아침 식사만 제공되고 저녁 식사는 각자 알아서 해결해야 했기 때문이다.

"아무튼 사루히코, 저번에 말한 것 말이야."

미쿠모가 목소리를 죽이며 말하자, 사루히코가 몸을 앞으로 기울였다.

"사쿠라바 카즈마 말씀이시죠? 훌륭한 경찰 일가 출신입니다. 우리 탐정사무소의 기록에도 남아 있었습니다. 아버지는 현직 경찰관이고 지금은 경호부에 있다고 하더군요. 어머니는 과학수사대에서 비정규직으로 일하고, 여동생은…."

어제 마츠나가 반장이 "명문가 출신에는 명문가 출신"이라고 했던 말이 신경 쓰여 사루히코에게 조사를 부탁했다. 사루히코는 이런 순간에 많은 도움이 되었다. 예전에는 아버지의 조수였으니 그에게 이 정도는 누워서 떡 먹기였다.

"대단하네. 키우는 개까지 은퇴한 경찰견이라니…."

"경찰청장상까지 받은 훌륭한 경찰견이라더군요. 그건 그렇고 아가씨, 교토 사투리는 전혀 티가 안 나는군요. 표준어가 아주 자연스러우십니다."

"고마워. 사루히코야말로 도쿄 사람 같은걸."

"저는 원래 이쪽 출신이거든요."

사실 미쿠모는 중학생 때부터 도쿄로 상경해 경찰청에 들어올 생각이었기 때문에 여러모로 조사와 공부를 거듭해왔다. 덕분에 도쿄의 지하철 노선을 꿰고 있었고 표준어도 유창하게 구사할 수 있었다. 탐정된 자는 노력을 게을리하면 안 되는 법이라고 했다.

"그나저나 카즈마 선배는 기혼인 것 같던데, 부인은 어떤 사람일까?"

"거기까지는…. 한번 찾아볼까요?"

"괜찮아. 곧 선배가 직접 알려주겠지."

카즈마는 미쿠모의 사수이니 함께 움직일 일도 많을 것이고, 앞으로 사적인 이야기를 나눌 기회도 있을 것이다.

"아가씨, 한번 교토에 들르시는 게 어떻습니까? 당일치기로 다녀올 수도 있지 않습니까?"

"안돼. 이제부터 바빠질 거야. 아마 설날에나 내려갈 수 있을걸."

"아가씨, 진정한 형사가 되셨군요. 할아버님께서 이 사실을 아시면 깜짝 놀라실 겁니다."

선대 탐정사무소 소장이자 미쿠모의 할아버지인 호죠 소신은 20세기 홈즈라 불리던 명탐정이었다. 20세기 중반, 교토시에 탐정사무소를 세운 그는 어떤 의뢰든 받아들이는 것을 신조로 착실하게 탐정 일을 해나갔다. 그의 이름은 곧 교토를 넘어 전국적으로 유명해졌다. 수염이 난 완고한 얼굴의 초상화가 세간에 퍼지면서 사람들은 호죠 소신을 냉철한 명탐정의 얼굴로 기억했지만, 손녀인 미쿠모를 바라보던 그의 눈빛은 다정하기 그지없었다. 그는 말년에 어려운 사건을 모두 아들인 소타로에게 맡긴 뒤, 본인은 교토시에서 일어난 소소한 사건들만 떠맡았다. 미쿠모의 아버지 소타로는 어려운 사건을 쫓아 전국을 돌아다녔기에 미쿠모는 자연스럽게 할아버지를 의지하며 자랐다.

탐정으로서 알아야 할 것들을 미쿠모에게 가르쳐준 사람도 할아버지였다. 미쿠모가 초등학교 3학년 때 코난 도일과 아가사 크리스티, 엘러리 퀸의 작품을 전부 독파한 이유도 할아버지가 시켰기 때문이었고, 반 친구가 키우던 개가 집을 나갔다는 말을 들었을 때 발 벗고 나서서 개를 찾으러 다닌 것도 할아버지의 영향을 받아서였다. 할아버지 호죠 소신은 미쿠모에게 커다란 존재였다.

소신은 4년 전에 세상을 떠났다. 갑자기 몸이 안 좋다며 입원했다가 그대로 잠들듯 숨을 거두었다. 사인은 말기 암이었다. 하지만 소신은 자신이 암에 걸린 사실을 아무에게도 알리지 않은 채 죽기 전날까지 탐정으로 일했다. 그야말로 탐정의 표본이라고 칭할 만한 사람이었다.

사실 미쿠모가 형사를 꿈꾸게 된 것도 돌아가신 할아버지의 영향이 컸다. 할아버지는 입버릇처럼 말했다.

'미쿠모, 역시 도쿄에 가야 한다. 도쿄는 일본의 수도잖니. 해결할 수 없는 사건, 풀 수 없는 수수께끼가 밀집된 곳이 바로 도쿄다.'

처음에는 도쿄에 탐정사무소를 세우려고 했다. 사업을 확장하는 형태로 도쿄지사를 세우겠다고 했으면 틀림없이 부모님도 찬성했을 것이다. 하지만 도쿄에 탐정사무소를 차려봤자 자질구레한 뒷조사에 시달리는 나날이 계속될 것은 불 보듯 뻔했다.

그렇다면 형사가 되어야겠다고 생각했다. 그것도 경찰청 수사1과 형사가. 그들이 다루는 사건은 전부 흉악범죄이다. 그러니 수사1과보다 수사를 하기 좋은 환경은 이 나라 어디에도 없다는 결론을 내렸다.

그래서 미쿠모는 형사가 되기로 마음먹었고, 마침내 그 꿈을 이루었다.

"아버지가 연락하셨어?"

"특별한 말씀은 없으셨지만, 아가씨가 잘 지내는지 걱정되실 겁니다."

"나는 잘 지낸다고 전해줘."

내일 있을 연수가 끝나면 드디어 수사에 참여할 수 있다. 이제껏 부단히 노력해온 보상을 받는 것이다.

미쿠모는 새롭게 결의를 다졌다. 형사가 된 이상, 초일류 형사가 되어야 한다. 그것이 내게 주어진 사명이다.

"네? 그게 무슨 말씀이세요?"

"그러니까 미쿠모…." 사쿠라바 카즈마가 미쿠모에게 설명했다. "네 일은 보고서를 읽는 거야. 우리가 쓴 보고서를 읽고, 만약 잘못된 부분이 있으면 알려줘."

연수가 끝난 다음 날, 미쿠모가 수사1과에 출근해서 처음 받은 업무는 수사보고서를 끝없이 읽는 것이었다. 이게 대체 무슨 말인가.

"형사의 업무는 수사만 있는 게 아니야. 종결된 사건의 수사보고서를 쓰는 것도 아주 중요한 업무야."

그 정도는 미쿠모도 알고 있었다. 탐정도 의뢰인에게 보여주기 위한 보고서를 쓰기 때문이다.

"선배님 말씀도 이해하지만…." 미쿠모는 그렇게 운을 떼며 말했다. "수사를 조금 더 효율적으로 해야 한다고 생각합니다. 제가 이러고 있는 동안에 또 어디서 흉악범죄가 발생할지 모르잖습니까? 엄연한 수사 인력을 보고서 읽기에 낭비하면 그게 얼마나 미련한 일입니까?"

카즈마가 머리를 긁적이며 말했다.

"나도 그렇게 생각해. 하지만 미쿠모, 나도 좋아서 이런 일을 시키는 게 아니야."

"반장님의 명령이군요. 마츠나가 반장님은 어디 계신가요?"

"수사하러 나가셨어. 나도 곧 합류할 예정이고."

마츠나가 반장의 마음도 이해할 수 있었다. 형사 경험이 전무한 신입을 덜컥 떠맡게 되었으니 분명 당황스러울 것이다. 그렇다고 해서 미쿠모가 얌전히 앉아서 보고서만 읽을 수는 없었다. 형사의 세계에서는 결과를 보여줘야만 인정받을 수 있다.

"카즈마 선배님, 저는 왜 수사에 참여할 수 없는 거죠? 제가 여자라서요? 아니면 어려서요?"

"흐음. 둘 다지."

주변을 둘러보아도 여자 형사는 극히 드물었다. 게다가 간혹 있는 여자 형사들도 서른 살 이상에 머리는 쇼트커트이고 체격이 좋은 사람들뿐이었다. 외모만 보면 자신이 튄다는 것을 인정하지 않을 수 없었다. 이 상황을 어떻게 헤쳐나가야 할까. 미쿠모는 고심 끝에 카즈마에게 물었다.

"카즈마 선배님, 전에 용의자의 집 앞에서 잠복하셨다고 했죠? 그건 어떤 사건이었나요?"

"응? 아, 사령장 교부식 전날 밤에 했던 잠복 말이지? 카부키쵸에 있는 유흥업소에서 일하던 접대부가 지난주에 사망했어. 아파트 베란다에서 뛰어내려 즉사했는데, 감식을 해보니까 타살일 수 있다는 결과가 나왔거든."

과학수사대는 시신의 입 주위에 있는 구타의 흔적으로 보아, 누군가가 피해자의 집에 침입해서 그녀를 구타해 기절시킨 뒤 그대로 베란다 밖으로 던진 것 같다고 했다. 곧바로 신주쿠 경찰서에 수사본부가 설치되었고 카즈마를 비롯한 마츠나가반의 형사들이 수사를 담당하게 되었다.

"사망한 여성은 키우치 히토미. 22세. 유흥업소에서는 리오라는 가명으로 활동했어. 주점 웨이터 한 명이 리오를 끈질기게 쫓아다녔다고 증언한 여자가 여럿 있었어. 그 웨이터는 알리바이가 없어. 집에 나타나지 않을까 싶어서 잠복해봤지만 아직 움직임은 없어."

"그 유흥업소에서 일하는 여자는 몇 명인가요?"

"공식적으로 등록된 여자는 서른 명 정도였어. 업소 이름은 '캐니언'이야."

미쿠모는 자기 자리에 있는 컴퓨터로 돌아가서 인터넷으로 무언가를 검색했다. 캐니언의 홈페이지를 발견하고는 그곳에서 일하는 여자들의 사진을 보았다. 사진이 게재되지 않은 사람도 있었다. 그런 사람은 학생이거나, 이런 일을 한다는 사실을 지인에게 들키고 싶지 않은 여자일 가능성이 컸다.

홈페이지에서는 리오라는 여자의 흔적을 찾아볼 수 없었다. 리오는 이미 죽은 사람이라 해당 정보를 업소 측이 삭제한 듯했다. 잠시 후 카즈마가 키보드 위에 사진 한 장을 올려놓았다.

"이 사람이 리오야."

사진 속에서 젊은 여자가 웃고 있었다. 메이크업이 진해서 화장을 지우면 다른 사람처럼 보일 것 같았다. 미쿠모가 카즈마에게 물었다.

"리오라는 여자와 가장 친하던 동료는 누구죠?"

"이 사람이야." 카즈마는 홈페이지 중앙에 떠 있는 여자 사진을 가리켰다. "가명은 유리나. 내가 이 사람을 심문했는데, 그때 계속 울기만 해서 얼마나 힘들었는지 몰라. 리오와는 전에 일하던 가게에서 안면을 텄고 잠깐 함께 산 적도 있대. 엄청 친한 친구라고 했어."

미쿠모는 유리나라는 여자가 어떤 사람인지 자세한 이야기를 들었다. 유리나는 사건 당일 밤 알리바이가 있다고 했다. 현재 용의자로 주목받는 웨이터를 언급한 사람 중 한 명이기도 했다. 그리고 3개월 연속 업소에서 가장 매출이 좋은 접대부로, 소위 말하는 넘버원이었다.

"이 여자가 의심스러워요."

"응? 유리나가?"

"네."

"나도 처음에는 의심했지만, 이 사람은 알리바이가 있어. 사건 발생 당시 업소 동료들과 신오쿠보에 있는 고깃집에 있었거든. 여러 증언이 일치했으니 유리나가 범인일 가능성은 없어."

"그래서예요." 미쿠모가 단호하게 말했다. "친한 친구라니, 이상하지 않습니까? 그쪽 업계 여자들은 겉으로 사이가 좋아 보여도 뒤에서는 서로 물어뜯기 마련이에요."

유리나는 업소의 넘버원답게 얼굴이 예뻤다. 바꿔 말하자면 미인계를 써서 남자들을 원하는 대로 조종할 수 있다는 뜻이었다.

"제대로 파보는 게 좋겠어요. 선배님, 사건 관계자를 모두 모아주십시오."

"모아? 그게 무슨 말이야? 왜?"

"당연히 사건을 해결하기 위해서죠. 대회의실에서 모이는 게 좋겠네요. 거기서 제가 진범의 정체를 밝혀내겠습니다."

관계자들에게 이야기를 듣고 추리를 완성할 생각이었다. 그러려면 그 추리를 선보일 장소가 필요했다. 하지만 카즈마는 예상 밖의 발언을 했다.

"무슨 소리야? 우리 같은 말단 형사한테 그런 권한이 있을 리가 없잖아. 우리는 위에서 시키는 수사만 열심히 하면 되는 거야."

그럴 수가…. 미쿠모는 조금 충격을 받았지만 현실을 받아들이며 카즈마에게 성큼 다가섰다. 여기서 포기할 수는 없었다.

"선배님, 부탁드립니다. 수사하러 가실 때 저도 데리고 가주세요."

★

유리나라는 접대부의 본명은 히라노 유리였다. 그녀는 이치가야에 있는 아파트에 살고 있었다. 업소 넘버원답게 화려한 고층 아파트였다. 도저히 20대 초반 여자가 혼자 살 만한 건물로는 보이지 않았다.

"빨리 끝내주세요. 피부과를 예약해놨거든요."

유리나가 그렇게 말하며 문을 열어주었다. 유리나의 품에는 치와와가 안겨 있었다.

"실례합니다."

카즈마가 말하며 신발을 벗었다. 카즈마의 뒤에는 신입 형사 호죠 미쿠모가 서 있었다.

세 사람은 넓은 거실로 들어갔다. 새하얀 벽이 눈부셨다. 카즈마가 소파에 앉아 이야기를 시작했다.

"지난번에도 수사에 협조해주셔서 감사했습니다. 오늘은 잠깐 확인하고 싶은 것이 있어서 방문했습니다. 이쪽은 호죠 미쿠모 형사입니다. 여성분이 혼자 사는 집이니 여자 경찰관이 동행하는 게 안심되실 것 같아서 함께 왔습니다."

유리나의 시선이 호죠 미쿠모를 향했다. 유리나의 얼굴에는 잠시 당황한 표정이 스쳐 지나갔다. 카부키쵸에서 활동하는 넘버원 접대부조차 호죠 미쿠모의 미모를 당해내지 못했다. 사실 카즈마는 미쿠모를 처음 봤을 때 할 말을 잃었다. 미쿠모는 눈도 크고 얼굴도 작고 피부는 새하얗다. 아이돌이 일일 경찰관으로 경찰청에 견학을 왔나 싶을 정도로 예뻤다.

"그보다 빨리 용건을 말씀하세요. 제가 좀 바빠요."

유리나가 무릎 위에 앉은 치와와를 쓰다듬으며 말했다. 유리나의 눈은 인형처럼 동그랬지만 호죠 미쿠모의 눈과 달리 어딘가 부자연스러웠다. 성형을 한 듯했으나 유리나에게는 외모가 장사 수단이니 그 점을 꼬집을 생각은 없었다. 카즈마는 수첩을 펼치며 본론을 꺼냈다.

"유리나 씨를 자주 지명하는 손님에 대해 여쭤보겠습니다. 아마노 씨를 아시죠?"

"알아요. 애초에 형사님도 다 조사하고서 여기 오신 거잖아요."

아마노라는 남자는 유리나의 단골로, 일주일에 한두 번은 꼭 업소를 찾아와 유리나를 지명했다. 그는 최근 급성장 중인 IT기업의 간부라 값비싼 술을 많이 사주는 큰손 중 한 명이었다. 많을 때는 하룻밤에 몇십만 엔을 쓸 때도 있다고 했다.

"업소 직원에게 확인해보니 지지난 주에 가게를 방문한 아마노 씨가 유리나 씨가 아니라 돌아가신 리오 씨를 지명했다고 하더군요. 생각나십니까?"

"생각 안 나요, 그런 거."

"이상하군요. 아마노 씨는 유리나 씨에게 중요한 단골이잖습니까? 그런 사람이 다른 여자를 지명했으니 기억에 남을 법도 한데요."

"기억 안 난다니까요."

유리나가 짜증스럽게 말했지만 카즈마는 이를 무시하고 이야기를 이어갔다.

"어제 아마노 씨네 회사를 찾아갔습니다. 처음에는 아마노 씨도 좀처럼 입을 열지 않으셨지만, 살인사건을 수사하는 중이라고 말씀드리니 여러 얘기를 해주셨습니다. 3주 전에 있었던 일 때문에 리오 씨를 지명했다고 하시더군요."

아마노가 업소를 방문한 그날, 유리나는 몸이 좋지 않아 휴가를 냈다. 아마노는 유리나가 아니면 누구든 상관없었으니 무작위로 접대부를 배정받았다. 그때 우연히 배정된 접대부가 리오였다.

"그때 리오 씨가 아마노 씨에게 유리나 씨의 뒷얘기를 했다고 합니다. 유리나 씨가 넘버원 자리를 유지하기 위해 손님들과 잠자리를 갖는다는 소문이 있다고요."

"저는 그런 짓-."

"네, 압니다. 리오 씨의 질투였겠죠. 유리나 씨와 리오 씨는 비슷한 시기에 일을 시작했지만, 시간이 흐를수록 둘 사이에는 큰 격차가 생겼습니다. 그래서 리오 씨는 당신을 끌어내리고 싶다는 생각을 했나 봅니다."

리오를 통해 온갖 소문을 접하자, 아마노는 유리나를 의심하게 되었다. 그래서 다음에 업소를 방문했을 때, 유리나 대신 리오를 지명했다. 아마노는 함구했지만, 카즈마는 리오가 어떤 거래를 제안했을 것이라 추측했다. 자신을 지명해주면 하룻밤을 함께 보내주겠다는 거래를 말이다.

"아마노 씨가 본인이 아닌 리오 씨를 지명했다는 얘기를 듣고 많이 놀라셨겠죠. 아마노 씨는 유리나 씨의 매출에서 매우 큰 부분을 차지하니까요. 업소 직원의 말로는, 아마노 씨가 빠지면 유리나 씨의 넘버원 자리가 위태로워질 거라고 하더군요."

유리나의 태도가 조금 전과는 사뭇 달라졌다. 초조한지 머리카락을 자꾸 귀 뒤로 넘겼고, 카즈마와 눈을 맞추지 못했다.

"이건 조금 다른 얘기지만, 아끼시는 BMW는 어디에 있습니까? 주차장에는 없던데요."

치와와가 작게 짖더니 유리나의 무릎에서 내려왔다. 치와와도 유리나의 변화를 예민하게 알아차린 모양이었다. 치와와는 벽 쪽으로 달려가더니 거기에 몸을 둥글게 말고 누웠다.

"유리나 씨의 친구 중에 토모이라는 분이 계시죠? 별명이 '토미'인 분이요. 토모이 씨가 유리나 씨에게서 받은 BMW를 타고 다니는 모습을 봤다는 사람이 있습니다."

토모이는 예전에 캐니언에서 일하던 웨이터로, 껄렁한 남자였다. 오랫동안 종합격투기를 배운 덕에 한때 국내 랭킹 10위에 오른 적도 있었지만, 지금은 특별한 직업 없이 제4금융권에서 빌린 돈으로 놀고먹는 듯했다.

"사실 지금 토모이 씨는 살인 혐의로 신주쿠 경찰서에서 조사를 받고 있습니다. 입을 여는 것도 시간문제겠죠. 유리나 씨, 아니, 히라노 유리 씨. 이제 그만 죄를 인정하는 게 좋지 않겠습니까?"

유리나는 아무 말도 하지 않았다. 토모이가 신주쿠 경찰서에 있는 것은 사실이었다. 하지만 참고인으로 방문했을 뿐이었고, 아직 입을 열지 않았다는 이야기도 전해 들었다. 다만 토모이가 마약을 복용한 증거가 발견되어 우선 그쪽을 확실히 굳힌 다음 살인 혐의로 다시 체포할 계획이었다. 아무튼 유리나의 범행이 드러나는 것은 시간 문제였다.

계속 입을 다물고 있던 호죠 미쿠모가 스마트폰을 꺼내며 말했다.

"히라노 씨, 예약하신 피부과가 어디죠?"

유리나가 고개를 들었다. 미쿠모가 태연한 얼굴로 유리나에게 말했다.

"예약을 취소하는 게 좋을 것 같아서요."

유리나의 표정이 일그러졌다. 당장이라도 울 것 같은 표정이었다. 카즈마는 그 얼굴을 보며 사건이 해결됐음을 확신했다.

"잘했다, 미쿠모. 한 건 했어."

이곳은 유라쿠쵸 육교 밑에 있는 곱창 전문점이었다. 얼굴이 벌게진 마츠나가 반장이 사케가 담긴 잔을 한 손에 들고 말했다.

"사실 나는 자네의 실력을 처음부터 꿰뚫어 보고 있었어. 근데 이 녀석이 천천히 키우자고 우기지 뭔가, 이 녀석이."

마츠나가가 그렇게 말하며 손가락으로 카즈마를 가리켰다. 카즈마는 그 손가락을 피하며 웃었다.

"제가 언제 그런 말을 했습니까? 뭐, 아무려면 어때요? 아무튼 사건을 해결했으니까요."

사건 해결을 축하함과 동시에 호죠 미쿠모를 환영한다는 의미에서 마련한 회식 자리였다. 이번 회식에는 거의 모든 반원이 참석했다. 호죠 미쿠모는 탄산수 섞은 매실주를 마시고 있었다.

"그나저나 참 어리다. 아직 스물세 살이지? 스물세 살이면 어디 보자…. 나는 삼수를 했으니까 그 나이 때 아직 대학생이었네."

반원 한 명이 그렇게 말했다. 그의 말처럼 미쿠모는 수사1과를 통틀어도 눈에 띄게 어렸다. 마치 형사들 사이에 아르바이트생이 끼어있는 느낌이었다. 실제로 멀리서만 보고 그렇게 착각하는 사람도 있을 듯했다.

"이런 게 혈통이지." 마츠나가가 말했다. "유전이야, 유전. 너희들은 모르겠지만, 호죠 소신은 20세기 홈즈라 불리는 명탐정이었다. 그분의 이야기가 드라마로 만들어진 적도 있었지. 주연 배우가 누구더라…. 아, 그 배우 이름이…."

호죠 소신은 카즈마도 아는 명탐정이었다. 사실 단순히 아는 것 이상이었다. 가족이 모두 경찰관인 사쿠라바 집안에서는 식사 시간에 호죠 소신의 이름이 자주 언급되곤 했다. 호죠 소신의 이야기를 본떠 만든 일일드라마도 당연히 재방송으로 다 보았다.

"우리 인류가 좋은 인재를 잃었지. 미쿠모, 새삼 조의를 표한다."

마츠나가가 그렇게 말하며 고개를 숙였다. 미쿠모는 송구하다는 듯 몸을 움츠렸다. 카즈마도 호죠 소신이 죽었다는 사실을 알고 있었다. 호죠 소신은 경찰청 수사에도 협력한 적이 있었기에 카즈마의 할아버지 와이치는 그의 장례식에도 참석했다. 호죠 소신의 장례식은 교토에 있는 유명한 절에서 성대하게 치러졌다.

"아버지도 훌륭한 탐정이니 호죠 가문의 미래도 기대가 되는군. 미쿠모, 혈통의 힘을 충분히 발휘해 주길 바란다. 믿고 지켜보겠어."

마츠나가는 그렇게 말하며 카즈마의 등을 사정없이 때렸다.

"아프잖아요! 왜 저를 때리세요?"

"여자애를 때릴 수는 없잖냐. 성추행이나 갑질이라는 말이 나올 수도 있으니까."

그때 카운터석에 홀로 앉아서 술을 마시는 노인이 카즈마의 눈에 띄었다. 처음 보는 얼굴이었지만 어쩐지 신경이 쓰였다. 조금 전부터 이따금 이쪽의 분위기를 살피는 것처럼 보였기 때문이었다. 카즈마가 마츠나가에게 귀띔해야 하나 생각했을 때, 그 노인이 술값을 계산하더니 가게에서 나갔다. 카즈마가 너무 예민했나 보다.

"지금 많이 마셔둬. 언제 어려운 사건이 터질지 모른다."

마츠나가의 말을 듣고 반원들이 술과 안주를 더 주문했다. 카즈마도 레몬사와를 시켰다.

이렇게 반원들과 모여서 술을 마실 기회는 흔치 않았다. 절반 이상의 반원들에게 부양할 가족이 있기 때문이었다. 예전에는 카즈마도 수사1과에서 어린 편이었다. 하지만 요즘에는 카즈마보다 어린 형사도 많이 늘어났다. 카즈마는 이제 마츠나가 반에서 중간 연령대에 속했다.

미쿠모가 잔을 두고 자리에서 일어났다. 화장실에 가고 싶은 모양이었다. 반원 한 명이 "카즈마, 같이 가줘."라고 놀리듯 말했다. 카즈마는 그 반원을 장난으로 노려보고는 웃었다.

화장실로 걸어가던 미쿠모는 맞은편에서 오던 점원과 부딪치자 "죄송합니다." 하면서 고개를 숙이다가 다른 손님의 등에 머리를 박았다. 또 "죄송합니다." 하면서 연신 사과했다. 그 모습을 보던 마츠나가가 진지하게 물었다.

"저 친구 취했나?"

"아니요. 원래 저렇습니다." 카즈마가 대답했다. "머리는 비상한데 덜렁이예요. 어제도 탐문 수사하러 갔다가 엘리베이터 문에 끼였지 뭡니까."

용의자 유리나의 아파트에 들렀다 돌아오는 길이었다. 미쿠모는 무슨 생각에 잠겼는지, 엘리베이터에서 나올 타이밍을 놓쳐 문 사이에 멋들어지게 끼이고 말았다. 카즈마는 엘리베이터에 끼인 사람을 태어나 처음 봤다.

하지만 카즈마는 미쿠모를 옹호하듯 말했다.

"그래도 추리 실력은 아주 좋습니다. 반년 전까지 대학생이었다는 걸 믿기 힘들 정도예요. 짐이 될 줄 알았는데 훌륭한 팀원이 될 것 같습니다."

미쿠모를 수사1과로 발령하겠다는 결정이 내려왔을 때, 형사들은 그녀를 짐으로 여겼다. 그래서 수사1과 반장들이 하나같이 미쿠모를 다른 반에 떠넘기고 싶어하는 바람에 작지 않은 분쟁이 있었다. 결국 반장들 가운데 인품이 가장 온화한 마츠나가가 미쿠모를 맡게 되었다. 막상 뚜껑을 열고 보니, 미쿠모는 여자라서 탐문 수사에 유리하다는 장점도 있었고 능력도 뛰어났다.

"저런 상태면 당분간은 옆에서 도와줄 사람이 필요하겠군. 카즈마, 잘 부탁한다."

마츠나가가 어깨를 툭 치자, 카즈마는 "넵."이라고 답하며 레몬사와를 마셨다.

★

"하나코 씨, 지난번에 슈크림 맛있게 잘 먹었어요."

"맛있게 드셨다니 기쁘네요."

어린이집에서 돌아가는 길에 나카하라 아키 모자와 다시 마주쳤다. 안과 켄세이는 점심시간에도 어린이집에서 함께 놀아서인지 만나자마자 익숙하게 어울려 놀기 시작했다. 하나코가 나카하라 아키에게 말했다.

"요즘 일은 어때요?"

"요즘엔 별로 바쁘지 않아요. 이번 달 말부터 할인판매가 시작돼서 그때부터 바빠질 것 같아요."

아키는 신주쿠에 있는 백화점에서 근무했다. 그녀가 직원으로 일하는 의류브랜드는 주로 차분한 느낌의 옷을 취급하는 곳으로 가끔 여성 잡지에도 소개되었다. 하나코는 아키가 일하는 매장에 한번 들르고 싶었지만, 아직은 가본 적이 없었다.

"하나코 씨는요? 서점은 바빠요?"

"그저 그래요. 아직 일한 지 반년밖에 안 돼서 이제야 겨우 익숙해진 느낌이에요."

그때 스마트폰이 울렸다. 하나코가 가방에서 스마트폰을 꺼내 확인해보니 카즈마의 문자메시지가 와 있었다. 일이 생겨서 오늘은 늦게 들어온다는 내용이었다. 고개를 숙이며 사과하는 이모티콘도 함께 왔다. 이 이모티콘이 딸려 왔다는 건 십중팔구 새로운 사건이 발생했다는 의미였다.

하나코의 눈에 슈퍼마켓이 들어왔다. 원래 오늘은 장을 보려고 했지만, 카즈마가 집에 오지 않는다면 계획을 바꿔도 괜찮을 것 같았다.

"아키 씨, 괜찮으시면 이 근처에서 같이 저녁 먹을래요?"

"네? 저는 좋지만, 하나코 씨는 남편분이…."

"남편한테서 연락이 왔는데 오늘은 야근한대요."

"그렇군요. 그럼 같이 먹어요. 켄세이, 안. 같이 밥 먹으러 가자. 뭐 먹고 싶어?"

그 말을 듣자 두 아이는 신이 났다. 같은 어린이집 엄마와 하는 외식은 오랜만이었다. 이것저것 고민한 끝에 결국 무난한 패밀리 레스토랑에 가기로 했다.

패밀리 레스토랑은 손님으로 붐볐지만 대기 없이 자리에 앉을 수 있었다. 메뉴를 보며 두 아이는 어린이세트를, 두 엄마는 치즈햄버그스테이크 세트를 주문했다.

"하나코 씨, 와인 한잔할래요?"

"좋아요. 그럼 저는 레드와인으로 할게요."

가게 중앙에는 유리 벽으로 둘러싸인 놀이방이 있었다. 안과 켄세이가 거기서 놀고 싶다고 졸랐지만, 엄마들은 우선 밥을 다 먹어야 한다고 타일렀다. 잠시 후 음식이 나오자, 안과 켄세이는 누가 더 빨리 먹나 경쟁이라도 하듯 밥을 먹기 시작했다. 얼른 놀이방에서 놀고 싶은 모양이었다. 두 아이는 무려 5분 만에 어린이세트를 먹어치우고는 놀이방으로 달려갔다. 하나코는 통유리 너머로 딸이 노는 모습을 지켜보며 마음 놓고 식사를 즐길 수 있었다.

"남편분이 바쁘신가 봐요. 공무원이라고 하셨죠?"

아키가 물었다. 하나코는 카즈마가 형사라는 사실을 엄마들에게 알리지 않았다. 공무원이라고만 말해두었다. 엄마들끼리 있으면 남편이 대화 주제로 떠오르는 일이 잦지만, 사실 하나코는 남편 이야기가 나오면 불편했다. 누군가가 하나코와 카즈마의 성이 다른 이유를 물으면 부모님의 반대가 심해서 아직 혼인신고를 못 했다고 둘러대야 했다(일본에서는 법적으로 부부가 같은 성을 써야 한다. - 옮긴이 주).

"네. 공무원이에요. 일이 바쁜가 봐요. 평소에도 야근을 자주 하거든요."

"힘드시겠어요."

물론 사건의 크기에 따라 다르지만, 카즈마는 주말에도 쉬지 않고 일할 때가 많았다. 지난 8월 워터파크에 다녀온 것이 가족끼리 간 마지막 나들이였다. 그 후 두 달 가까이 셋이서 외출한 적이 없었다. 하나코는 불만스러울 때도 있었지만, 형사와 결혼한 이상 어쩔 수 없다고 생각했다.

"안이 참 귀여워요. 얼마 전에 켄세이가 목욕하면서 말해줬는데, 안이 남자애들한테도 인기가 많대요."

"그래요? 저는 몰랐어요."

진심으로 기쁜 한편, 그렇다면 더더욱 빨리 그 나쁜 버릇을 고쳐줘야겠다는 생각이 들었다. 켄세이의 도토리를 훔친 뒤로 안의 나쁜 버릇은 잠잠해진 상태였다. 이대로 없어지면 좋을 텐데.

"켄세이야말로 인기가 많지 않나요? 착하고 똑똑하잖아요."

하나코는 놀이방에서 노는 두 아이를 바라보았다. 두 아이는 사이좋게 붙어 앉아서 그림책 한 권을 같이 보고 있었다. 켄세이가 안에게 무언가를 설명하고 있었다.

"켄세이는 헤어진 남편을 많이 닮았어요. 전남편은 대졸자거든요."

어떻게 대답해야 할지 몰라 하나코는 조용히 레드와인을 마셨다. 아키는 2년 전에 이혼했다고 했다. 이혼한 이유는 남편의 바람이었다. 하나코는 상당히 부정적인 화제를 밝게 이야기할 줄 아는 아키가 참 용감하다고 생각했다.

"하나코 씨, 다음 주에 있을 버스 소풍에 참여하시나요?"

"벌써 날짜가 그렇게 됐나요? 까맣게 잊고 있었어요."

안이 다니는 플라워어린이집은 매년 10월이 되면 버스 소풍을 간다. 버스 소풍은 반별로 버스를 타고 소풍을 떠나는 행사로, 올해는 수족관에 갈 예정이었다. 얼마 전에 받은 유인물을 냉장고에 붙여놓은 기억이 났다.

"아키 씨는 가시나요?"

"지금으로선 갈 수 있을 것 같아요. 갑자기 교대 근무가 잡힐 수도 있어서 당일이 되기 전까지는 장담할 수 없지만요."

버스 소풍 날은 평일이었다. 다른 엄마들의 이야기에 따르면 부모가 함께 참여하는 가족도 간혹 있지만, 보통은 엄마가 혼자 참여한다고 했다. 플라워어린이집에서는 몇 년 전에 운동회를 하다가 아이가 다친 적이 있어서 그 뒤로 운동회 대신 버스 소풍을 추진한다고도 했다.

"저는 아마 갈 것 같아요. 남편은 갈 수 있을지 모르겠지만요."

"다행이다. 하나코 씨가 간다니까 기대되네요. 하나코 씨, 우리 디저트 시킬까요?"

아키가 그렇게 말하며 메뉴판을 펼쳤다. 먹음직스러운 케이크와 파르페 사진이 눈길을 사로잡았다. 일과 육아를 병행하는 자신을 위한 보상으로 가끔은 달콤한 음식을 먹어주는 것도 괜찮겠다는 생각이 들었다.

하나코는 카즈마에게 버스 소풍 이야기를 해야겠다고 머릿속으로 되새기며 메뉴판을 들여다보았다.

★

사건 현장은 시부야구 우에하라에 있는 주택가였다. 카즈마가 후배 형사 호죠 미쿠모와 함께 현장에 도착했을 때는 오후 7시가 되기 전이었다. 한 주택 앞에서 마츠나가 반장이 기다리고 있었다. 마츠나가가 미쿠모를 보며 말했다.

"미쿠모, 시신을 보는 건 처음인가?"

"감식 연수에서 몇 번 봤습니다. 실제 사건 수사에서 보는 건 처음입니다."

"이번 피해자는 칼에 찔려 죽었다. 각오해두는 게 좋아."

카즈마는 눈앞에 있는 주택의 문패를 보았다. '시마자키'라고 쓰여 있었다. 이 집은 지은 지 얼마 되지 않은 서양식 단독주택이었다. 담당 경찰서인 요요기 경찰서에서 파견한 수사관들이 이미 현장에 나와 있었고, 건물 주변은 노란 테이프로 봉쇄된 상태였다. 카즈마는 보초를 서는 경찰관에게 다가가 경찰 신분증을 보여주었다. 경찰관은 경례를 하며 카즈마 일행이 들어갈 수 있게 노란 테이프를 들어 올렸다. 그러자 뒤에서 미쿠모가 말했다.

"선배님, 그거 제가 하고 싶었던 말이에요."

"으이구." 카즈마가 작게 웃었다. "다음에 해. 또 기회가 생기면 그때는 네가 하게 해줄 테니까."

"꼭이에요. 잊어버리시면 안 됩니다."

사건 현장은 2층이었다. 건물 내부는 생각보다 널찍했고 고급스러운 세간살이로 가득했다. 2층 서재에 수사관들이 가득 모여 있었고, 그중에는 카메라를 든 과학수사대 요원도 있었다. 카즈마는 서재 안을 들여다보았다. 테이블 위에 엎드린 어떤 남자와 등 부분이 붉게 물든 그의 셔츠가 눈에 띄었다. 뒤에서 예리한 칼로 찔린 듯 보였다. 피 냄새가 진동하는 처참한 현장이었다.

"거물이야." 카즈마가 뒤를 돌아보자 마츠나가가 서 있었다. 마츠나가는 미쿠모를 보며 말했다. "미쿠모, 지금까지 보고 들은 정보만으로 이 사건을 추리해봐라."

"1분만 시간을 주세요."

미쿠모는 그렇게 말하며 방 안을 관찰했다. 카즈마도 서재 안을 관찰했다. 두 평 남짓한 서재였다. 테이블 위에 엎드린 남자는 헤드폰을 쓰고 있었다. 책상 위에는 노트북이 있었다. 서재 안쪽에 있는 창문은 깨진 흔적 없이 멀쩡했다. 서재로 들어오는 문은 미닫이라 잠금장치가 없었다.

1분 후, 카즈마 옆에 선 미쿠모가 입을 열었다.

"보시는 대로 피해자는 칼에 찔려 사망했습니다. 그리고 헤드폰을 끼고 있죠. 음악을 들으면서 컴퓨터로 업무를 보고 있을 때, 집에 침입한 누군가가 피해자를 뒤에서 찔렀습니다. 자상이 하나인 걸로 보아 단번에 심장을 찔려 즉사한 것 같습니다. 노련한 자의 범행으로 보입니다. 범인이 건물 안으로 침입한 통로는 1층 창문입니다. 피해자는 헤드폰을 쓴 상태라 창문이 깨지는 소리를 듣지 못했을 겁니다."

"보이는 그대로군. 그것 말고는?"

"피해자는 정치인, 아니, 고위 관료겠군요."

"왜 고위 관료라고 생각하나?"

"방금 반장님이 '거물'이라고 하셨죠. 샐러리맨에게는 거물이라는 말을 쓰지 않습니다. 거물 사장이나 거물 의사라는 말도 어색합니다. 처음에는 거물 정치인이라고 생각했습니다. 이 주택에서 가장 가까운 역은 요요기우에하라역이라 치요다선을 타면 행정기관 청사가 몰려 있는 카스미가세키역까지 환승 없이 갈 수 있죠. 그러니 행정기관에서 일하는 사람이었을 가능성이 큽니다. 하지만 국회의원이었다면 국회의원 전용공관에서 살았을 테니 고위 관료라고 판단했습니다."

카즈마는 저도 모르게 감탄사를 터뜨릴 뻔했다. 대단한 추리력과 관찰력이었다. 마츠나가도 감탄하듯 말했다.

"좋은 추리다. 이제 감식에 방해되지 않도록 아래로 내려가서 이야기하지. 카즈마, 슬슬 다른 사람들도 올 때가 됐다. 1층에 있는 방으로 전원 집합시켜라."

카즈마는 현장에 도착한 마츠나가반 사람들을 모아 1층 방으로 향했다. 마츠나가가 상황을 설명하기 시작했다.

"피해자는 시마자키 토오루. 40세. 법무부의 엘리트 관료다. 오늘 시마자키는 무단결근을 했어. 부하 직원이 계속 연락했지만 연락이 닿지 않았다고 하더군."

시마자키에게는 부인과 다섯 살 난 아들이 있었다. 시마자키가 사망한 시각에 그 부인과 아들은 카마쿠라에 있는 처가에 있었다. 몸이 불편한 시마자키의 장모를 돌보기 위해 최근에 자주 카마쿠라에 갔다고 했다. 시마자키와 연락이 되지 않는다는 부하 직원의 전화를 받은 부인은 급하게 집으로 돌아왔고, 거기서 차갑게 굳어버린 남편의 시신을 발견했다.

"자세한 건 부검 결과가 나와야 알 수 있겠지만, 과학수사대의 말로는 어제 한밤중에 사망한 것으로 보인다고 한다. 수사본부는 요요기 경찰서에 설치할 예정이고, 담당은 우리다. 정신 바짝 차리고 수사에 임하도록."

"네."

반원들이 동시에 대답했다. 마츠나가가 이어서 말했다.

"피해자는 법무부의 엘리트 관료다. 피해자에게 원한을 품은 사람을 중심으로 파헤치도록. 직장과 가정을 동시에 수사할 거다. 분담은…."

카즈마는 미쿠모와 함께 피해자의 가족을 탐문 수사하게 되었다. 그런데 피해자의 부인은 충격으로 쓰러져 현재 입원한 상태였다. 수사에 착수하려면 일러도 내일 아침까지는 기다려야 했다.

일단은 감식에 방해가 되지 않도록 현장에서 나왔다. 요요기 경찰서의 수사관과 함께 현장 근처에서 탐문 수사를 하기로 했다. 아직 오후 7시였다. 수사를 끝내고 퇴근하기에는 시간이 일렀고, 사람의 기억은 시간이 지날수록 흐려지기 마련이니 탐문 수사는 되도록 빨리 시작하는 게 좋았다.

"미쿠모, 시작하자."

"알겠습니다, 선배님."

카즈마는 미쿠모와 함께 어두운 주택가를 걸었다.

다음 날 오후 1시. 드디어 피해자의 부인 시마자키 미와와 면회할 수 있게 되었다. 이곳은 시부야구에 위치한 종합병원이다. 미와는 몹시 초췌해 보였다. 카즈마와 미쿠모가 병실 안으로 들어가 경찰임을 밝히자 미와는 갑자기 울음을 터뜨렸다.

"믿을 수 없어요. 설마 우리 남편이 살해당할 줄이야…."

지난밤에도 내내 울었는지 눈가가 벌겋게 부어 있었다. 다섯 살 난 아들은 치바현 후나바시시에 사는 언니 부부에게 맡겼다는 듯했다.

"부군께 원한을 가질 만한 사람을 아시나요?"

카즈마가 물었다. 미쿠모는 무릎 위에 수첩을 펼쳐 놓고 귀를 기울였다.

"전혀 모르겠어요. 무엇보다 저는 남편의 일에 관해서는 아무것도 몰라요. 남편은 집에서 한 번도 일 얘기를 하지 않았어요."

피해자는 법무부 관료라는 직업 특성상 아마 고된 업무에 시달렸을 것이다. 자정이 되기 전에 집에 들어오면 그나마 일찍 귀가한 편이었을 것이다. 당연히 부부가 집에서 이야기를 나눌 기회도 적어 아침 식사 때 외에는 대화할 일이 없었다. 그나마도 대부분 다섯 살 난 아들에 관한 이야기였고, 일 이야기는 전혀 하지 않았다고 했다.

"최근에 집 주변에서 뭔가 수상한 걸 본 적이 있으신가요? 아주 사소한 것도 괜찮습니다."

"죄송해요. 정말 생각나는 게 없어요. 왜 우리 남편이… 그런 일을…."

어제 피해자의 부하에게 연락을 받고 오후 4시가 넘어 집에 돌아온 미와가 남편의 시신을 발견했다. 현장은 피바다였다. 살해 방법이 끔찍했던 만큼 그녀가 받은 충격도 상당히 컸을 것이다.

카즈마는 그 이후에도 한참 질문을 이어나갔지만, 참고가 될 만한 이야기는 듣지 못했다.

"뭔가 생각나시면 연락 주세요."

카즈마는 그렇게 말하고는 병실을 나왔다. 옆에서 걷던 미쿠모가 말했다.

"사모님이 안됐어요."

"그러게. 우리가 빨리 범인을 잡아야지."

"이제 후나바시로 가야겠네요."

"맞아."

카즈마와 미쿠모가 맡은 일은 죽은 시마자키 토오루의 가족을 탐문하는 것이었다. 후나바시에 미와의 언니 부부가 산다고 하니 이제 그쪽으로 가야 했다. 피해자인 시마자키 토오루는 야마구치현 출신으로, 그의 부모님은 이르면 오늘 안에 도쿄에 도착할 예정이었다. 그들이 도쿄에 도착하면 카즈마와 미쿠모가 탐문을 하겠지만, 수사에 도움이 되는 이야기를 들을 수 있을 것 같지는 않았다.

카즈마는 병원을 빠져나와 시부야역으로 향하는 길에 미쿠모와 대화를 나누었다.

"선배님, 살해 동기는 역시 피해자의 직업과 관련이 있을까요?"

"그럴 가능성이 크지. 피해자는 수완 좋은 관료였으니 적도 많았을 거야."

오늘 아침 뉴스에서도 시마자키 토오루 살인사건이 대대적으로 보도되었다. 그 뉴스에 따르면, 피해자는 장관의 두터운 신뢰를 받아 일찍부터 차기 차관 후보로 거론되던 인물이라고 했다.

한편 현장 수사를 통해 사건 당시 범인과 피해자의 동선이 밝혀졌다. 피해자의 사망 추정 시각은 오전 1시부터 오전 3시 사이로, 그때 범인은 거실 창문을 깨고 피해자의 집에 침입했다. 시마자키 토오루가 귀가한 시간은 날이 바뀌기 전인 오후 11시 30분경이었고, 그가 귀갓길에 탄 택시도 이미 파악되었다. 욕조를 사용한 흔적이 있는 것을 보면, 피해자가 목욕을 마치고 서재에서 일하고 있을 때 갑자기 침입한 범인이 그를 덮쳤다고 추측할 수 있었다. 아무튼 시마자키 토오루를 노린 계획적인 범행임은 확실했다.

피해자의 지갑을 건드린 흔적도 없었고, 옷장에 들어 있던 피해자 부인의 귀금속도 고스란히 남아 있었다. 그래서 수사본부는 이 사건이 원한에 의한 살인일 가능성이 크다고 판단했다. 카즈마도 그 판단이 옳다고 생각했다.

"선배님, 피해자가 바람을 피웠을 가능성은 없나요?"

"글쎄." 카즈마가 고개를 갸웃했다. "스마트폰의 통화 내역을 봐서는 그런 가능성은 낮아. 미쿠모, 너 설마 피해자의 부인을 의심하는 건 아니지?"

"저는 모든 걸 의심하고 있어요. 어쩌면 그 눈물이 거짓일 수도 있습니다. 바람피운 남편에게 원한을 품은 아내가 만들어낸 복수극일 수도 있지 않습니까?"

"물론 그럴 수도 있지만, 좀 지나치지 않아?"

용의주도한 사람이라면 불륜 상대와 연락할 때 스마트폰 대신 다른 방법으로 연락을 취했을지도 모른다. 모든 가능성을 열어두고 생각하는 것이 사건 수사의 기본임은 카즈마도 알고 있었다. 하지만 이번만큼은 피해자의 부인이 범인일 가능성은 낮다는 느낌이 들었다.

"선배님, L에 무슨 의미가 있다고 생각하세요?"

"현장 컴퓨터에 남아 있던 글자 말이지? 단순한 우연 아닐까?"

오늘 아침 수사회의에서 들은 바에 따르면, 피해자가 엎드려 있던 책상 위에는 노트북이 놓여 있었고, 그 화면 안에는 문서작성 프로그램이 떠 있었다. 그리고 거기에 'L'이라는 글자가 적혀 있었다.

"잘못 눌린 거겠지. 피해자는 등 뒤에서 칼에 찔렸잖아. 그때의 충격으로 손가락이 키보드에 닿은 것 아닐까? 특별한 의미는 없을 것 같아."

"정말 그럴까요? 다잉 메시지일지도 몰라요."

범인의 정체를 알리기 위해 피해자가 남긴 단서를 다잉 메시지라고 한다. 형사 드라마에서는 자주 등장하는 요소이지만, 실제 사건 현장에서 다잉 메시지가 나오는 일은 거의 없었다.

카즈마는 미쿠모의 의견을 반박했다.

"피해자는 눈 깜짝할 사이에 사망했어. 갑자기 쳐들어온 범인이 등을 찔렀잖아. 시간으로 따지면 5초도 안 걸렸을 거고, 피해자는 범인을 확인할 시간조차 없었을 거야. 더구나 다잉 메시지를 남기는 건 불가능해."

"흠…. 그렇죠."

미쿠모는 수긍할 수 없다는 표정을 지었다. 만약 그 'L'이 피해자가 남긴 것이 아니라면, 범인이 남긴 메시지일지도 모른다. 하지만 한 글자만 덜렁 적힌 알파벳은 어떠한 의미도 내포하지 않았다.

카즈마는 옆을 보았다. 저도 모르게 목소리를 높였지만, 때는 이미 늦은 뒤였다.

"미쿠모, 위험…!"

깊은 생각에 잠겨 있었는지, 미쿠모가 전봇대에 부딪쳐 보기 좋게 넘어졌다. 이 녀석은 정말…. 카즈마가 오른손을 내밀어 미쿠모를 일으켜세웠다.

"앞 좀 제대로 보고 다녀."

"죄송합니다."

미쿠모가 무릎에 묻은 먼지를 손으로 털었다. 하지만 이미 더러워진 바지를 되돌리기엔 역부족이었다. 항상 이런 식이면 옷이 아무리 많아도 남아나지 않을 듯하다. 그런 카즈마의 생각을 간파했는지 미쿠모가 웃으며 말했다.

"괜찮아요. 이럴 줄 알고 똑같은 정장을 세 벌씩 사뒀거든요. 자, 가시죠, 선배님."

정말 재미있는 후배가 들어왔다. 카즈마는 작게 웃으며 미쿠모의 뒤를 따라 걸었다.

★

초인종이 울렸다. 안이 그 소리를 듣고 모니터가 달린 인터폰을 향해 신나게 달려갔다. "누구세요?"라고 물었지만, 통화 버튼을 누르지 않은 상태라 안의 목소리는 상대방에게 들리지 않았다. 안은 엄마 흉내를 내고 있을 뿐이었다.

"고마워, 안."

하나코는 그렇게 말하며 모니터를 보았다. 아파트 공동현관의 풍경이 화면에 비쳤지만 인기척은 없었다. 혹시 몰라 통화 버튼을 누르고 말을 걸어봤으나, 대답하는 이는 없었다. 어떻게 된 것일까. 불길한 느낌이 들었다.

"별일 아니겠지."

하나코는 대수롭지 않게 넘기며 다시 집안일을 했다. 오늘은 토요일이라 안도 어린이집에 가지 않았고, 하나코도 서점 일을 쉬었다.

대신 하나코는 집안일로 바빴다. 밀린 빨래를 해야 했고, 산더미처럼 쌓인 카즈마의 와이셔츠도 다려야 했다. 이불을 널고, 청소를 하고, 가능하면 오래 두고 먹을 수 있는 반찬도 만

들어 놓을 생각이었다. 그러면서 중간중간 안과 놀아줄 짬도 내야 했다. 주말은 항상 순식간에 끝이 났다.

“엄마, 끝났어.”

안이 말했다. 안은 TV로 애니메이션 DVD를 보고 있었다. 애니메이션이 끝났는지 엔딩 주제곡이 흘러나왔다. 다음 DVD를 틀어주려고 일어섰을 때, 현관문 인터폰이 울렸다. 하나코가 사는 아파트는 자동잠금장치가 있는 공동현관을 거쳐야만 내부로 들어올 수 있는 구조였다. 공동현관문을 연 기억이 없는데, 어떻게 집 현관문의 인터폰이 울리는 것일까. 조심스럽게 현관으로 가보니 현관문이 이미 열려 있었고, 거기에 한 남자가 서 있었다.

“아빠, 이렇게 멋대로 들어오면 어떡해?”

“이 아파트 보안이 왜 이래? 너 이사해야겠다.”

하나코의 아버지 타케루였다. 그는 실력 좋은 미술품 전문 도둑이었다. 실전에서 쌓은 자물쇠 따기 기술로 공동현관의 잠금장치를 해체하고 집 현관문도 열어버린 모양이었다. 타케루에게…, 아니, 미쿠모 가문 사람들에게는 식은 죽 먹기 같은 일이었다.

“공동현관문이랑 개별현관문 잠금장치가 다 3년 전 거더라. 신형으로 바꾸는 게 낫지 않겠냐?”

“보통 사람은 못 들어오니까 괜찮아. 그보다 어쩐 일이야?”

“여기가 용건 없이는 못 올 데냐? 우리는 가족이잖아.” 타케루가 신발을 벗었다. 오른손에는 종이봉투를 들고 있었다. “남처럼 그러지 마라.” 복도를 지나 거실로 들어간 타케루가 양손을 벌렸다. “안, 할부지 왔다!”

“할부지!”

안이 타케루의 품에 뛰어들었다. 타케루는 안을 끌어안으며 얼굴 가득 미소를 지었다.

“안, 보고 싶었어.”

흐뭇한 장면이지만, 하나코는 조금 복잡한 심정이었다. 타케루는 아직 도둑질을 그만두지 않았다. 아니, 애초에 손을 씻을 생각조차 하지 않았다. 범죄자인 미쿠모 가문 사람들과 안이 가깝게 지내면 교육상 좋지 않을 것 같았다. 하지만 타케루는 그런 것을 전혀 신경 쓰지 않는 듯, 오늘처럼 불쑥 하나코의 집에 나타나곤 했다. 타케루는 그야말로 손녀 바보였다. 게다가 안도 타케루를 몹시 좋아해서 하나코는 더더욱 마음이 복잡했다.

“맞다. 오늘은 아주 좋은 걸 가져 왔어.”

타케루가 그렇게 말하며 종이봉투에서 액자를 꺼냈다. 하나코가 받아들고 보니, 그것은 동물을 그린 소묘 작품이었다.

“이게 뭐야?”

“디즈니의 소묘 작품이다. 무려 진품!”

“뭐? 비싼 거 아냐?”

“가격은 몰라. 하지만 미술관에 전시해도 될 만큼 훌륭한 작품이야. 안이 좋아할 것 같아서 가져 왔다."

"필요 없어. 장물을 받을 수는 없어."

하나코는 손에 든 액자를 내밀었다. 타케루는 이해할 수 없다는 표정으로 하나코를 보았다.

"하여튼 이상한 녀석이야. 필요 없으면 팔면 되잖아. 이거 금액이 꽤 나간다고."

"아빠, 누누이 말했지만 나는 일반인이야. 아빠랑은 달라. 게다가 형사와 결혼한 몸이라고. 형사의 아내가 장물을 받을 수는 없잖아."

"혼인신고는 안 했잖아. 너는 여전히 미쿠모 가문의 장녀야."

"그런 문제가 아니라니까? 하, 정말…."

머리가 지끈거렸다. 하나코는 더이상 개의치 않기로 하고 다시 청소를 시작했다. 타케루와 안은 장난을 치며 놀았다. 절로 흐뭇한 미소가 나오는 모습이었지만, 하나코는 역시나 조금 마음이 복잡했다.

"아, 참. 잊을 뻔했네." 안과 한참을 놀던 타케루는 무언가가 떠오른 듯 자리에서 일어났다. "오늘 자이언츠 홈구장에서 시즌 최종전을 하거든. 이러고 있을 때가 아니지. 안, 또 올게. 다음에는 같이 하와이라도 가자."

"응. 가자!"

하와이가 무엇인지 모르는 안은 해맑게 웃으며 대답했다. 타케루는 자이언츠의 팬이라 연간 회원권이 있었고, 시즌 중에는 도쿄돔에서 야구 경기를 관람하는 것이 취미였다.

"안녕, 안."

"할부지, 안녕."

하나코는 현관 앞까지 타케루를 배웅했다. 방심하면 타케루가 훔친 액자를 근처에 두고 갈지도 모른다는 생각이 들어서였다. 문을 나선 타케루가 복도를 꺾어 사라지는 모습을 끝까지 지켜본 다음 집으로 돌아왔다. 거실에 들어선 하나코는 입을 떡 벌렸다.

"엄마, 어떻게 여기에…."

이번에는 엄마 에츠코였다. 손녀 안을 무릎 위에 앉혀놓고 재잘거리며 웃고 있었다. 에츠코가 하나코를 보며 말했다.

"이 아파트는 보안이 엉터리야. 이사하는 게 어때?"

"보안에 문제가 있는 게 아니라 엄마 아빠가 이상한 거야. 그보다 엄마는 언제 왔어?"

"좀 됐어. 아까는 그이가 있어서 욕실에 숨어 있었어. 지금 냉전 중이거든. 그 인간이 또 바람피운 거 있지? 상대는 어디서 굴러먹다 왔는지 모를 멍청한 여대생이야."

부부싸움인 듯했다. 하나코는 그런 상황이 익숙해 딱히 할 말이 없었다. 안은 눈을 반짝이며 에츠코 목에 걸린 화려한 목걸이를 만지작거렸다. 에츠코의 패션은 오늘도 무척 화려했다. 마치 긴자의 고급 클럽에서 일하는 마담처럼 보였다. 안은 아무래도 여자아이라 그런지, 세 살이 되고부터 귀엽거나 예쁜 물건에 흥미를 보이기 시작했다. 그래서 에츠코의 패션에도 관심이 가는 모양이었다. 에츠코도 그런 안이 귀여운지 타케루에게 지지 않을 만큼 사랑스러운 눈빛으로 손녀를 바라보았다.

"아, 그렇지. 잊어버릴 뻔했네." 에츠코가 핸드백에서 작은 종이봉투를 꺼냈다. "이건 안한테 주는 선물. 틀림없이 마음에 들 거야."

종이봉투에서 나온 물건은 선글라스였다. 게다가 아동용인지 보통 선글라스보다 크기가 조금 작았다.

"짠, 샤넬 선글라스야. 게다가 아동용 사이즈! 귀엽지?"

안은 선글라스를 쓰더니 천진난만하게 웃었다. 하나코는 혹시나 싶어 에츠코에게 물었다.

"엄마, 이거 얼마야?"

"글쎄, 얼마이려나?"

"가격을 모른다는 건 훔쳤다는 뜻이네." 하나코는 안이 쓰고 있던 선글라스를 재빨리 벗겼다. 안이 불만스러운 표정으로 손을 뻗었지만, 하나코는 그 손을 피하며 에츠코에게 말했다. "안에게 훔친 물건 주지 마. 부부가 똑같이 뭐 하는 거야, 정말…."

"어머, 얘 좀 봐? 너희는 공원에서 안 놀 거야? 자외선이 어린애라고 봐줄 것 같니? 지금부터 대비를 제대로 해놓지 않으면 큰코다쳐."

"물론 가지, 공원. 오늘 오후에도 갈 거고. 하지만 엄마, 다른 건 차치하더라도 어린애가 샤넬 선글라스를 끼고 공원에 나타나면 다른 엄마들이 뒤에서 뭐라고 수군댈지 몰라."

"괜찮아. 가난한 사람들이 뭐라고 하든 무슨 상관이야?"

그 말을 받아칠 힘도 없었다. 아빠도 그렇고, 엄마도 그렇고, 대체 왜 이럴까. 우리 가족 중에는 제대로 된 사람이 없는 것일까.

에츠코가 안에게 말을 걸었다.

"안, 너희 엄마 정말 이상하다. 우리 안이 가여워서 어쩌니."

하나코는 또다시 머리가 지끈거렸다. 아빠나 엄마가 집에 오면 항상 이런 식이었다. 뜨거운 차를 마시고 싶어진 하나코는 엄마와 안을 거실에 남겨두고 부엌으로 향했다.

★

사건이 발생한 지 사흘이 지났지만, 아직도 유력한 용의자는 나오지 않았다. 오늘은 일요일이었다. 미쿠모는 휴일을 반납한 채 수사에 임했다. 미쿠모의 선배 사쿠라바 카즈마도 마찬가지였다. 아침부터 사건 현장인 시부야구 우에하라에서 탐문 수사를 했지만 이렇다 할 정보를 얻을 수는 없었다.

"미쿠모, 잠깐 쉬자."

카즈마가 그렇게 말하며 길가에 있는 패밀리레스토랑 간판을 올려다보았다. 저녁 6시가 될 즈음이었다. 점심에 간단하게 끼니만 때운 뒤 계속 탐문 수사를 했으니 잠깐 쉬어도 될 것 같았다. 두 사람은 식당으로 들어가 창가 쪽에 자리를 잡고 뜨거운 커피를 시켰다.

"증거가 이렇게까지 없을 줄은 몰랐어요."

미쿠모가 그렇게 말하자, 카즈마가 고개를 끄덕였다.

"그러게. 상황이 좋지 않아."

이미 현장 감식 결과도 나왔지만, 범인을 특정할 수 있는 확실한 증거, 이를 테면 지문 같은 것은 발견되지 않았다. 범인이 유일하게 남기고 간 흔적은 복도에 남은 발자국이었다. 신발 사이즈는 280센티미터. 범인은 몸집이 큰 남성인 듯했다.

피해자인 시마자키 토오루가 어떤 사람이었는지도 대강 그림이 나왔다. 그는 유능한 엘리트 관료답게 일을 강압적으로 추진하는 경향이 있었지만, 살해 동기가 될 만큼 강한 원한을 산 적은 없는 것 같았다. 18년째 법무부에서 근무했고, 사법제도 개혁에 깊이 관여하여 배심제 도입에도 크게 기여했다.

시마자키 토오루와 그의 부인 미와는 대학교 선후배 사이였고, 대학교 4학년 때부터 사귀었다. 피해자의 여자관계를 의심할 만한 정황은 조금도 없었으며, 오히려 직장 상사나 동료가 함께 유흥업소에 가자고 해도 시마자키는 꿈쩍하지 않았다는 증언이 많았다. 그야말로 일밖에 모르는 사람이었다.

"정부가 근무 방식 개혁을 대단히 강조하던데, 우리 공무원들의 근무 방식부터 개혁해야 한다는 생각이 드네요."

미쿠모가 커피를 한 모금 머금으며 말했다. 죽은 시마자키는 한 달에 평균 70시간 이상 초과근무를 했다고 한다. 게다가 카즈마와 미쿠모도 어제부터 이틀 연속 휴일을 반납하고 출근했다. 하지만 형사라는 직업 특성상 거기에 큰 불만은 없었다. 초과근무를 하기 싫었다면 애초에 형사가 되지 말았어야 했다.

"이 사건 어떻게 생각해?"

카즈마가 묻자, 미쿠모는 커피잔을 테이블에 올려놓으며 말했다.

"살인은 중죄예요. 잘못하면 사형을 받을 수도 있잖아요. 그런데도 살인을 저질렀다는 건 범인에게 아주 큰 동기가 있었다는 뜻이겠죠. 피해자를 죽이고 싶을 만큼 증오했던 사람, 혹은 피해자를 죽임으로써 아주 큰 이익을 얻은 사람이 범인일 거예요. 저는 그중에서 후자라고 생각해요."

"시마자키를 죽임으로써 이익을 얻은 사람이 있었을 거라는 말이야?"

"네. 하지만 피해자가 사망하자마자 발생하는 이익은 아니었을지도 몰라요. 향후에 어떤 형태로든 이익을 얻는 사람이 생길 수 있어요. 처음에는 입신양명이 목적일 거라고 생각했어요. 남자들은 성공이나 출세를 대단히 중요하게 생각하잖아요?"

"그렇지."

카즈마가 팔짱을 낀 채 생각에 잠겼다. 미쿠모도 이리저리 머리를 굴려 보았다. 법무부 직원들을 조사하는 수사관의 말에 따르면, 피해자가 죽자 혼란에 빠진 사람이 대부분이라고 했다. 앞으로 피해자의 공석을 채울 사람이 정해지겠지만, 그 사람이 떠안을 부담감은 상당히 큰 모양이었다. 그만큼 시마자키가 법무부에 이바지해온 바가 컸다는 뜻이었다.

그러나 아직 수사를 시작한 지 사흘밖에 되지 않았다. 어제와 오늘은 휴일이었으니 일러도 내일은 되어야 법무부에서 제대로 된 탐문 수사를 시작할 수 있을 것이다. 그때 유의미한 증언이 나오기를 기대할 수밖에 없다.

카즈마가 스마트폰 화면을 들여다보았다. 그의 표정이 조금 어두워졌다. 미쿠모가 가볍게 물었다.

"무슨 일 있으세요?"

"아, 그냥 좀…. 아내한테 연락이 왔어. 우리 부모님이 저녁 먹으러 오라고 부르셨대."

"선배님은 안 가셔도 되나요?"

"일하는 중이니까 어쩔 수 없지."

그렇게 말하는 카즈마의 어깨가 축 처졌다. 미쿠모는 카즈마가 경찰 일가에서 나고 자랐다는 사실을 알고 있었지만, 그의 처자식에 대해서는 아무것도 몰랐다. 이참에 물어보려고 하는데, 카즈마가 먼저 입을 열었다.

"사실 우리는 아직 혼인신고를 안 했어."

"그렇습니까?"

"특이하지? 경찰은 보수적인 집단이라 상사한테 잔소리도 많이 들었어. 사실 내가 결혼할 때 조금 사고를 쳤거든. 그 일 때문에 아직 혼인신고를 못 했어. 사실은 말이지…."

카즈마가 해주는 이야기를 듣고 미쿠모는 진심으로 놀랐다. 카즈마는 다른 여자와 결혼식 피로연을 하는 도중에 식장을 뛰쳐나와 지금 부인과 함께 살기 시작했다고 했다. 미쿠모의 머릿속에 그것과 비슷한 내용의 고전 영화가 떠올랐다. 더스틴 호프만이 나오는 〈졸업〉이라는 영화였다. 아무튼 그런 사정이 있어서 그 일과 관련된 이들을 배려해 아직 혼인신고를 하지 않았다고 했다.

"벌써 4년 반이나 지난 일이야. 이제 법적으로 합쳐도 되지 않나 싶지만, 마음처럼 쉽지가 않네."

희대의 러브스토리였다. 그나저나 그 피로연에서 차인 여자가 참 가엽다는 생각이 들었다. 카즈마가 미쿠모의 생각을 간파했는지 웃으며 말했다.

"그때 나랑 결혼할 뻔했던 여자는 그 일이 있고 나서 1년 후에 의사랑 결혼했대. 남편감으로는 박봉인 형사보다 의사가 좋을 거야."

"사모님은 어떤 분이세요?"

"평범한 사람이야." 카즈마가 대답했다. "전에는 도서관에서 일했어. 사서 자격증이 있거든. 지금은 그 자격을 살려서 우에노에 있는 서점에서 일해."

"따님은 몇 살이에요?"

"세 살이야. 이름은 안이고, '살구'라는 뜻이야."

"이름이 예쁘네요."

역시 가족 이야기를 할 때만큼은 카즈마도 형사가 아닌 한 집안의 가장 같은 분위기를 풍겼다. 미쿠모가 카즈마에게 제안했다.

"선배님, 본가에 가시는 게 어떻습니까? 지금 출발하면 제때 도착할 수 있을 거예요."

"하지만 지금은 수사 중이니까…."

"오늘 밤에는 수사 회의가 없으니까 알아서 해산해도 되잖아요. 거창하게 근무 방식 개혁까지는 아니어도, 내일부터 열심히 하자는 의미로 오늘은 이쯤에서 퇴근하시죠."

"그, 그래?" 카즈마는 무언가를 깊이 생각하듯 고개를 숙였다가 이윽고 미쿠모를 보며 말했다. "네 의견대로 하자. 반장님께는 내가 연락드릴게. 내일부터 시작될 수사에 대비해서 너도 푹 쉬어둬."

카즈마가 그렇게 말하며 전표를 들고 일어나서 계산을 마치고 가게를 떠났다. 미쿠모도 가게에서 나가려고 일어났을 때, 갑자기 한 남자가 미쿠모에게 다가왔다.

미쿠모의 조수 사루히코였다.

"사루히코, 여기는 어떻게…."

"아가씨, 잠깐 시간 되시는지요?"

사루히코가 맞은편 자리에 앉자, 미쿠모도 다시 의자에 앉았다. 사루히코는 지나가던 점원을 붙잡아 커피를 주문하고는 입을 열었다.

"아가씨, 지금 쫓고 계신 사건에서 뭔가 진전이 있었습니까?"

"없어. 아마 프로의 소행일 거야. 문제는 그 프로에게 살해를 의뢰한 사람이야."

"현장 컴퓨터에 남아 있던 L이라는 글자의 의미는 알아내셨습니까?"

L이라는 글자는 언론에도 밝히지 않은 극비사항이었다. 미쿠모는 조사를 부탁하기 위해 사루히코에게만 몰래 말해주었다. 형사는 저마다 개인 정보원이 있어서 자신만의 경로로 정보를 입수한다는 이야기를 들은 적이 있다. 사루히코는 조수이면서 동시에 정보원이었다. 사건 해결을 위해서는 수단과 방법을 가리지 않는 것. 그것이 미쿠모의 신조였다.

"제가 조사해봤지만, 국내에 L이라는 별명을 가진 범죄자는 없었습니다. 다만 마음에 걸리는 정보가 하나 있습니다."

때마침 점원이 커피를 내와서 사루히코는 입을 다물었다. 떠나는 점원의 뒷모습을 확인하고는 사루히코가 물었다.

"아가씨, L의 일족을 아시나요?"

"이름은 알아. 그런데 그 일족이 정말 실존해? 도시전설 같은 게 아니고?"

L의 일족이라 불리는 실력 좋은 도둑 일가가 존재한다는 이야기가 있었다. 그들은 대대로 도둑질을 가업으로 삼아 대대손손 그 기술을 계승한다고 했다. 만화에서나 나올 법한 이야

기였다.

"도시전설이 아닙니다. L의 일족은 존재합니다. 사실은 말이죠, 아가씨. 선대이신 소신 선생님께서는 L의 일족 수장을 쫓으신 적이 있습니다."

때는 20세기였다. 그 당시 솜씨가 뛰어난 소매치기가 있었는데, 그 남자가 바로 L의 일족을 이끄는 수장이라는 이야기가 돌았다. 그는 지하철에서 승객의 지갑을 훔쳐 내용물만 꺼낸 다음 지갑을 원래 자리에 되돌려놓는 기술을 2분 동안 열 번이나 되풀이한다는 전설도 있었다. 그리고 20세기 후반부터 21세기 초반에 걸쳐 일본뿐만 아니라 외국에서도 다수의 미술품을 훔친 남자가 있었는데, 그 남자가 전설의 소매치기가 낳은 아들이라는 소문이 돌았다. 하지만 사실 여부는 알 수 없었다.

"소신 선생님뿐만이 아닙니다. 아가씨의 아버지 소타로 님도 예전에 L의 일족과 맞대결을 펼친 적이 있습니다. 호죠 가문과 L의 일족은 라이벌이라고 해도 과언이 아닙니다."

소타로가 맞대결을 펼친 상대는 미술품 전문 도둑이었다. 소타로가 그의 범행을 사전에 막은 적은 있었지만, 그 도둑을 체포한 적은 없다고 했다.

"하지만 사루히코, L의 일족은 도둑질이 전문이잖아. 그런데 살인 청부도 받는 거야?"

"그들은 살인을 금기시한다고 들었습니다. 사실 몇 년 전에 경찰청이 그들의 정체를 알아냈다는 소문이 돌았지만, 결국 헛소문이었던 모양입니다. 아직 그들이 잡혔다는 얘기가 없는 걸 보면요."

"그럼 이번 사건과도 관련이 없겠네. 게다가 L의 일족이 범인이라면, 굳이 자신들의 정체가 탄로 날 만한 알파벳을 현장에 남겼을 리가 없어."

"그렇죠. 아가씨 말씀이 맞습니다. 제 생각이 지나쳤군요."

조금 전 카즈마에게도 이야기했지만, 미쿠모는 시마자키 토오루를 살해함으로써 어떠한 이익을 취한 사람이 있으리라 추측했다. 직장 동료처럼 피해자와 가까운 사람일 수도 있고, 또는 피해자의 죽음을 통해 간접적인 이익을 취한 사람일 수도 있다.

"어쨌든 고마워, 사루히코. L의 일족은 할아버지와 아버지가 모두 추적하던 대도였구나. 언젠가 내 손으로 잡을 날이 오면 좋겠다. 진심으로."

"아가씨라면 가능할 겁니다."

"하지만 지금은 시마자키 토오루를 살해한 범인을 찾는 게 우선이야. 사루히코, 은밀하게 피해자를 조사해줄 수 있을까?"

"알겠습니다. 그럼 저는 이만."

사루히코가 일어나 가게를 떠났다.

미쿠모가 경찰청 본청으로 발령받은 지 오늘로 딱 일주일째였다. 눈 깜짝할 사이에 시간이 지나갔지만 알찬 일주일이었다.

카부키쵸 접대부 살인사건도 해결했으니 매우 순조롭게 첫 발을 뗀 셈이었다. 내일도 더 열심히 해야지. 미쿠모는 그렇게 기합을 넣었다.

★

카즈마의 본가는 스미다구 히가시무코지마 주택가에 있었다. 카즈마가 하나코, 안과 함께 사는 아파트에서 15분 정도 걸으면 나오는 곳이었다. 하나코와 살림을 합치며 집을 고를 때, 본가와 가까우면 여러모로 편할 듯해 히가시무코지마에 있는 아파트를 빌렸다. 그래서 카즈마는 달에 한두 번 월례행사처럼 본가에서 밥을 먹었다.

카즈마는 오후 7시가 넘어서 본가에 도착했다. 건물이 오래되어 안에서 떠드는 목소리가 바깥까지 들렸다. 문을 열고 안으로 들어가자, 대화 소리가 한층 더 크게 들렸다. 카즈마의 아버지 노리카즈가 웃고 떠드는 목소리였다.

"다녀왔습니다."

카즈마가 신발을 벗고 안으로 들어가자, 카레 냄새가 풍겨왔다. 카즈마네 가족은 모두 카레를 좋아했다.

"안, 어때? 할배 엄청 빠르지?"

노리카즈가 등에 안을 태운 채 복도에서 네 발로 기고 있었다. 안은 즐거워 보였다. 노리카즈는 땀을 뻘뻘 흘리면서도 얼굴에 미소가 가득했다. 이렇게 보면 귀여운 첫 손녀에게 푹 빠진 할아버지로만 보이지만, 사실 그는 경찰청 경호 부서의 부부장이다. 경호 부서는 집단 경호와 재해 대책을 담당하는 부서로, 기동경비대와 특수경비부대, 주요 인사를 경호하는 보안 경찰 등을 총괄하는 곳이다.

"아빠!"

카즈마를 발견한 안이 노리카즈의 등 위에 올라탄 채 손을 흔들었다. 그 얼굴을 보자 카즈마는 모든 피로가 순식간에 씻겨 내려가는 듯했다. 카즈마도 안에게 손을 흔들어 인사하고는 복도를 지나 거실 쪽으로 들어갔다.

부엌에는 카즈마의 어머니 미사코가 서 있었다. 그 옆으로 하나코의 모습이 보였다. 두 사람은 샐러드를 만들며 담소를 나누었다.

"어머, 카즈마. 왔구나."

미사코가 카즈마를 발견하고는 말했다. 미사코를 따라 뒤를 돌아본 하나코와 눈이 마주치자, 카즈마가 가볍게 인사했다.

"하나코, 연락 줘서 고마워. 덕분에 오늘은 빨리 퇴근했어."

"그랬구나. 카즈마, 맥주 마실 거야?"

"응. 고마워."

카즈마는 캔맥주를 받아들고 의자에 앉았다. 막 맥주를 마시기 시작했을 때, 안을 품에 안은 노리카즈가 나타났다. 노리카즈가 안을 바닥에 내려놓자, 안은 테이블 아래를 지나 카즈마에게 다가갔다. 카즈마는 안을 무릎 위에 앉혔다.

"안, 오늘은 뭐 했어?"

"공원 갔어."

"그래? 공원 갔구나. 재미있었어?"

"응. 재미있었어. 할무니랑 같이 놀았어."

'할무니'는 하나코의 엄마인 미쿠모 에츠코를 가리키는 말이었다. 그 말을 듣자 미사코가 예민하게 반응하며 하나코에게 물었다. 참고로 미사코는 '할매'라고 불리는 것을 보면, 안의 내면에서도 두 집안은 명확하게 구분되는 듯했다.

"새아가, 사부인이 다녀가셨니?"

"네." 하나코가 그릇에 샐러드를 담으며 대답했다. "갑자기 오셨어요. 빵을 사 오셔서 셋이 같이 먹었어요."

"그래…. 같이 빵을 먹었다고…."

카즈마는 부엌에서 흐르는 무거운 공기를 감지했다. 사쿠라바 가문은 경찰 일가이고, 한편 미쿠모 가문은 도둑 일가이다. 4년 6개월쯤 전에, 물과 기름 같던 두 가문은 자신의 아들과 딸이 함께 사는 것을 인정하고 받아들였다. 하지만 양가의 관계가 좋았던 기간은 겨우 1년 정도였다. 시간이 흐를수록 두 가문의 차이가 극명하게 드러났기 때문이다. 노리카즈는 현역 경찰관이고, 한편 하나코의 아버지 미쿠모 타케루는 현역 도둑이다. 도저히 돈독하게 지낼 수 없는 사이였다.

노리카즈와 미사코는 미쿠모 가문 사람들과 손녀 안이 접촉하는 것을 불편하게 생각했다. 미쿠모 가문 사람들이 안의 인격 형성에 나쁜 영향을 미칠까 봐 불안해했다. 카즈마가 보기에 하나코도 그 점을 눈치챈 듯했지만, 복잡하고 무거운 이야기가 될 것이 뻔해 아내와 그런 대화를 제대로 나눈 적은 없었다.

"음식 나왔습니다."

하나코와 미사코가 카레라이스와 샐러드를 테이블 위로 날랐다. 카레라이스가 맛있어 보였다. 카즈마가 안을 옆에 있는 의자에 앉히고는 미사코에게 물었다.

"어? 할아버지랑 할머니는 어디 가셨어요?"

"영화 보러 가셨어. 저녁 식사는 밖에서 드신다고 했어."

카즈마의 할아버지 와이치와 할머니 노부에도 이 집에서 살고 있었다. 두 사람 다 나이가 지긋했지만, 아직 건강해서 자주 둘이서 외출을 했다. 부럽기 그지없는 모습이었다.

"잘 먹겠습니다."

다 함께 카레라이스를 먹기 시작했다. 안 역시 카레를 좋아해서 아동용 숟가락으로 혼자 밥을 먹었다. 캔맥주를 한 손에 든 노리카즈가 물었다.

"카즈마, 오늘도 일 나갔냐?"

"그렇죠, 뭐. 법무부 관료 살인사건 때문에요."

"아, 그 사건? 범인의 윤곽은 좀 잡혔어?"

"전혀요. 물증도 없고 살해 동기가 있을 법한 사람도 없어요. 제 입으로 말하고 싶진 않지만, 이 사건은 오래 걸릴 것 같아요."

"피해자가 상당히 능력 있는 사람이었다더구나. 큰 원한을 산 모양이야."

가족들이 모두 경찰 관계자인 사쿠라바 집안에서는 식사를 하며 사건 이야기를 나누는 것이 일상다반사였다. 카즈마는 초등학교에 입학하고 나서야 다른 가족들은 저녁을 먹으며 사건의 경위를 추리하지 않는다는 사실을 알았다.

"안, 기특하구나. 잘 먹으니까 쑥쑥 크겠다." 노리카즈가 안을 보며 웃었다. "카즈마, 슬슬 안에게 검도를 가르치는 게 어떠냐? 안은 분명히 강해질 거다. 나중에 훌륭한 경찰관이 될 거라는 확신이 들어."

"여보, 아직 그런 얘기를 하기는 일러요. 안은 자기가 좋아하는 일을 하게 해야죠. 법의학 같은 건 어때요? 안도 재미있어할 거예요."

"아버지, 어머니, 안은 아직 세 살밖에 안 됐어요."

"아니다, 카즈마. 이런 건 어렸을 때부터 시작하는 게 중요해."

"맞아, 카즈마. 너도 이 나이 때 검도를 시작했잖니? 나는 지금이 적당한 때라고 생각한단다."

카즈마는 하나코와 눈이 마주쳤다. 하나코는 평소와 다름없이 미소를 짓고 있었다. '우리 부모님은 정말 못 말린다니까.' 카즈마는 그런 의미를 담아 어깨를 으쓱해 보이고는 다시 카레라이스를 먹었다.

"안, 잘 가. 카즈마, 안한테 검도 가르치라는 얘기 잘 생각해 봐라."

"알았어요. 그럼 쉬세요."

오후 8시, 집으로 돌아가려고 본가를 나섰다. 카즈마와 하나코가 안의 손을 하나씩 나눠 잡고 셋이서 길을 걸었다. 안은 기분이 좋은지 이따금씩 폴짝 뛰어오르며 마주 잡은 양손에 온몸의 무게를 실었다. 그럴 때마다 카즈마와 하나코가 안을 힘껏 들어 올려 주었고, 안은 까르르 웃으며 좋아했다.

"하나코, 걱정 안 해도 돼." 카즈마가 말했다. "나는 안에게 검도를 가르칠 생각이 없어. 아버지는 그렇게 말씀하셨지만, 나는 안을 경찰관으로 키울 생각이 없거든."

"알아."

"하지만 안이 뭔가를 배우는 건 좋을 것 같아. 피아노나 영어 회화 같은 거 말이야. 엄마들 사이에서 그런 얘기 많이 하지 않아?"

"많이 하지. 피아노를 배우는 애도 있고, 영어 회화를 배우는 애도 있어. 요즘은 초등학교에 들어가기 전에 글자나 산수 같은 기초적인 공부를 선행 학습시키는 학원이 유행인가 봐."

"그렇구나."

"하지만 나는 그런 게 필요하지 않다고 생각해."

"내 생각에도 공부는 아직 이른 것 같아. 그럼 음악을 가르쳐서 감수성을 키워주는 게 좋겠다."

요즘 카즈마는 안과 관련된 것 말고는 하나코와 대화를 나눌 일이 없다는 생각을 했다. 물론 세 살배기 아이를 둔 부부라면 누구나 아이를 중심으로 이야기를 나눌 수밖에 없다. 하지만 예전에 두 사람이 연애하던 때에는 좋아하는 음식이나 영화 같은 소소한 주제로 몇 시간이나 즐겁게 대화를 나눴다. 카즈마는 가끔 그때 그 시절이 사무치게 그리웠지만, 이렇게 아이와 관련된 대화를 나누는 것이 지금 두 사람에게 주어진 현실이었다.

세 사람은 어느새 집에 도착했다. 하나코는 본가에서 받아온 카레를 곧바로 다른 그릇에 옮겨 담았다.

"카즈마, 목욕물."

하나코의 말에 카즈마는 목욕물을 데웠다. 그리고 냉장고에서 하이볼 캔을 꺼내 마셨다. 안은 침실에서 인형 놀이를 시작했다. 예전에는 '아빠, 아빠' 하면서 시도 때도 없이 놀아달라고 보채던 안이 요즘에는 혼자 노는 일이 잦아졌다. 몸은 편해서 좋았지만 그건 그것대로 조금 서운했다.

"카즈마, 잠깐 할 말이 있어."

카즈마는 부엌으로 갔다. 하나코가 냉장고에 자석으로 붙여둔 유인물을 떼어 카즈마에게 건넸다.

"미안해. 말하는 걸 깜빡했는데, 이번 주에 어린이집에서 버스 소풍을 가."

"아, 그래?"

카즈마는 유인물을 받아들고 훑어보았다. 안이 다니는 플라워어린이집에서 가을 버스 소풍을 간다고 적혀 있었다. 일정표를 보니 스미다구 수족관을 견학한 다음 수족관 근처에 있는 공원에서 점심을 먹고, 오후에는 에도가와구 연안공원에 간다고 되어 있었다. 어린이집 전체가 한꺼번에 움직이는 것이 아니라 내일부터 일주일 동안 반별로 소풍을 떠난다고 했다. 안이 속한 해바라기반은 모레인 화요일이 소풍 날짜였고, 우천시에도 일정은 변경되지 않는다고 적혀 있었다.

"힘들 것 같은데…." 카즈마가 유인물을 보며 말했다. "화요일은 어려워. 아까도 언뜻 말했지만 법무부 관료가 살해당한 사건을 맡게 됐거든. 요요기 경찰서에 수사본부가 설치됐어. 화요일은 시간을 내기 어려울 것 같아."

"괜찮아. 일이니까 어쩔 수 없지."

"그나저나 이 어린이집은 왜 평일에 소풍을 가는 거야? 직장인은 어떻게 하라고…."

카즈마는 그렇게 말했지만, 만약 소풍을 휴일에 가더라도 큰 사건과 시기가 겹친다면 자신은 참여하지 못하리라 생각했다.

"하나코는 가는 거야? 하나코도 일이 있잖아."

"지난주에 점장님께 말씀드려서 근무 시간을 바꿨으니까 괜찮아. 그리고 아빠들 참여율은 역시 낮은가 봐. 보통은 엄마들이 참여한대."

"그래도 맞벌이면 둘 다 참여하기 어렵잖아."

"그렇지. 그래서 혼자 가는 아이도 가끔 있대. 안됐지만 어쩔 수 없지."

"정말 미안해. 다음에는 꼭 같이 갈게."

카즈마가 사과했다. 그동안 몇 번이나 이렇게 사과를 했는지 모른다. 다음에는 꼭 가겠다고 했지만, 그때도 수사본부가 설치될 만큼 큰 사건이 일어나지 않는다는 보장은 없었다.

"너무 마음에 두지 마. 일이니까 어쩔 수 없잖아."

하나코는 그렇게 말해주었지만, 요즘에는 그 말조차 카즈마에게 위안이 되지는 못했다. 이유는 분명했다. 하나코가 4월부터 일을 시작했기 때문이다. 이전까지는 카즈마가 일을 하고 하나코가 육아를 해서 역할 분담이 명확했다. 하지만 하나코가 일을 시작하면서, 카즈마는 자신만 일을 핑계로 육아를 하지 않는 것이 비겁하다고 생각했다.

"이거 중간에 참여해도 될까?"

카즈마가 유인물을 손에 든 채 하나코에게 물었다. 하나코는 냉장고를 들여다보며 대답했다.

"글쎄…. 안 될 건 없지 않을까?"

"이 유인물, 내가 가져가도 돼? 못 갈 수도 있지만 기회가 생기면 중간에라도 갈게."

"괜찮아, 카즈마. 그렇게까지 하지 않아도 돼."

욕실에서 목욕물이 다 데워졌음을 알리는 소리가 나서 카즈마는 자리에서 일어났다.

"안, 목욕하자."

카즈마가 말하며 침실로 들어갔다. 하나코의 눈치가 보였다. 어쩌면 버스 소풍 때문에 화가 났을지도 모른다. 침실에서 안을 안고 욕실로 갔다. 곁눈질로 보니 부엌에 있는 하나코의 표정은 평소와 다름없이 온화했다.

★

버스 소풍이 예정된 화요일, 하늘이 아침부터 쾌청하게 맑았다. 그러나 지금은 수족관 안이라 바깥 날씨가 어떤지는 알 수 없었다. 사실 이 수족관은 작년에 가족끼리 온 적이 있는 곳이었다. 그래도 안은 신이 난 듯 다른 아이들과 손을 잡고 수족관 안을 누비고 다녔다.

"얘들아, 저기 봐. 물고기들이 열심히 헤엄치네?"

아이들을 인솔하는 보육 교사의 목소리가 메아리쳤다. 하나코도 수조 안에서 헤엄치는 참치 떼를 바라보았다. 발맞춰 행진하는 군인들처럼 수많은 참치가 똑같은 방향으로 유영했다. 하나코 옆에 있던 나카하라 아키가 천진난만하게 말했다.

"저 참치들은 계속 헤엄치는데 지치지도 않나? 잠은 언제 자는 거지?"

"참치는 헤엄치면서 잔대요. 그러니까 평생을 헤엄치며 사는 거죠."

"힘들겠네요. 그런데 하나코 씨, 어떻게 그런 걸 알아요?"

"전에도 여기에 온 적이 있거든요. 그때 남편한테 들었어요."

지금 아이들은 다 같이 앞에서 움직였고, 학부모들은 그 뒤를 쫓아가듯 걸었다. 해바라기반은 아이 열여덟 명 전원이 버스 소풍에 참여했고 모두 보호자를 동반했다. 그러니까 챙겨줄 가족 없이 혼자 참여한 아이는 없다는 뜻이었다. 아빠 없이 엄마만 참여한 경우가 많았지만, 부모가 모두 참여한 가족도 세 가족 정도 있었다.

해바라기반 아이들과 학부모들은 1시간 정도 수족관 안을 구경했다. 하나코는 전에 와본 적이 있어서 이 수족관에 돌고래 쇼가 없다는 것을 알고 있었다. 그런데도 아이들은 마냥 즐거운지 웃음소리가 끊이지 않았다. 수족관에서 나왔을 때는 오전 11시 45분이었다. 이제 가까운 공원으로 이동해 거기서 점심을 먹을 예정이었다.

사람들은 일단 버스로 돌아갔다. 어린이집 측이 빌린 대형 버스였다. 보육 교사는 한 명 한 명 이름을 부르며 빠진 사람이 없는지 확인했다. 이번 버스 소풍에는 보육 교사 세 명이 동행했다. 전원 버스에 탑승한 것이 확인되자, 버스는 공원을 향해 출발했다.

"하나코 씨, 도시락 잘 만드셨어요?"

통로를 사이에 두고 건너편에 앉은 아키가 하나코에게 물었다.

"그럭저럭 만들었어요. 아키 씨는요?"

"저는 평소에 도시락 쌀 일이 없어서 잘 못 만들겠더라고요."

10분쯤 지나 공원에 도착했다. 주차장도 있고 대형 버스를 세워둘 공간도 있는 공원이었다. 버스가 완전히 멈추자 보육교사 한 명이 마이크를 들고 말했다.

"이제 점심시간이 있겠습니다. 버스 문은 계속 열어둘 테니 차내에서 식사하셔도 됩니다. 오후 1시 15분에 출발할 예정이오니 그때까지 버스로 돌아와 주세요."

사람들은 저마다 가방과 짐을 챙겨 버스에서 내렸다. 하나코도 안과 함께 버스에서 내렸다. 나카하라 아키 모자를 비롯한 네 가족과 함께 공원 잔디밭으로 향했다. 커다란 나무 그늘을 발견해 거기에 돗자리를 깔고 다 같이 둘러앉았다. 아이들은 벌써 신나게 떠들며 돗자리 위를 뛰어다녔다.

"자, 안, 밥 먹어야지."

각자 집에서 만들어온 도시락을 먹었다. 하나코는 다른 엄마들과 이런저런 대화를 나누면서 즐겁게 점심을 먹었다. 어느 마트가 저렴하다든가, 어느 영어학원이 좋다든가, 그런 대화였다. 엄마들과 이야기를 나눌 때면 항상 대화 소재가 끊이지 않았다.

"저기 좀 봐요, 하나코 씨." 근처에 앉은 엄마 한 명이 하나코에게 말을 걸었다. 그녀가 눈짓으로 가리킨 곳을 보자, 사람들이 돗자리 위에서 도시락을 둘러싸고 앉아 있었다. "저 사람들, 장소를 착각한 거 아니에요?"

부모가 모두 소풍에 참여한 세 가족이 모여 앉은 자리였다. 남자들이 맥주를 마시면서 와인오프너로 와인을 따려 하고 있었다. 엄마들은 술을 마시지 않는 듯했지만, 아빠들은 흥에 취해 술을 따랐다. 하나코는 작게 웃으며 말했다.

"본인들이 즐겁다면 괜찮지 않을까요?"

"음, 그런가요?"

날씨가 참 좋았다. 역시 밖에서 먹는 밥은 맛있었다. 안의 입가에 붙은 밥알을 떼어주고서 하나코는 머리 위로 드높게 펼쳐진 푸른 하늘을 올려다보며 미소를 지었다.

★

"유능한 사람이었습니다. 차기 사무차관 후보라는 말이 괜히 나오는 게 아니었어요."

카즈마 앞에 앉은 남자가 말했다. 이곳은 법무부 안에 있는 회의실이다. 카즈마는 법무부 내부에서 탐문 수사를 하는 중이었다. 피해자 가족들의 탐문은 어느 정도 마무리됐으니 이제 직장을 수사하라는 지시가 내려왔기 때문이다. 카즈마 옆에는 신입 형사 호죠 미쿠모가 있었다.

"시마자키 씨와는 동기라고 하셨죠? 최근에도 사적으로 교류하셨습니까?"

카즈마가 묻자, 남자가 대답했다. 무테안경을 낀 예민한 인상의 남자였다.

"사적인 교류는 거의 없었습니다. 젊어서는 같이 밥을 먹을 때도 있었지만, 서로 가정이 생기고부터는 그럴 기회가 없었거든요. 그래도 사내 공부 모임에 참여한 이후로는 시마자키와 대화할 일이 꽤 있었어요."

"공부 모임이요?"

"참여 의사가 있는 사람들끼리 모여서 정보도 교환하고 토론도 하는 모임입니다. 토론 내용은 다양하지만, 자연스럽게 업무와 관련된 주제로 이야기할 때가 많습니다. 예를 들면 배심제도나 사형제도 같은 주제입니다. 더 자세한 내용은 말씀드리기 어렵습니다."

"시마자키 씨도 공부 모임에 참여했군요?"

"참여뿐이겠습니까? 그 친구가 직접 모임을 만들었는걸요. 그래서 시마자키가 대단하다는 겁니다. 보통은 본인 일만으로도 바쁘니 그런 공부 모임을 만들 여유가 없잖습니까? 하지만 그 친구는 달랐습니다. 공부 모임을 만들어서 지식을 공유하고, 동시에 인맥도 넓혔죠. 시마자키는 그런 사람이었어요."

깊이 파면 팔수록 시마자키 토오루라는 관료가 어떤 사람이었는지 그림이 그려졌지만, 거기에서 약점을 찾을 수는 없었다.

"법무부에 시마자키 씨에게 원한을 가질 만한 사람은 없습니까?"

카즈마가 묻자, 시마자키의 동기가 대답했다.

"짚이는 데가 없습니다. 시마자키의 죽음은 법무부의 큰 손실입니다. 그 녀석은 그만큼 대단한 인재였어요."

"한 가지 여쭤보고 싶은 게 있습니다."

카즈마 옆에 있던 미쿠모가 입을 열었다. 궁금한 것이 있으면 적극적으로 질문해도 된다는 허락을 미리 받은 덕분이었다. 미쿠모가 신입 형사답지 않은 당당한 말투로 물었다.

"조금 전에 공부 모임 얘기를 하셨죠? 배심제도나 사형제도가 주제였다고도 하셨고요. 돌아가신 시마자키 씨는 그 주제에 어떤 견해를 갖고 계셨나요?"

"토론을 할 때 그 친구는 주로 사회를 봤습니다. 그래서 뭐라고 말씀드리기가 어렵네요."

"그때 받으신 느낌만 얘기해주셔도 괜찮습니다."

"느낌이라…. 음…." 남자가 고개를 갸웃하며 말했다. "어디까지나 제가 받은 느낌을 말씀드리자면, 피해자 가족을 지지하는 견해를 갖고 있었습니다."

"그 말은 시마자키 씨가 범죄자에 대한 처벌 강화를 바랐다는 뜻인가요?"

"제가 그렇게 단정 지어 말씀드리기는 어렵습니다."

그 대답을 듣자 감이 왔다. 시마자키는 아마 범죄자에 대한 처벌 강화를 추구하는 경향이 강했을 것이다. 그 뒤에도 한동안 탐문이 이어졌지만, 사건 해결에 큰 도움이 될 만한 정보는 얻을 수 없었다. 남자가 회의실에서 나가자, 카즈마가 미쿠모에게 말했다.

"미쿠모, 다음으로 넘어가자."

"네. 알겠습니다."

탐문 시간은 한 사람당 15분이고, 법무부 직원들에게는 미리 탐문 시간과 회의실 위치를 일러둔 상태였다. 회의실 밖에서 다음 사람이 기다리고 있을 것이다. 그 사람을 불러들이려고 미쿠모가 자리에서 일어난 순간, 문이 열리더니 마츠나가 반장이 회의실 안으로 들어왔다. 마츠나가의 표정은 어쩐지 당혹스러워 보였다.

"카즈마, 미안하지만 무코지마 경찰서에 가봐. 급한 일이야."

"무슨 일이세요?"

무코지마 경찰서는 카즈마가 사는 지역을 담당하는 곳이었다. 가족들의 얼굴이 머릿속을 스쳤다. 하나코와 안, 그리고 본가 식구들의 얼굴이었다. 무슨 일이 생긴 건가 싶어 불안이 밀려왔다.

"무코지마 경찰서에 수상한 전화가 왔다고 한다. 어떤 어린이집이 버스 소풍을 가려고 빌린 대형 버스를 납치했다는 전화였어."

"설마…. 그 버스가…."

카즈마는 떨리는 손으로 주머니에서 종이 한 장을 꺼냈다.

어린이집에서 나눠준 유인물이었다. 화요일인 오늘은 해바라기 반의 소풍날이었다. 하나코와 안이 소풍에 참여했을 것이다.

"히가시무코지마 플라워어린이집이 빌린 버스다. 오늘 아침에 네가 얘기한 게 생각이 나서 말이야. 이봐, 카즈마. 듣고 있나? 카즈마."

마츠나가의 목소리는 이미 귀에 들어오지 않았다. 카즈마는 정신없이 회의실을 뛰쳐나왔다.

하나코…. 안…. 대체 무슨 일이 벌어진 것일까. 불안은 커져만 갔다. 카즈마는 맹렬한 기세로 계단을 달려 내려갔다.

LUPIN'S RETURN

제 2 장

버스 소풍에 주의

버스 안은 조용했다. 아이들은 대부분 낮잠을 잤고, 아이와 함께 잠든 학부모도 많았다. 하나코는 도저히 잠이 오지 않아 앞에 앉은 보육 교사들의 움직임을 살폈다.

조금 전부터 낌새가 이상했다. 세 사람 다 어두운 얼굴로 입을 다물고 있다가 이따금씩 심각한 표정으로 스마트폰을 들여다보았다. 그런가 하면 셋이서 얼굴을 맞대고 무어라 소곤거리기도 했다. 하나코는 무언가 심각한 사태가 벌어진 것 같다는 생각을 떨쳐 버릴 수 없었다.

하나코는 엄마의 무릎을 베고 잠든 안의 머리를 들어 좌석 등받이에 살짝 기대어놓았다. 자리에서 일어난 하나코는 맨 앞 좌석에 앉은 보육 교사들에게 다가가 말을 걸었다.

"저기, 혹시 무슨 일이 있나요?"

"네?" 보육 교사 한 명이 고개를 들더니 양손을 내저었다. "아, 아무 일도 없어요. 위험하니까 자리에 앉아주세요."

당황한 모습을 보니 더더욱 수상했지만, 그 이상 추궁하지 않기로 한 하나코는 자기 자리로 돌아갔다. 안은 아직 자고 있었다. 나카하라 아키가 졸린 눈으로 물었다. 아들과 함께 잠들었던 모양이다.

"하나코 씨, 무슨 일 있어요?"

"별일 아니에요."

하나코는 자리에 앉았다. 창밖을 바라보니 강이 보였다. 아라카와강이었다. 지금 버스는 아라카와강 하천부지를 따라 달리고 있었다. 다음 목적지는 분명 에도가와구에 있는 공원이었다. 그 공원으로 가려면 아라카와강을 가로질러 동쪽으로 가야 했지만, 버스는 아라카와강을 건널 기미가 없었다. 운전기사는 50대 남자로, 평소에는 어린이집 통원버스를 모는 사람이었다.

"…엄마."

안이 잠에서 깼다. 시간은 오후 2시가 되려는 참이었다. 그래도 안은 30분 정도 낮잠을 잔 것 같다. 다른 아이들도 절반 정도 잠에서 깼는지 버스 안에서 아이들의 목소리가 들리기 시작했다.

잠시 후 버스가 멈췄다. 창문 너머로 밖을 확인해보니, 그곳은 공원 주차장이었다. 정식명칭은 아라카와녹지공원. 하나코도 몇 번 와본 적이 있는 곳이었다. 축구장과 테니스장이 있는 커다란 공원이다. 그러나 이 공원은 소풍의 목적지가 아니었다. 목적지로 가는 도중에 화장실에 들르라고 정차한 것일까.

하나코와 비슷한 생각을 했는지 학부모 몇 명이 고개를 갸웃거렸다. 하지만 아직 자는 아이들이 있어 소란을 떠는 사람은 없었다.

"여러분, 쉬시는 중에 죄송합니다."

한 보육 교사가 마이크를 들고 말했다. 그 보육 교사는 나가이 유카리라는 여자로, 이 버스에 탄 세 보육 교사 중 가장 나이가 많았다. 나이는 30대 중반으로 보였다. 다른 두 보육 교사는 아마 20대인 듯했다.

"사실 조금 전에 어린이집에서 연락이 왔습니다. 계획을 변경해 버스를 여기에 세우라는 지시가 있었습니다. 무단으로 목적지를 변경해서 죄송합니다."

하나코의 심장이 요란스럽게 뛰었다. 다른 학부모들은 나가이 유카리의 이야기를 한 귀로 흘려들었다. 아이와 대화하는 학부모도 간혹 있었다. 하지만 보육 교사 나가이 유카리가 다음 말을 하자, 버스 안의 분위기가 180도 달라졌다.

"흥분하지 말고 들어주세요. 사실 어린이집 원장선생님 앞으로 전화가 걸려왔습니다. 이 버스에…, 폭탄을 설치했다…는 내용의 전화였습니다."

순간 버스 안은 정적에 휩싸였다. 그대로 10초쯤 지났을까. 정적을 깨고 한 남자가 말했다.

"아니, 뭐라고요? 선생님, 장난하지 마세요."

"자, 장난이 아닙니다." 떨리는 목소리로 나가이 유카리가 설명했다. "이건 장난이 아닙니다. 여러분, 흥분하지 말고 들어주세요. 범인의 요구를 잘 따르면 폭탄이 해제될 거라고 합니다. 그러니 여러분, 침착하게…."

"지금 침착하게 생겼어요?! 그 말이 진짭니까?"

다른 남자가 일어섰다. 가장 뒷자리에 앉은 학부형이었다. 낮부터 공원에서 술을 마셔서인지 눈 밑이 벌겠다.

"이렇게 넋 놓고 있을 때가 아니잖아요. 지금 당장 내려야죠!

대체 생각이 있는 건지…. 자, 빨리 가자."

남자는 아내와 딸을 데리고 버스에서 내리려 했다. 그 모습을 보자 따라 내려야겠다는 생각이 들었는지 학부모 몇 명이 자리에서 일어났다. 하나코는 안의 손을 잡은 채 나가이 유카리를 바라보았다. 그녀가 마이크를 들고 말했다.

"진정하세요. 안 됩니다. 내리시면 안 됩니다."

"내리면 안 된다고요? 그게 무슨 말입니까?"

하나코는 나가이 유카리를 보았다. 다른 학부모들의 시선도 나가이 유카리를 향했지만, 그녀는 의외로 침착했다. 말을 하다 보니 오히려 감정이 차분해진 것일지도 모르겠다. 그녀는 분명한 어조로 말했다.

"그게 범인의 요구입니다. 한 명이라도 이 버스에서 내리는 순간, 이 버스는 폭발할 겁니다."

나가이 유카리의 말이 차내에 울려 퍼졌다. 버스 안은 다시 고요해졌다.

하나코는 안의 손을 꽉 잡았다. 승객 중 한 명이라도 버스에서 내리면 그 순간 버스가 폭발할 것이다. 나가이 유카리가 한 말의 의미는 이해했지만, 실감은 나지 않았다. 지금 정말 그런 일이 일어나고 있단 말인가…?

"그러니까 여러분, 진정해 주세요." 나가이 유카리가 호소하듯 말했다. "부탁드립니다. 앉아주세요. 원장님이 벌써 경찰에 신고도 했습니다. 이제 경찰이 우리를 구해줄 거예요."

버스 안이 소란스러워졌다. 학부모들이 무어라 이야기하는 소리와 함께 아이들의 울음소리가 들렸다. 어른들이 느끼는 긴장감을 눈치챘는지 우는 아이들이 생겨났다. 안은 조금 불안한 표정을 지었지만, 아직 울지는 않았다. 하나코는 안의 왼손을 꼭 잡으며 "괜찮아."라고 작게 말했다. 안은 고개를 끄덕였다.

"잠깐."

남자의 목소리가 들리자, 학부모들의 시선이 버스 뒤쪽으로 쏠렸다. 조금 전의 그 남자였다. 얼굴이 벌건 남자가 말했다.

"난 그런 헛소리는 안 믿어요. 그러니까 우리 가족은 버스에서 내립니다. 내가 이딴 장난질에 놀아날 것 같아요?"

남자는 아내와 딸의 손을 잡아 일으켜 세웠다. 가족의 손을 잡아끌며 남자는 버스 앞쪽으로 걸어갔다. 그러자 그 앞을 한 여자가 막아섰다. 엄마들 중 한 명이었다.

"기다려요."

"비켜요."

"함부로 단독 행동하지 마세요. 정말 버스에 폭탄이 설치돼 있으면 어쩔 거예요? 당신이 진상을 부리는 바람에 우리가 다 피해를 보면 어떻게 할 거냐고요."

"뭐? 진상? 우리 가족이 내린다는데 당신이 무슨 참견이야?"

"그러니까 바로 그런 걸 진상이라고 하는 거예요!"

지금 버스 안에 있는 학부모와 보육 교사들의 마음은 똑같았다. 모두 곱지 않은 시선으로 남자를 쳐다보았다. 그 싸늘한 눈빛을 알아차렸는지 남자가 혀를 차며 버스 뒤쪽으로 물러났다. 남자는 작게 투덜거리며 뒷좌석에 털썩 앉았다.

그때 다른 보육 교사-동안에 머리를 세 가닥으로 땋은 보육 교사-사야마 유리가 나가이 유카리에게 스마트폰을 건넸다. 또 다른 보육 교사는 시노다 아이라는 키가 큰 여자였다. 나가이 유카리가 마이크에 대고 말했다.

"여러분, 지금 이 스마트폰으로 경찰의 전화가 걸려 왔습니다. 전할 말이 있다고 하니, 잠시 조용히 해주세요."

나가이 유카리는 그렇게 말하고 스마트폰을 마이크에 댔다. 그러자 남자 목소리가 들려왔다.

"히가시무코지마 플라워어린이집 해바라기반의 아이들과 부모님들, 처음 뵙겠습니다. 저는 경찰청 특수범죄대책과의 코조네라고 합니다. 이런 상황에 놓여 대단히 놀라셨으리라 생각합니다. 몸은 어떠신지요? 몸 상태가 안 좋은 분은 없으신가요?"

코조네라는 남자가 물었지만 대답하는 사람은 아무도 없었다. 모두 마이크에서 흘러나오는 남자 목소리에 조용히 귀를 기울일 뿐이었다. 지금 무슨 일이 벌어지고 있는 것일까. 궁금한 마음은 모두 똑같았다.

"상황을 설명하겠습니다. 조금 전 어린이집 원장선생님 앞으로 전화가 걸려왔습니다. 현재 여러분이 탑승하신 버스에 폭탄을 설치했다는 전화였습니다. 범인은 버스를 아라카와녹지공원 주차장, 그러니까 지금 여러분이 계신 그곳에 버스를 세우라고 지시했습니다. 그리고 승객 중 한 명이라도 버스에서 내리면 폭탄을 터뜨리겠다고 했습니다. 첫 번째 통화 내용은 이게 전부입니다."

버스 안이 소란스러워졌다. 통화 내용이 그것뿐이란 말인가. 모두 그렇게 생각하는 듯했다. 어떻게 해야 폭탄을 해제하고 인질을 풀어준다는 말인가. 가장 궁금한 부분은 전혀 언급되지 않았다.

"아직 범인 측의 요구는 불명확합니다. 저희가 끈질긴 협상을 통해 여러분의 안전을 지키겠습니다. 그때까지 부디 잘 버텨주십시오. 불만도 있으실 테고 불편한 점도 있으시겠지만 모쪼록 잘 견뎌주시길 바랍니다. 다음번 전화가 오면 저희는 아이들만이라도 버스에서 내릴 수 있도록 협상할 생각입니다. 여러분, 부디 패닉에 빠지지 않도록 주의해주십시오. 저희가 반드시 여러분을 구출하겠습니다. 진전이 있으면 다시 연락드리겠습니다."

남자의 이야기가 끝났다. 버스는 한동안 침묵에 잠겼다. 잠시 후 학부모 한 명이 말했다.

"우리가 여기에 갇혔다는 말이죠?"

아무도 대답하지 않았다. 모두 사태의 심각성을 깨닫고 할 말을 잃은 듯했다. 지금 이 버스는 납치되었다. 다만 일반적인 납치 사건과는 달리 범인은 모습을 드러내지 않았다.

"경찰에서 추가적인 공지가 나왔습니다." 나가이 유카리가 마이크에 대고 말했다. "화장실에 가고 싶으면 공원 화장실을 써도 되지만, 반드시 2인 1조로 가야 한다는 범인의 지시가 있었다고 합니다. 화장실에 가고 싶으신 분은 저희에게 알려 주세요. 여러분, 아무쪼록 신중하게 행동해주시기 바랍니다."

하지만 이런 상황에서 신중하게 행동하기란 얼마나 어려운 일인가. 나가이 유카리가 이야기하는 도중에 이미 스마트폰으로 어딘가에 전화를 거는 여자가 있었다. 그 여자는 스마트폰을 귀에 대고 혼란스러운 표정으로 말했다.

"나… 나야. 저기…, 그게, 지금 버스 안이야. 갇혔어. …진짜야. 믿어 줘. 폭탄이 있대. 그래서 내릴 수가 없어. …내가 왜 거짓말을 하겠어?"

한동안 여기저기서 목소리가 들렸다. 거의 모든 학부모가 스마트폰을 꺼내 바깥에 있는 가족들과 연락을 취했다. 통화 도중에 이성을 잃는 사람도 많았고, 그 모습을 보고 놀란 아이들은 울기 시작했다. 하지만 학부모들은 아이를 돌볼 정신조차 없는 듯했다. 세 보육 교사는 우는 아이들을 달래려고 버스 안을 이리저리 뛰어다녔다.

하나코가 스마트폰을 꺼냈다. 문자메시지가 와 있었다. 발신자는 카즈마였다. 짤막하게 '반드시 구해줄게'라고 적혀 있었다. 하나코와 안이 탄 버스가 납치된 사실을 벌써 아는 모양이었다. 조금 마음이 놓인 하나코는 불안한 표정을 지은 안에게 말했다.

"안, 괜찮아. 아빠가 구해주러 올 거야."

"아빠가? 구해주러?"

"응. 그러니까 착하게 기다리고 있자."

하나코는 그렇게 말하며 안의 뺨을 쓰다듬었지만, 버스 안은 점점 더 소란스러워질 뿐이었다. 아이들의 울음소리가 불안을 더 자극했고, 그 불안은 전염병처럼 버스 안을 잠식해 갔다. 이대로는 안 된다. 터지기 일보 직전의 풍선처럼 불안이 이 공간에 가득 차면 그때는 정말 걷잡을 수 없는 사태가 벌어질 것이다.

하나코는 나가이 유카리를 눈으로 찾았다. 그녀는 우는 아이를 안고 달래는 중이었다.

'유일하게 의지할 만한 사람이었는데….'

하나코가 그렇게 생각했을 때, 한 남자가 말했다.

"여러분, 진정하세요. 경찰의 말이 맞습니다. 무슨 일이 있어도 패닉에 빠지면 안 됩니다. 절대로요."

운전기사였다. 중년 운전기사의 목소리는 중후해서 멀리서도 잘 들렸다. 운전기사가 이어서 말했다.

"여러분, 생각해보십시오. 우리는 여기서 언제쯤 풀려날 수 있을까요? 오늘? 아니면 내일? 여차하면 시간이 더 걸릴지도 모릅니다. 그렇다면 지금은 핸드폰 배터리를 아끼는 게 좋을 겁니다. 충전기가 있으시다면 그럴 필요는 없겠지만요."

버스 안의 혼란이 잦아들었다. 그의 말처럼 핸드폰 배터리를 생각하면 되도록 통화를 삼가야 했다. 그럼에도 여전히 몇몇 학부모는 바깥에 있는 가족들과 통화를 이어나갔지만, 조금 전보다는 혼란이 줄어들었다.

운전기사가 눈인사를 하고 나가이 유카리에게 마이크를 건넸다. 나가이 유카리도 안심한 표정을 지었다. 그녀의 이마에는 굵은 땀방울이 맺혀 있었고, 얼굴에는 피곤한 기색이 역력했다. 나가이 유카리는 세 보육 교사 중 실질적인 리더라 이 버스의 주도권을 쥐고 있었다. 하나코는 그녀만큼은 무너지지 않기를 바랐다.

크게 심호흡을 했다. 아무튼 침착하게 마음을 가다듬어야 했다. 침착하게 행동하는 것. 그것이 지금 가장 필요한 태도였다.

★

택시가 멈추자, 사쿠라바 카즈마는 서둘러 차에서 내렸다. 미쿠모는 택시비를 내고 영수증을 챙긴 다음 차에서 내렸다. 보초를 서는 경찰관에게 목례하고는 무코지마경찰서 안으로 들어갔다. 무코지마 경찰서에 방문하기는 처음이었다.

오후 2시가 넘었다. 조금 전 법무부 청사에서 탐문 수사를 하던 와중에 히가시무코지마 플라워어린이집 버스에 폭탄이 설치되었다는 이야기를 마츠나가 반장에게 전해 듣고 미쿠모는 급하게 무코지마 경찰서로 왔다. 이유는 하나였다. 그 버스 안에 선배 형사 사쿠라바 카즈마의 부인과 딸이 있기 때문이다.

"미쿠모, 여기야."

카즈마가 엘리베이터 안에서 미쿠모를 불렀다. 미쿠모가 뛰어 올라타자, 엘리베이터가 위층으로 올라갔다. 경찰청에서 파견된 수사팀이 벌써 모여 있었다. 덕분에 5층 회의실 분위기가 소란스러웠다. 수사관 여럿이 정보를 모으려고 기를 쓰고 있었다. 어린아이들이 탄 버스에 폭탄이 설치되었으니 이 사건에 열을 올리는 것은 당연했다.

카즈마는 회의실 안을 둘러보았다. 이내 아는 얼굴을 찾았는지, 한 수사관에게 달려갔다.

"키타가와, 잠깐 시간 괜찮아?"

컴퓨터로 무언가를 조사하던 키타가와라는 수사관이 고개를 들었다. 그는 카즈마의 얼굴을 보더니 놀란 표정을 지었다.

"카즈마, 왜 여기에…."

"우리 반장님한테 들었어. 사실 내 아내와 딸이 그 버스 안에 있어."

"진짜냐?" 키타가와가 눈을 휘둥그레 뜨며 근처에 놓인 유인물을 확인하다가 고개를 갸웃거렸다. "잠깐만, 카즈마. 승객 중에 성이 사쿠라바인 사람은 없어. 착각한 거 아니야?"

"착각이 아니야. 이게 내 아내와 딸이야."

카즈마가 유인물 한 부분을 가리켰다. 거기에는 '미쿠모 하나코, 안'이라고 쓰여 있었다. 카즈마가 사정을 설명했다.

"우리 가족의 성이 다른 데에는 조금 사정이 있어. 아직 혼인신고를 못 했거든."

"그렇구나. 많이 놀랐겠다. 지금은 우리도 상황을 파악하는 단계야."

"지금까지 알아낸 내용을 알려줘. 아, 이쪽은 새로 들어온 호죠 미쿠모야."

미쿠모가 고개를 숙이며 인사했다. 키타가와라는 수사관도 가볍게 목례를 하고는 지금까지 파악한 정황을 설명했다.

오늘 오후 1시 20분쯤, 어린이집 원장 앞으로 전화가 걸려왔다. 수화기 너머의 범인은 버스 소풍을 떠난 대형 버스에 폭탄을 설치했다며 버스의 목적지를 변경하라고 했다. 그가 지목한 장소는 스미다구에 있는 아라카와녹지공원 주차장이었고, 버스는 몇 분 전에 그 장소에 도착했다고 했다. 현재 경찰은 범인의 다음 지시를 기다리는 중이었다.

"어린이집 쪽에는 우리 주임님이 계셔. 이게 어린이집에서 제공한 버스 소풍 참가자 명단이야."

카즈마가 유인물을 받아들었다. 미쿠모는 옆에서 그 유인물을 보았다. 아이가 열여덟 명, 학부모가 스물한 명, 인솔자 역할을 하는 보육 교사가 세 명, 버스 운전기사가 한 명. 합해서 마흔세 명이 그 버스에 타고 있었다.

"장난전화일 가능성은 없어? 실제로 폭탄의 유무를 확인한 건 아니잖아."

카즈마가 그렇게 말하자, 키타가와가 고개를 가로저었다.

"어린이집에 첫 번째 전화가 걸려온 시각과 거의 같은 시간에 여기 무코지마 경찰서로 택배가 왔어. 보낸 사람의 이름은 누가 봐도 가명인 야마다 타로였고, 택배 안에는 플라스틱 폭탄이 들어 있었어. 신관만 빠진 진짜 플라스틱 폭탄인 것도 경찰청 폭발물처리반이 확인했어."

"그거랑 똑같은 폭탄이 버스에 있다는 말이야?"

"아마도. 달리 생각할 수가 없잖아."

플라스틱 폭탄. 화약과 고무를 이겨서 만든 폭탄으로, 휴대성이 좋아 도시 테러리스트들이 자주 사용하는 폭탄이었다.

"지금 공원에 있는 방문객들을 신속히 대피시키고 있어. 반경 10킬로미터 정도 떨어진 곳에 검문소를 설치하자는 얘기도 있고. 그런데 너무 갑작스러워서 검문소를 설치할 인원을 모으기 어려운 게 사실이야."

사건이 발생한 지 아직 1시간도 채 지나지 않았다. 그렇게 생각하면 경찰의 대응은 신속한 편이었다. 이제 범인의 전화가 다시 걸려오기를 기다리는 것 외에 할 수 있는 일이 없었다.

"키타가와, 고맙다."

카즈마가 감사 인사를 하고 회의실을 떠나려 했다. 그러자

키타가와가 카즈마에게 물었다.

"카즈마, 어디 가려고?"

"어린이집에. 범인은 그쪽으로 전화를 할 테니까."

카즈마와 미쿠모는 회의실에서 나와 다시 엘리베이터를 타고 1층으로 내려왔다. 경찰서 앞에서 택시를 잡아 히가시무코지마 플라워어린이집을 향해 출발했다. 택시가 출발하자, 카즈마가 목소리를 낮추고 설명했다.

"방금 만난 키타가와는 특수범죄대책과의 수사관이야. 이 사건은 특수범죄대책과가 담당하거든."

특수범죄대책과는 유괴 사건 같은 특수 범죄를 담당하는 부서였다. 부서 이름만 들어서는 농성 사건이 발생했을 때 현장에 돌격하는 부대라는 인상이 강하지만, 어떤 부서든 적을 진압하기 전에는 기본적으로 협상을 시도하는 법이다. 그 협상 과정을 담당하는 사람이 지금 어린이집에 있는 수사관이었다.

"조금 전에 말씀하신 주임님은 누구예요?"

"코조네 주임님이야. 오랫동안 이 길을 걸어오신 베테랑 수사관님이지. 이런 사건에서 범인 측과 협상을 시도할 수 있는 사람은 그분뿐이야. 아, 기사님, 다음 골목에서 우회전하는 게 빨라요."

카즈마는 팔짱을 낀 채 가만히 앞을 응시했다. 표정이 매우 어두웠다. 부인과 딸이 위험에 빠졌으니 그럴 만도 했다. 미쿠모도 진심으로 그 마음을 이해했다.

★

버스 안에는 무거운 공기가 흘렀다. 드문드문 아이들의 목소리가 들렸지만, "쉿!" 하면서 아이들을 조용히 시키는 학부모도 있었다. 하나코도 기분이 우울했다. 앞으로 얼마나 이러고 있어야 한단 말인가.

"하나코 씨." 통로 맞은편 좌석에 앉은 나카하라 아키가 말을 걸었다. "분위기가 안 좋네요. 언제까지 여기에 갇혀 있어야 하는 걸까요?"

"그러게요. 그래도 경찰이 우리를 반드시 구해줄 거예요."

"기분전환 삼아 노래라도 부르면 좋을 것 같은데, 어떻게 생각해요?"

"노래요?" 하나코는 잠시 생각하다가 입을 열었다. "음…. 괜찮은 생각이지만, 자중해야 한다고 반대하는 엄마들도 있을 것 같아요. 그쪽에서 그렇게 말하면 반박할 수도 없잖아요."

"그건 그렇네요."

아키가 낙담한 듯 말했다. 하지만 그녀의 제안은 나쁘지 않았다. 이런 분위기가 몇 시간이나 계속된다면 그게 더 정신적으로 힘들 것 같았다.

좋은 방법이 없을까. 그렇게 생각하며 고개를 든 하나코의 눈에 어떤 물건이 들어왔다. 앞좌석 쪽, 운전석 바로 뒤에 TV가 달려 있었다. 하나코는 TV를 가리키며 아키에게 말했다.

"저건 어때요? 저 TV에 애니메이션을 틀면 아이들도 좋아할 거고 어른들도 긴장이 풀릴 거예요."

"그거 좋네요, 하나코 씨."

하나코와 아키는 서로 마주보다가 동시에 자리에서 일어났다. 맨 앞자리에 앉은 보육 교사들에게 가서 말을 걸었다. 나가이 유카리는 운전기사와 대화하는 중이라 다른 두 보육 교사에게 말을 걸기로 했다.

"저기, 잠깐 드릴 말씀이 있어요."

하나코가 말을 걸자, 두 사람이 돌아보았다. 사야마 유리가 말했다.

"네. 무슨 일이세요?"

"TV에 애니메이션을 틀면 긴장이 풀리지 않을까 싶어요."

"맞아요, 맞아요." 아키가 덧붙여 말했다. "애들도 좋아할 테고, 무엇보다 지금 분위기가 너무 무겁잖아요. 애니메이션을 틀면 분위기가 전환될 거예요."

두 보육 교사는 곧바로 제안의 의도를 이해한 듯했다. 시노다 아이가 손을 들었다.

"저한테 DVD가 있어요. 돌아가는 버스 안에서 틀려고 했거든요."

시노다 아이가 일어나서 버스 선반에서 가방을 내리더니 안을 뒤적였다. 사야마 유리는 운전기사와 대화하던 나가이 유카리에게 애니메이션을 틀자는 제안을 전달했다. 나가이 유카리도 제안에 동의했는지, 바로 TV에 애니메이션을 틀자는 결론이 나왔다. 나가이 유카리가 마이크를 들고 그 이야기를 전했다.

"여러분, 앞에 있는 TV에 애니메이션을 틀기로 했습니다. 아이들의 지루함을 달래기 위해서입니다. 괜찮으신가요?"

학부모들 사이에서도 반대 의견이 나오지 않아 애니메이션을 재생했다. 아이들이 칭얼거리는 소리가 잠잠해졌고, 당장이라도 화면에 빨려 들어갈 것처럼 애니메이션에 집중하는 아이도 있었다.

"유카리 선배, 잠깐 쉬어요. 경찰 쪽에서 연락이 오면 바로 말할게요."

그 목소리를 들은 하나코가 나가이 유카리를 보았다. 안색이 좋지 않았다. 나가이 유카리는 리더 같은 존재라 여태 외부와의 소통을 담당했다. 그녀의 냉철한 언행 덕분에 버스 안에 갇힌 사람들도 공황에 빠지지 않을 수 있었다. 하나코는 저도 모르게 나가이 유카리에게 말을 걸었다.

"괜찮으세요? 안색이 안 좋아요."

"네, 괜찮아요."

나가이 유카리가 미소를 지었지만, 얼굴은 여전히 창백했다. 그러자 사야마 유리가 작은 목소리로 말했다.

"사실 유카리 선배는 임신 중이에요."

"정말요? 몇 개월이에요?"

"6개월이요. 무리하면 안 되는데 상황이 상황이니…."

가능하다면 나가이 유카리부터 버스에서 내리게 하고 싶었다. 하지만 버스에서 내릴 기회가 온다 해도 보육 교사 중 가장 연장자라는 책임감 때문에 본인이 하차를 거부할 것 같았다. 걱정이 되었지만 지금은 할 수 있는 일이 없었다. 하나코는 자리로 돌아가 앉았다.

"엄마."

하나코가 의자에 앉자, 안이 엄마를 불렀다.

"왜 그래?"

하나코가 묻자, 안이 자그마한 손으로 앞좌석 등받이에 달린 그물망을 가리켰다. 그물망 안에 넣어둔 스마트폰 액정 화면이 반짝였다. 카즈마에게서 온 전화였다. 하나코는 허둥지둥 스마트폰으로 손을 뻗었다.

★

택시를 탄 지 5분 만에 히가시무코지마 플라워어린이집에 도착했다. 평소였다면 아이들의 목소리가 바깥 거리까지 들렸을 테지만, 오늘은 그 소리를 들을 수 없었다. 택시에서 내린 카즈마는 정문을 지나 건물 안으로 들어갔다. 호죠 미쿠모도 옆에서 동행했다. 현관 안으로 들어서니 제복을 입은 경찰관이 보초를 서고 있었다. 그에게 사정을 물어보자, 임시휴원 조치가 내려졌다고 했다. 어린이집에 있던 아이들은 보육 교사들이

집에 데려다준 모양이었다.

복도를 지나 건물 안쪽으로 갔다. 사건 관계자는 회의실에 모여 있다고 했다. 카즈마도 이 어린이집에 몇 번 와본 적이 있었기에 내부 구조를 대강 알고 있었다. 회의실에는 특수범죄대책과 수사관 여덟 명이 대기 중이었다. 중앙 테이블에는 이 어린이집의 원장인 초로의 남자가 있었다. 수사관들은 원장이 있는 테이블을 에워싸고 앉아 있었다. 역탐지 준비도 끝난 듯했다.

원장 옆에 앉은 남자가 고개를 들었다. 세련된 정장을 입은 그 모습은 형사보다 회사원에 가까운 느낌이었다. 그가 이번 사건을 진두지휘하는 수사관 코조네 주임이었다.

"실례합니다." 카즈마가 코조네에게 다가갔다. "수사1과 사쿠라바 카즈마입니다. 이쪽은 호죠 미쿠모입니다. 저희 가족이 이번 사건의 인질이 돼서 제가 면목이 없습니다."

카즈마가 고개를 숙였다. 그러자 코조네가 카즈마의 어깨를 두드리며 말했다.

"자네가 사과할 일이 아니야. 자네 가족은 범행에 휘말렸을 뿐이니 자네 책임이 아니잖나. 그보다 부인과 연락은 됐나?"

"방금 문자메시지를 보냈습니다."

법무부에서 무코지마 경찰서로 이동할 때 택시 안에서 짧은 문자메시지를 보냈지만, 아직 답장은 오지 않았다. 그러자 코조네가 제안했다.

"부인에게 연락해 봐. 우리도 보육 교사와 문자메시지로 연락을 주고받긴 했지만, 차 안의 상황을 더 정확하게 알아야 해. 부인에게 이것저것 물어봐 주게. 나중에 참고가 될 만한 정보가 나올지도 모르니까."

"알겠습니다."

카즈마는 스마트폰을 꺼내 즉시 하나코에게 전화를 걸었다. 잠시 후 하나코가 전화를 받았다.

"하나코? 나야, 카즈마. 괜찮아?"

"응. 괜찮아."

카즈마는 하나코의 목소리를 듣고 안도의 한숨을 크게 내쉬었다. 일단 무사한 것을 확인해 마음이 놓였다. 카즈마가 이어서 물었다.

"안도 무사해?"

"응. 안도 잘 있어."

수화기 너머로 희미하게 어떤 소리가 들렸다. 지금 상황과 어울리지 않는 명랑한 목소리와 음악이었다. 카즈마는 이어지는 하나코의 설명을 듣고 상황을 이해했다.

"아이들이 지루해할까 봐 애니메이션 DVD를 틀어놨어. 뭐라도 하지 않으면 분위기가 무거워지니까."

현재 상상할 수 있는 최악의 경우는 사람들이 패닉에 빠지는 바람에 폭탄이 폭발하는 상황이었다. 버스에 정말 폭탄이 있다면, 어떻게든 편안한 분위기를 만드는 것이 가장 중요했다.

"범인은 아직 아무것도 요구하지 않았어. 그쪽 상황을 자세히 알려줄 수 있을까?"

카즈마가 묻자, 수화기 너머로 하나코가 대답했다. 주변의 눈이 신경 쓰이는지 조금 목소리를 낮추며 말했다.

"버스 안에 있는 사람은 모두 마흔세 명이야. 더 자세히 말하자면 아이가 열여덟 명이고…."

카즈마는 수첩을 펼쳐 내용을 확인했다. 하나코가 말한 인원수는 경찰이 파악한 숫자와 일치했다. 하나코가 이어서 말했다.

"사실 선생님 한 명이 임산부야."

"정말이야?"

"응. 나가이 유카리라는 선생님이야. 여기 있는 선생님 중에서 가장 연장자이고, 엄청 피곤해 보여. 이대로 계속 버스에 있다가는 위험한 일이 생길지도 몰라."

"그래…. 다른 임산부는 없는 거야?"

"응. 아까 엄마들한테 물어봤어. 임산부는 나가이 유카리 선생님뿐이야."

나가이 유카리만이라도 버스에서 내릴 수 있도록 범인을 설득하는 게 좋겠다는 생각이 들었지만, 이 사건에서 카즈마의 생각이 어떤지는 중요하지 않았다. 관건은 특수범죄대책과가 어떻게 판단하는지였다. 카즈마는 마지막으로 생존 필수품을 확인했다.

"식수와 식량은 있어?"

"각자 준비해온 음료와 과자가 있어. 그런데 밤까지 버티기는 힘들 것 같아."

"알았어. 그 말도 윗선에 전할게. 하나코, 힘내. 안을 잘 부탁해."

"응. 힘낼게."

카즈마는 아쉬운 마음을 억누르며 전화를 끊었다. 코조네에게 다가가 통화 내용을 전달했다. 임산부가 있다는 말을 들은 코조네는 원장에게 사실 여부를 확인했다.

"보육 교사 한 명이 임산부라는 이야기를 들었습니다만, 사실입니까?"

"네. 나가이 유카리 씨가 임신 중이에요. 내년 봄에 출산할 예정이라고 했어요."

"그렇군요…."

코조네가 무언가를 곰곰이 생각하듯 팔짱을 꼈다. 코조네도 임산부의 건강을 우려하는 것 같았다. 그때였다. 원장 앞에 놓인 전화기가 울렸다. 회의실에 감돌던 긴장감이 더욱 고조되었다.

"준비됐습니다. 받으세요."

코조네가 신호를 보내자, 원장이 긴장한 표정으로 수화기를 들었다. 그의 이마에 땀이 맺혔다.

"네. 히가시무코지마 플라워어린이집입니다."

"원장님입니까?"

"네. 제가 스즈키 원장입니다."

남자 목소리였다. 지금 원장이 손에 든 전화기에는 스피커가 연결되어 있어 이 자리에 있는 사람은 모두 통화 내용을 들을 수 있었다. 남자 목소리는 음성을 변조하지 않은 진짜 목소리였다. 범인의 나이는 넓게 잡아 20대에서 40대 사이일 듯했다.

"그럼 제 요구 사항을 전달하죠."

"잠시만요. 경찰 쪽에 수화기를 넘겨도 될까요? 저는 이 역할이 너무 버겁습니다."

잠시 침묵이 흐른 뒤에 범인이 말했다.

"그러죠. 바꿔요."

코조네와 원장이 미리 말을 맞춘 모양이었다. 이 사건의 범인은 사전에 무코지마 경찰서로 폭탄 표본을 보냈다. 처음부터 경찰의 개입을 예상했다는 뜻이었다. 그래서 코조네는 본인이 직접 범인과 협상해야겠다고 판단한 듯했다. 수화기를 넘겨받은 코조네가 범인에게 말했다.

"경찰청 특수범죄대책과 코조네입니다. 잘 부탁드립니다."

"인사는 됐어요. 제 요구 사항을 전달하죠. 오후 5시까지 현금 1억 8천만 엔을 준비하세요. 이번 용건은 여기까지입니다."

현재 시각은 오후 2시 40분이었다. 오후 5시까지는 2시간 20분이 남았다.

"잠깐. 그 시간까지 1억 8천만 엔이라는 거금을 준비하기는 어렵습니다. 시간을 조금 더 주시지요."

"안 됩니다. 방금 말한 대로 돈을 준비하세요. 당신들한테는 그게 최선입니다."

그때 갑작스러운 일이 벌어졌다. 카즈마 옆에서 조용히 이야기를 듣던 호죠 미쿠모가 갑자기 코조네에게 달려갔다. 그리고 느닷없이 코조네에게 어떤 종잇조각을 건넸다. 종잇조각을 확인한 코조네가 놀란 표정으로 미쿠모의 얼굴을 보고는 한 번 헛기침을 한 뒤 범인에게 말했다.

"돈은 긍정적으로 검토해보겠습니다. 그것 말고 다른 전달사항이 있습니다. 사실 보육 교사 한 명이 임산부라 건강이 염려되니 풀어줬으면 합니다. 승객들이 공황에 빠질 우려도 있으니 보육 교사 한 명을 내보내면서 동시에 여경 한 명을 태웠으면 좋겠습니다. 여경은 연락원으로서 버스 안에 있는 사람들이 패닉에 빠지는 것을 막는 역할을 할 겁니다. 당신도 거래를 성공시키고 싶지 않습니까? 그렇다면 긍정적으로 검토해볼 만한 사안이라고 생각합니다."

카즈마는 저도 모르게 눈을 휘둥그레 떴다. 이 제안은 아마 미쿠모가 생각해낸 것이리라. 저 신입은 폭탄이 설치된 버스에 제 발로 들어갈 생각인가?

"검토해보죠. 다시 걸겠습니다."

범인은 그렇게 말하며 전화를 끊었다. 카즈마는 반사적으로 호죠 미쿠모에게 달려갔다.

"미쿠모, 너 이렇게 제멋대로…"

"죄송합니다." 미쿠모는 순순히 고개를 숙이며 사과했다. "임산부를 내보내면서 동시에 어떤 이득을 취할 수 있을지 고민해 본 결과입니다. 안 되면 안 되는 대로 어쩔 수 없지만요."

그러자 코조네가 옆에서 한마디 거들었다.

"아니, 카즈마. 이 친구의 생각은 꽤 괜찮았어. 이용할 수 있는 건 뭐든 이용해야지. 효율적인 제안이었다."

그때 컴퓨터를 들여다보던 젊은 수사관이 고개를 들고 코조네에게 말했다.

"역탐지 실패입니다."

범인도 통화 시간을 의식하는 듯했다. 통화 시간은 2분도 되지 않았다. 역탐지를 두려워한다는 증거였다.

코조네가 부하들에게 차례차례 지시를 내렸다.

"공원 부근에 있는 수사관에게 수상한 사람이나 차량을 찾으라고 해. 뭐든 발견하면 섣불리 접근하지 말고 반드시 본부에 먼저 연락하도록."

그가 말하는 본부는 무코지마 경찰서였다. 이 사건에서는 무코지마 경찰서가 본부였고, 이곳 플라워어린이집은 말하자면 전선 기지였다. 코조네가 핸드폰을 귀에 대며 말했다.

"들으셨겠지만, 범인의 요구 사항이 밝혀졌습니다. 현금 1억 8천만 엔. 특정 지폐를 요구하지는 않았습니다. 검토해 주십시오."

그 전화를 받은 사람은 본부에 있는 상사일 것이다. 몸값을 준비할지 말지는 오로지 윗선의 판단에 달려 있었다. 이런 류의 사건에서는 현금을 전달하는 방법이 관건이다. 현금을 수거할 때 범인은 모습을 드러낼 수밖에 없다. 그래서 경찰은 보통 그 순간을 노려 범인을 잡으려 한다. 범인 측은 어떤 방법으로 현금을 넘기라고 할 것인가. 앞으로는 그것이 관건이었다.

다시 전화벨이 울렸다. 수사관 한 명이 목소리를 높였다.

"발신번호 표시제한입니다. 범인의 전화 같습니다."

"알았다."

코조네가 고개를 끄덕이며 수화기를 들었다. "네. 코조네입니다."

"단도직입적으로 말하죠." 전화를 건 사람은 역시 범인이었다. 범인은 일방적으로 말했다. "임산부를 버스에서 내보내요. 동시에 여경 한 명을 버스에 태워도 좋습니다. 그리고 한 가지 더. 버스에 있는 남성들을 모두 하차시켜요. 그 작업을 오후 3시까지 완료해야 합니다. 제시간에 일을 끝내지 못하면 버스는 폭발합니다."

전화가 끊겼다. 곧바로 주변이 소란스러워졌다. 범인이 지정한 오후 3시까지는 17, 18분밖에 남지 않았다.

"카즈마, 서둘러. 어서 미쿠모를 현장에 데려다주게."

"알…, 알겠습니다."

카즈마가 고개를 끄덕였다. 미쿠모는 벌써 회의실에서 뛰어나간 뒤였다. 카즈마는 서둘러 그 뒤를 쫓아 달렸다.

★

버스 안의 분위기는 차분했다. 조금 전까지 스마트폰으로 밖에 있는 가족과 대화를 하던 학부모들도 이제는 대부분 앞좌석에 달린 그물망 속에 스마트폰을 넣어둔 상태였다. 언제까지 이 버스 안에 갇혀 있어야 할지 모르니 배터리를 아끼기 위해서였다. 운전기사의 충고대로 배터리가 닳는 것을 걱정하는 사람이 늘어났다는 증거였다.

안은 TV에서 흘러나오는 애니메이션을 보고 있었다. 하나코가 안의 머리를 쓰다듬는데, 그물망 안에 든 스마트폰이 울렸다. 하나코의 아버지 타케루의 전화였다. 하나코는 이를 무시하려다가, 타케루가 끈질기게 다시 연락할 것이 뻔해 마지못해 전화를 받았다. 하나코는 목소리를 죽이며 말했다.

"미안해, 아빠. 지금 좀 바빠."

"에이, 하나코. 전화를 받자마자 그러면 안 되지."

"아빠, 정말 지금은…."

"사실은 말이다, 하나코. 내가 지금 일 때문에 고베에 왔다가 아주 좋은 고베 와규를 얻었거든. A5 등급에 마블링이 끝내주는 최고급 고기야. 그것도 2킬로그램! 오늘 밤에 우리 집에서 바비큐 해 먹자. 가능하면 올 때 와인가게에서 고급 보르도 레드와인 좀 훔쳐 와라."

"미안해, 아빠. 지금은 그럴 때가 아니야."

"그럴 때가 아니라니, 너 대체…, 응?" 거기까지 말한 타케루가 침묵했다. 그리고 잠시 후에 말했다. "너 설마 그 버스에 있는 건 아니지?"

'어떻게 된 거지? 아빠가 어떻게 이 사건을….'

그때 버스 안에서 학부모 몇 명이 무어라 말하기 시작했다. 하나코는 통로 맞은편에 앉은 나카하라 아키를 쳐다보았다. 그녀는 스마트폰을 들여다보고 있었다. 하나코는 일어나 그녀의 스마트폰을 보았다. 아키도 하나코의 기척을 느꼈는지 하나코가 스마트폰을 잘 볼 수 있게 화면 각도를 조정해주었다.

인터넷 기사가 보였다. '스미다구 공원에서 버스 납치'라는 제목이 대문짝만하게 떠 있었다. 지금 이 사건이 기사화된 것이었다.

"맞구나. 하나코, 그 버스에 있는 거야? 어? 하나코, 뭐라고 말 좀 해봐."

"맞아." 인정할 수밖에 없었다. "미안해, 아빠. 핸드폰 배터리가 걱정돼서 이제 끊어야 해. 카즈마가 우리를 구해줄 거야. 그러니까 걱정하지 마."

"어떻게 걱정을 안 해! 하나코, 안은 무사한 거지? 혹시라도 안에게 무슨 일이 생기면 난-."

하나코는 미안하다는 말을 속으로 삼키며 전화를 끊었다. 곧바로 타케루에게서 전화가 왔지만, 하나코는 이를 무시했다.

지금 상황에서 그 전화를 받으면 귀찮은 일이 생기리라는 확신이 들었다. 아빠가 진지하게 손녀 구출 작전을 세울까 봐 두려웠다.

"여러분, 잠깐 집중해주세요."

누군가가 마이크에 대고 말했다. 목소리의 주인공은 사야마 유리였다. 나가이 유카리가 아니었다. 사야마 유리가 이어서 말했다.

"방금 경찰의 연락을 받았습니다. 10분 후인 오후 3시에 남성들은 모두 버스에서 내리라는 지시가 내려왔습니다."

이 버스에 있는 남성들은 버스 소풍에 참여한 아빠 세 명과 운전기사로, 전부 네 명이었다. 어떻게 남성들만 먼저 내리게 되었을까. 그때 사야마 유리가 설명했다.

"이건 범인의 지시라 따를 수밖에 없습니다. 아버님 세 분은 버스에서 내릴 준비를 해주세요."

"잠깐." 가장 뒷자리에 앉아 있던 남자가 일어났다. 조금 전 소란을 피우던 남자였다. "아내와 딸을 두고 나 혼자 내릴 수는 없어요. 나는 남습니다."

"안 됩니다. 이건 범인의 지시입니다. 따르지 않으면 버스가 폭발할지도 몰라요."

한동안 입씨름을 한 끝에, 다른 엄마들의 성화에 못 이겨 아빠 세 명은 버스에서 내리겠다고 동의했다. 하나코는 운전기사가 버스에서 내리는 것이 아쉬웠다. 그는 조금 전 나가이 유카리 대신 버스 안의 분위기를 바꿔놓은 인물이었다. 그가 떠난다고 생각하니 앞일이 걱정되었다.

"그리고 한 가지 더 있습니다." 사야마 유리가 설명했다. "우리 나가이 유카리 선생님이 현재 임신 중이라 버스에서 내리게 되었습니다."

나가이 유카리가 자리에서 일어나더니 사람들을 향해 깊이 고개를 숙였다. 그녀의 눈가가 촉촉했다. 원통한 표정이었다. 그러나 사야마 유리가 덧붙인 말 덕분에 버스 안의 분위기가 조금 밝아졌다.

"나가이 유카리 선생님은 내리시지만, 대신 여자 경찰관 한 분이 이 버스에 탑승하게 되었습니다."

듣던 중 반가운 소식이었다. 경찰관이라는 점만으로도 기대감이 컸다. 남성들이 전부 내리면 이 버스에 남는 사람은 여성과 아이들뿐이기 때문이었다.

하나코는 옆에 앉은 안을 보았다. 안은 TV에서 나오는 애니메이션을 열심히 보고 있었다.

★

"미쿠모, 네가 뭘 해야 하는지 알지?"

카즈마는 옆에 앉은 신입 형사 호죠 미쿠모에게 확인차 물어보았다. 지금 두 사람은 경찰차 뒷자리에 앉아 있었다. 목적지는 아라카와녹지공원 주차장이었다. 경찰차는 사이렌을 울리며 빠르게 달렸다.

"네, 알아요. 버스 안에는 여성들과 아이들만 남겠죠. 혼란에 빠지지 않도록 차분한 분위기를 주도하고, 동시에 폭탄의 위치를 알아낼 겁니다."

정답이었다. 다만 폭탄의 위치를 알아내는 것은 위험한 작업이라 우선순위가 낮았다. 상식적으로 생각하면 버스 내부에서 발견할 수 있을 만한 위치에 폭탄을 설치했을 리가 없기 때문이었다.

"미쿠모, 조심해라."

"신경 써주셔서 고맙습니다."

카즈마는 옆에 앉은 신입 형사의 얼굴을 곁눈질로 보았다. 한없이 용감해 보이던 미쿠모도 역시나 이 상황에서는 긴장되는지 표정이 사나웠다. 평소의 예쁜 얼굴과 대비되어 더더욱 무서워 보였다.

"미쿠모, 표정이 무섭다."

"죄송합니다."

미쿠모가 미소를 지어 보였다. 어쩌다 보니 일이 이렇게 되었지만, 폭탄이 설치된 버스에 탑승하는 것은 신입이 감당할 만한 임무가 아니었다. 하지만 카즈마는 이상하게도 미쿠모라면 어떻게든 이 상황을 타개할 수 있으리라는 예감이 들었다. 그녀가 타고난 혈통 때문일까.

"곧 도착합니다."

경찰차를 운전하던 경찰관이 말했다. 이내 차가 속도를 줄이더니 아라카와녹지공원 주차장 앞에서 멈췄다. 경찰차 다섯 대가 거기에 진을 치고 멀리서나마 주차장 안에 있는 대형 버스를 지켜보고 있었다. 카즈마와 미쿠모가 차에서 내리자, 수사관 몇 명이 다가왔다. 특수범죄대책과의 수사관들이었다.

"자네가 호죠 미쿠모인가?"

한 남자가 미쿠모를 내려다보며 말했다. 미쿠모가 고개를 끄덕이자 남자가 말했다.

"코조네 주임님한테 얘기는 들었다. 보육 교사 대신 버스 안에 들어가기로 했다며? 알고 있겠지만, 이건 중대한 임무다. 신중하게 움직여라."

"알겠습니다."

카즈마는 손목시계를 확인했다. 시간은 오후 2시 58분이었다. 임신한 보육 교사와 남성들이 풀려날 시각까지 이제 2분도 남지 않았다.

"선배님, 사모님께 전하실 말씀이 있나요?"

미쿠모가 묻자, 카즈마는 잠시 고민하다가 대답했다.

"꼭 구해줄게. 그렇게 전해줘."

"알겠습니다."

미쿠모는 긴 머리를 하나로 틀어 올려 곱창머리끈으로 묶었다. 그녀의 표정은 몹시 진지했다.

제복을 입은 경찰관 두 명이 다가왔다. 미쿠모를 안내하는 역할인 듯했다. 두 경찰관의 안내에 따라 미쿠모가 버스를 향해 걸어갔다. 그때 버스 문이 열렸다. 시간은 정확히 오후 3시였다.

버스에서 처음 내린 사람은 한 남성이었다. 뒤이어 내린 사람도 남성이었다. 남성 네 명이 다 내린 다음 마지막으로 보육 교사로 보이는 여성이 버스에서 내렸다. 흰색과 분홍색이 섞인 앞치마를 한 여성이었다.

미쿠모가 버스 앞에 도착한 것이 보였다. 미쿠모를 안내하던 두 경찰관이 버스에서 내린 다섯 명에게 말을 걸고는 그들과 함께 이쪽으로 걸어왔다. 미쿠모는 그 자리에 홀로 남았다.

'잘 부탁한다, 미쿠모.'

카즈마는 속으로 미쿠모에게 말을 건넸다. 미쿠모가 다시 걸어갔다. 버스 발판에 발을 디디며 버스에 오르려던 미쿠모는 갑자기 어딘가에 발이 걸렸는지 화려하게 넘어지고 말았다. 카즈마가 있는 곳에서도 넘어지는 소리가 들릴 정도였다. 카즈마 근처에 있던 수사관이 중얼거렸다.

"저 친구 괜찮으려나?"

미쿠모가 일어나서 다시 버스 발판을 밟고 올라섰다. 이내 그녀의 모습이 차 안으로 사라지자, 버스 문이 닫혔다. 경찰관들이 이끌고 온 다섯 명이 이쪽으로 걸어왔다. 대기하던 의사와 간호사가 보육 교사의 어깨에 담요를 덮어주었다. 보육 교사는 안색이 나빴지만, 자기 힘으로 걸을 수 있는 것을 보면 심각한 상황은 아닌 듯했다. 남성 네 명은 지친 기색도 없이 비통한 표정을 지었다. 처자식보다 먼저 풀려난 것이 원통한 모양이었다.

수사관 한 명이 그들을 향해 외쳤다.

"여러분, 경찰 조사에 협조해주십시오. 사건을 신속히 해결하기 위한 과정이니 협력해주시기 바랍니다. 몸이 좋지 않은 분은 가감 없이 말씀해 주십시오. 병원까지 모셔다드리겠습니다."

남성 네 명은 아무도 손을 들지 않았다. 그들은 수사관의 안내를 받아 경찰차 쪽으로 이동했다. 임신한 보육 교사는 구급차에 올라탔다.

카즈마는 다시 버스 쪽을 바라보았다. 폭탄이 설치된 버스 안에 승객들이 갇혀 있었지만, 그 사실을 믿기 힘들 정도로 주차장은 고요했다.

★

"괘, 괜찮으세요?"

보육 교사 사야마 유리가 걱정스러운 표정으로 말했다. 남성 네 명과 보육 교사 나가이 유카리가 버스에서 내린 직후, 그들 대신 여자 경찰관이 버스에 탔다. 그 여자 경찰관은 버스 입구에 달린 발판에서 크게 넘어지고 말았다. 여자 경찰관은 무릎을 문지르며 버스 안으로 들어왔다.

"괜찮습니다. 늘 이렇거든요."

하나코는 예상과 다른 여자 경찰관의 얼굴을 가만히 바라보았다.

정말 어리다. 아직 20대 초반 같았다. 검고 긴 머리칼을 대충 뒤로 묶은 상태였다. 특히 그녀의 얼굴이 눈에 띄었다. 인형처럼 단정한 얼굴이었다. 모델이나 연예인이라고 해도 믿을 것 같았다. 정말 이 여자가 경찰이란 말인가.

"여러분, 처음 뵙겠습니다." 여자 경찰관이 말했다. "경찰청에서 나온 호죠 미쿠모라고 합니다. 못 미더우실지도 모르지만, 이래 봬도 엄연한 형사입니다."

회색 바지 정장을 입은 그녀는 상의 주머니에서 경찰 신분증을 꺼내 보였다. 그리고 이어서 말했다.

"현재 경찰청의 주도하에 사건을 조속히 해결하려 노력하고 있습니다. 패닉에 빠지지 않도록 이대로 기다려 주시기 바랍니다."

버스 뒤쪽에서 어린아이가 훌쩍이는 소리가 들렸다. 조금 전 버스에서 내린 아빠가 보고 싶어 우는 아이였다. 그것을 알아차렸는지 호죠 미쿠모라는 여형사가 말했다.

"괜찮으신가요?"

"네, 괜찮아요." 뒤쪽에 앉은 엄마 한 명이 대답했다. "그것보다 지금 상황을 좀 알려 주세요. 저희는 계속 여기에 있어서 바깥 상황을 몰라요. 뭐가 어떻게 돌아가고 있는 거예요?"

그건 하나코도 마찬가지였다. 다른 학부모들과 함께 인터넷 기사도 찾아보았지만, 첫 보도가 나온 뒤로 새로운 정보를 알려주는 기사는 올라오지 않았다. 무엇이 어떻게 진행되고 있는지 도무지 알 수 없는 상황이었다.

"알겠습니다." 호죠 미쿠모가 설명을 시작했다. "조금 전에 범인 측이 현금으로 1억 8천만 엔을 준비하라고 했습니다. 그게 범인 측의 요구 사항입니다. 기한은 오늘 오후 5시까지입니다."

학부모들이 웅성거렸다. 1억 8천만 엔이라는 거금을 누가 준비할 수 있단 말인가.

"여기에 갇힌 사람은 열여덟 명의 아이들과 그 어머니들입니다. 그러니까 범인은 한 가족을 1천만 엔으로 환산해 금액을 설정한 게 분명합니다."

안타깝게도 하나코와 카즈마가 가진 돈은 1천만 엔 근처에도 미치지 못했다. 다른 학부모들도 마찬가지인지 당황한 표정으로 서로 시선을 주고받았다. 호죠 미쿠모가 이어서 말했다.

"몸값은 걱정하실 필요 없습니다. 힘들겠지만, 지금은 여기서 버티는 게 가장 중요합니다. 범인에게 몸값을 전달할 때는 경찰청의 전문팀이 나설 예정입니다."

걱정하지 말란다고 걱정이 안 될 리가 없었다. 하지만 지금은 경찰을 믿을 수밖에 없다.

"몸값 준비 기한인 오후 5시가 지나면 또다시 범인에게서 연락이 올 겁니다. 그때까지 대략 2시간이 남았습니다. 저는 그 시간을 낭비하지 않을 겁니다."

버스에 있는 학부모들의 시선이 호죠 미쿠모에게로 쏠렸다. 그녀는 승객들을 둘러보며 말했다.

"범인은 폭탄을 설치했다고 말했지만, 이 버스에 진짜 폭탄이 있는지는 아직 확인되지 않았습니다. 엔진부에 설치한 걸로 추측되지만, 이 실내에 있을 가능성도 있습니다."

일리가 있는 말이었다. 버스 승객이 고의로든 실수로든 폭탄을 가지고 탔을 가능성도 있었다.

"죄송하지만, 이제 제가 돌아다니면서 여러분의 소지품을 확인하겠습니다. 괜찮으신가요?"

아무도 대답하지 않았다. 호죠 미쿠모는 그 정적을 모른 체하며 말했다.

"그럼 시작하겠습니다. 번거로우시겠지만, 선반에 올려놓은 짐을 내려주시기 바랍니다."

호죠 미쿠모는 그렇게 말하며 버스 뒤쪽으로 걸어갔다.

"협력해주셔서 감사합니다."

호죠 미쿠모의 소지품 검사는 꽤 오랫동안 계속되었다. 미쿠모는 버스 뒤에서부터 앞으로 이동하며 승객들의 소지품을 일일이 확인했다. 앞쪽 자리에 앉은 하나코는 아직 차례를 기다리는 중이었다. 그 옆자리에 앉은 안은 지쳤는지 잠이 들었다.

다음은 하나코의 차례였다. 하나코는 자리에서 일어나 버스 선반에 놓인 가방을 내렸다. 그리고 다시 자리에 앉았을 때,

호죠 미쿠모가 하나코에게 말을 걸었다.

"잘 부탁드립니다."

미쿠모가 말했다. 하나코는 그녀의 얼굴을 보며 생각했다. 정말 어리다. 피부도 어쩌나 매끈한지 조금 부러웠다. 아니, 조금이 아니라 몹시 부러웠다. 올해로 서른 살이 된 하나코는 20대 때보다 화장이 잘 먹지 않음을 몸소 실감하고 있었다.

"저야말로 잘 부탁드립니다."

하나코는 그렇게 말하며 배낭을 열었다. 그 안에는 점심때 먹은 도시락과 보리차가 든 물병, 과자, 수건 같은 자잘한 물건뿐이었다.

"혹시 모르니 그쪽에 있는 핸드백도 확인하겠습니다."

하나코는 무릎 위에 놓인 핸드백을 열어 미쿠모에게 보여주었다. 핸드백 안에는 지갑과 화장품 파우치, 손수건 등이 들어 있었다. 내용물을 확인한 미쿠모가 고개를 끄덕였다.

"괜찮네요. 이상 없습니다. 협력해주셔서 감사합니다."

미쿠모는 등을 돌려 통로 맞은편에 있는 나카하라 아키 모자에게 다가갔다. 그 이후에도 소지품 검사는 계속되었고, 두 보육 교사의 짐까지 다 확인된 다음에야 끝이 났다. 미쿠모는 버스 안에 있는 사람들을 향해 말했다.

"여러분, 협력해주셔서 감사합니다. 수상한 물건은 없었습니다. 이제 저는 차 안을 수색할 테니 여러분은 자유롭게 시간을 보내시기 바랍니다."

미쿠모는 버스 뒤쪽으로 가서 무릎을 꿇고 앉았다. 그 발치에 네모난 점검구가 보였다. 점검구를 열어 안을 확인하려는 것일까. 호죠 미쿠모가 렌치로 점검구를 열려 하는 모습을 보고 하나코는 주저 없이 일어섰다.

"저기, 제가 도와드릴게요." 하나코는 호죠 미쿠모 쪽으로 가서 무릎을 꿇고 앉았다. 오늘은 청바지 차림이라 옷이 조금 더러워져도 괜찮았다. "뭘 하면 될까요?"

"감사합니다. 그럼 이걸 돌려주시겠어요?"

시간이 5분쯤 걸리긴 했지만, 점검구는 무사히 열렸다. 점검구 안쪽에는 한 번도 본 적 없는 기계가 있었고 희미하게 기름 냄새가 났다. 하나코가 물었다.

"형사님, 자동차 엔진을 잘 아세요?"

"아니요, 전혀요." 미쿠모가 작게 웃으며 말했다. "면허는 있지만 직접 차를 정비하지는 못해요. 타이어 교체도 못 하는걸요."

미쿠모는 오른손에 든 스마트폰으로 점검구 내부를 촬영했다. 손을 넣어 점검구 안쪽도 사진으로 찍었다. 촬영을 마친 미쿠모는 스마트폰으로 무언가를 타이핑하며 설명했다.

"제가 찍은 사진을 본부에 보낼 거예요. 전문가가 보면 폭탄 위치를 알 수 있을지도 모르니까요. 이다음은 운전석 주변을 확인하려고 하는데, 계속 도와주실 수 있을까요?"

"네. 물론이죠."

미쿠모는 점검구를 닫고 버스 앞쪽에 있는 운전석으로 향했다. 운전기사가 버스에서 내렸으니 운전석은 비어 있었다. 버스 문을 여닫는 방법과 에어컨을 조작하는 방법은 보육 교사가 아는 듯했다. 이 버스에 있는 엄마들 중에 대형 면허를 가진 사람은 아마 없을 테고, 호죠 미쿠모라는 젊은 여형사도 버스 운전은 못 할 것 같았다.

"미쿠모 하나코 씨, 드릴 말씀이 있어요."

미쿠모가 주변을 둘러보더니 작게 말했다. 하나코는 그 말을 듣고 깜짝 놀랐다.

'이 형사님이 내 이름을 어떻게 알았지?'

운전석 주변에는 아무도 없었고, 가장 앞자리에 앉은 두 보육 교사는 몹시 지쳤는지 의자에 축 늘어진 상태였다. 하나코와 미쿠모의 대화를 듣는 사람은 아무도 없었다. 하나코도 작게 속삭였다.

"무슨 말이요?"

"선배님, 아니, 부군이 말을 전해달라고 하셨어요. 꼭 구해줄게. 그렇게 말씀하셨습니다."

카즈마가 말을 전한 모양이었다. 하나코가 물었다.

"저희 남편을 아세요?"

"네. 같은 반 소속이에요. 제가 늘 신세를 지고 있습니다. 그런데 사모님, 특별히 하는 운동이 있으신가요? 검도나 합기도 같은 거요."

"딱히 없는데, 왜요?"

"무언가를 통달한 사람 같은 기운이 느껴져서요. 일류 무도인이 풍기는 분위기와 아주 비슷해요."

이 사람, 예리하다. 하나코는 진심으로 그렇게 생각했다. 정신을 바짝 차려야 한다. 내 몸에는 도둑의 피가 흐른다. 하지만 그 사실을 들킬 수는 없었다.

"다도(茶道)를 배워서 그럴까요? 어머니의 영향으로 어릴 때 다도를 시작한 뒤로 어쩌다 보니 20년 가까이 하고 있거든요."

하나코의 엄마 에츠코가 다도를 즐기는 것은 사실이었지만, 하나코는 엄마를 따라 한두 번 다도를 배워본 것이 전부였다. 하지만 미쿠모는 이해했다는 듯 고개를 끄덕였다.

"다도였군요. 실력이 보통이 아니실 것 같아요."

"그 정도는 아니에요. 형사님이야말로 아직 젊은데 유능하시군요."

겉치레로 하는 말이 아니었다. 보통 사람이라면 폭탄이 설치된 버스에 맨몸으로 올라탄 이 상황에서 훨씬 동요했을 것이다. 하지만 이 여자는 놀라울 정도로 침착했다. 보통 여자라면 할 수 없는 일이었다.

"여러분을 꼭 구해드릴 거예요. 저는 그러기 위해서 여기에 온 거니까요."

미쿠모는 미소를 지으며 호언장담했다. 자신감에 찬 그 표정을 보고 있자니, 젊음이란 참 좋은 것이라는 생각이 들어 하나코는 조금 부러웠다.

★

카즈마는 히가시무코지마 플라워어린이집으로 돌아왔다. 오후 3시 30분을 조금 넘어선 때였다. 현재로서는 범인의 연락이 오기만을 하염없이 기다리는 중이었다. 지금 카즈마는 어린이집 졸업반 교실에 있다. 버스에 갇힌 아이는 총 열여덟 명이었고, 이곳에는 그 아이들의 아빠와 조부모가 모여 있었다.

"1천만 엔이라니, 그런 거금을 어디서…. 경찰이 마련해줄 수는 없나요?"

학부모 한 명이 묻자, 카즈마가 대답했다.

"원칙적으로는 경찰이 몸값을 마련해드리지 않습니다. 몸값은 가족 측이 준비하는 돈입니다. 하지만 유괴는 범인 검거율이 상당히 높은 범죄입니다. 100퍼센트에 가깝다고 봐도 무방하죠. 그래서 몸값으로 마련한 돈이 가족들의 수중으로 돌아오는 경우가 대부분이라 진짜 지폐를 사용하지 않는 사례도 있습니다."

외국의 사례는 차치하고, 적어도 일본에서는 유괴 사건의 발생률 자체가 낮았다. 그 이유는 범행을 성공시키기가 어려워서였다. 범인의 관점에서 최대 난관은 몸값을 수거하는 과정이다. 경찰은 범인이 나타날 시간과 장소를 알고 있으니 그 순간을 노려 수월하게 범인을 체포할 수 있다.

"게다가 이미 은행 영업시간도 끝났습니다." 카즈마는 그 자리에 모인 학부모에게 설명했다. "범인에게는 돈을 준비했다고 말하되, 가짜 돈, 예를 들면 신문지로 채운 가방을 사용할 겁니다."

"그랬다가 들키면 어쩔 겁니까? 내 아내와 아들의 목숨이 달려 있다고요!"

"그런 일이 생기지 않도록 하는 게 경찰의 임무입니다."

카즈마는 이 사건으로 피해를 본 당사자이면서 동시에 경찰이었다. 그래서 학부모를 응대하는 역할을 일임했다. 학부모들이 뒤늦게 도착할 때마다 자초지종을 처음부터 설명해야 했다.

교실에 모인 사람은 모두 열다섯 명이었다. 대부분 버스에 갇힌 아이의 아버지였고, 직장에서 일하다가 이야기를 듣고 달려왔는지 거의 다 정장 차림이었다. 한편 근무 중이라 전화를 받지 못해 아직 연락이 닿지 않은 가족도 있었다.

"반드시 진짜 돈을 준비해야 합니다."

"어떻게요? 은행이 영업을 안 하잖아요."

학부모끼리 말다툼을 했다. 두 사람 다 샐러리맨처럼 보이는 남자였다.

"지금은 비상사태예요. 잘 설명하면 은행도 협조해줄 거예요. 가짜 돈을 썼다가 혹시라도 범인의 심기를 건드리면 어떻게 할 겁니까?"

"경찰이 그런 일이 생기지 않게 한다잖아요. 이 부분은 경찰에 맡기는 게 낫습니다."

"경찰에 맡기는 건 찬성입니다. 하지만 돈은 진짜를 준비해야 해요. 경찰이 요청하면 은행도 협조할 겁니다. 그렇죠, 형사님?"

"그건…." 카즈마가 입을 뗀 순간, 주머니에서 진동이 느껴졌다. 스마트폰을 꺼내 보니 전화가 오고 있었다. 카즈마는 학부모들에게 양해를 구한 뒤 교실에서 나왔다. 스마트폰 통화 버튼을 누르자, 아버지 노리카즈의 목소리가 들려왔다.

"카즈마, 얘기는 들었다. 상황이 어떠냐?"

노리카즈가 초조한 목소리로 물었다. 카즈마가 대답했다.

"범인의 연락을 기다리는 중이에요. 저는 어린이집에서 학부모들에게 상황을 설명하고 있어요."

"하나코와 안은 무사하지?"

"네. 둘 다 무사해요."

조금 전 하나코에게서 문자메시지가 왔다. 호죠 미쿠모와 대화를 나눴다고 적혀 있었다. 비슷한 시점에 미쿠모도 두 사람이 잘 있다는 문자메시지를 보냈다.

"나는 하필 지금 나고야로 출장을 나왔지 뭐냐. 밤늦게나 돌아갈 수 있을 것 같다."

노리카즈는 출장이 잦았다. 각지에서 열리는 회의와 심포지엄에 참석하기 위해서였다. 그리고 가끔 국내를 방문한 해외 VIP를 의전할 때도 있었다.

"카즈마, 걱정하지 마라. 너도 알겠지만, 유괴 사건은 최근 몇 년 동안 성공한 사례가 없다. 이번에도 틀림없이 실패로 끝날 거야. 관건은 인질의 안전을 확보하는 방법이다."

지금 코조네를 비롯한 특수범죄대책과 수사관들이 작전을 짜고 있을 것이다. 일단 폭탄의 위치를 알아내는 것이 우선 과제였다. 폭탄이 설치된 장소를 특정한 다음, 가능하면 폭탄을 해제하는 것. 그게 지금 상상할 수 있는 가장 좋은 시나리오였다.

"카즈마, 잘 부탁하마. 필요하면 내 이름을 팔아도 된다. 반드시 하나코와 안을 무사히 구해와라."

전화가 끊겼다. 카즈마는 노리카즈가 진심으로 걱정하고 있음을 알 수 있었다. 교실로 돌아가려는 순간, 다시 스마트폰이 울렸다. 카즈마는 화면에 뜬 이름을 보고 잠시 전화 받기를 망설였다. 전화 발신자는 장모인 미쿠모 에츠코였다. 전화를 받지 않으면 계속 끈질기게 전화를 걸어 올 것이 뻔했다. 카즈마는 체념하며 전화를 받았다.

"네. 사쿠라바 카즈마입니다."

"카즈마, 대체 어떻게 된 거야? 방금 그이한테 하나코와 안이 유괴당했다는 말을 들었는데, 그게 정말이야?"

"네. 맞습니다. 하지만 장모님, 안심하세요. 제가 하나코와 안을 반드시 구하겠습니다."

"그런 경찰 같은 말은 듣기 싫어."

"장모님, 저는 이래 봬도 형사인데…."

"몸값은 얼마야? 3억 엔? 아니면 5억 엔?"

하나코와 살림을 합친 후에야 안 사실이지만, 미쿠모 가문 사람들은 돈 개념이 이상했다. 미친 수준이라고 해도 과언이 아니었다. 올해 설에만 해도, 타케루는 페라리에서 나온 유아용 자동차를, 에츠코는 유아용 캐시미어 코트를 세뱃돈 대신 안에게 주려고 했다. 모두 적어도 몇십만 엔은 하는 물건이라 받을 수 없어서 완곡하게 거절했다. 그 비슷한 일이 지금껏 여러 번 있었다.

"장모님, 아무튼 걱정하지 마세요. 경찰이 어떻게든 해결하겠습니다."

"카즈마, 지금 그 경찰이 못 미더우니까 걱정하는 거잖아. 경찰이 그렇게 유능하면 왜 우리 같은 도둑을 못 잡는 건데?"

맞는 말이었다. 에츠코가 그렇게 나오니 할 말이 없었다. 이 나라의 경찰은 오랫동안 L의 일족을 잡는 데 실패했다.

"장모님, 이번 사건은 유괴 사건입니다. 유괴 사건의 성공률은 터무니없이 낮아요. 장모님도 그쪽 세계에서 일류이시니까 잘 아시겠지만요."

"뭐, 그건 그렇지." 에츠코는 은근히 기분이 좋은 듯 말했다. "나는 일류 도둑이지만, 확실히 유괴 사건은 수지가 안 맞아. 유괴를 할 바에야 돈 되는 물건을 훔치는 게 빠르고 확실하지."

"맞습니다. 그래서 이번 사건도 실패로 끝날 겁니다. 지금 본부에서 어떻게 인질을 구출할지 방법을 검토하고 있습니다. 장모님이 경찰을 못 믿으시는 건 이해하지만, 이번 사건은 경찰에 맡겨 주세요. 부탁드립니다."

카즈마는 전화를 한 손에 든 채 상대가 앞에 있는 것처럼 허공에 허리를 굽혔다. 카즈마의 간곡한 부탁이 통했는지 에츠코가 말했다.

"뭐, 알겠어. 이번 사건은 경찰에 맡겨볼게. 하지만 카즈마, 하나코와 안이 털끝 하나라도 다치면 용서하지 않을 거야. 그것만큼은 각오해둬."

"네. 명심하겠습니다."

카즈마는 전화를 끊고 깊은 한숨을 내쉬었다. 장모님과 대화하는 것뿐인데 왜 이렇게까지 강한 압박감이 느껴질까. 이래서 미쿠모 가문 사람들은 무서웠다.

"실례합니다. 경찰이시죠?"

복도 끝에서 정장 차림의 남자가 걸어왔다. 뒤늦게 도착한 학부모 같았다. 카즈마는 그렇다고 대답하면서 스마트폰을 주머니에 집어넣었다.

★

미쿠모는 스마트폰을 바라보았다. 시간은 오후 4시를 넘어섰다. 버스 안에 들어온 지 1시간이 지났지만, 아직 폭탄이 설치된 장소를 찾아내지 못했다.

미쿠모는 지금 운전석에 앉아 있었다. 객석 부분은 이미 샅샅이 조사한 뒤였다. 폭탄 같은 것은 어디에도 없었다. 역시 폭탄은 엔진부에 설치된 모양이었다.

몹시 아쉬웠다. 폭탄 찾기는 말하자면 2차 목표였고, 가장 중요한 목표는 인질들의 상황을 확인하고 패닉에 빠지지 않게 하는 것이었다. 하지만 그것만으로는 사건을 해결할 수 없다. 미쿠모는 사건 해결과 직결되는 결정적인 일을 하고 싶었다. 그래야 초일류 형사를 향해 나아갈 수 있었다.

"형사님, 하나 드실래요?"

누군가가 미쿠모의 눈앞에 초콜릿 과자 상자를 내밀었다. 고개를 들어보니 미쿠모 하나코가 서 있었다.

"감사합니다."

미쿠모가 상자에서 과자를 집어 입으로 가져갔다. 달고 맛있었다.

"뭔가 실감이 안 나요." 미쿠모 하나코가 말했다. "이 버스에 폭탄이 있다는 게요. 평소랑 똑같이 대화도 하고 애니메이션도 보는데 우리가 인질이라니 이상해요."

그녀의 말처럼 이 사건은 특이했다. 전례가 없는 사건이었다.

"그렇게 느끼시는 것도 당연하죠. 보통 인질들은 어느 정도 불편을 감수해야 하는 경우가 많은데, 이번 사건은 버스에서 내릴 수 없다는 제약이 있을 뿐이고 사실 자유롭게 움직일 수 있으니까요."

"형사님은 형사 일을 한 지 오래되셨나요?"

"아직 신입이에요. 형사가 된 지 한 달도 안 됐거든요. 그나저나 저를 부르실 때는 편하게 이름으로 불러주세요."

"미쿠모 씨. …이렇게 부르니까 뭔가 이상하네요. 저는 성이 미쿠모잖아요."

미쿠모 하나코는 그렇게 말하며 웃었다. 미쿠모는 하나코를 처음 봤을 때, 늘 그렇듯 상대방을 관찰했다. 하나코는 카즈마의 부인이자 서점 직원이었다. 카즈마에게서 들은 사전 정보는 그 정도였지만, 미쿠모는 하나코가 어떤 분야의 경지에 다다른 달인 같다는 인상을 받았다. 본인에게 듣기로는 다도를 오래 했다고 했다.

"그럼 서로 이름으로 불러요. 언니라고 불러도 될까요?"

"네. 그럼요."

"하나코 언니, 부군을 어디서 만나셨어요?"

"네? 이야기의 흐름이 갑자기 그렇게 되나요?"

"참고만 하려고요. 형사와 서점 직원 커플은 흔하지 않잖아요."

"처음 만났을 당시에는 제가 도서관 사서였어요. 남편이 도서관에 책을 반납하러 왔을 때 처음 봤어요. 그게 첫 만남이었죠."

미쿠모는 누군가를 좋아해 본 적이 없었다. 물론 중고등학교와 대학교에서 이 선배가 멋있다든가, 이 친구가 다정하다든가

하는 가벼운 호감을 품은 적은 있었다. 하지만 누군가를 마음 속 깊이 좋아해 본 적은 한 번도 없었다.

"선배님, 아니, 부군을 처음 만났을 때 뭔가를 느끼셨나요?"

"글쎄요…." 하나코는 팔짱을 끼며 근처에 있던 보조 의자에 앉았다. 버스 안내원을 위해 마련된 의자였다. "저는 별 느낌이 없었어요. 첫인상이 나쁘진 않았지만요."

미쿠모는 운명의 상대를 만나면 반드시 한눈에 알아볼 수 있으리라고 자신했다. 타고난 감과 관찰력이 있으니 그 사람을 본 순간 바로 알아볼 수 있을 것이라고 항상 생각해왔다. 하지만 지금까지 만난 이성에게는 그런 감정을 느끼지 못했다. 언젠가 그런 남자를 만나리라고 막연히 생각할 뿐이었다.

"미쿠모 씨, 역시 범인은 우리를 어디선가 지켜보고 있겠죠?"

"네. 아마도요."

미쿠모는 그렇게 대답하다가 문득 깨달았다.

'나는 지금 버스 안에 있으니까 범인이 어디서 이 버스를 지켜보는지 알아낼 수 있지 않을까?'

미쿠모는 버스 주변을 관찰했다. 현재 주차장에 세워진 차는 이 버스를 제외하고 세 대였다. 공원은 봉쇄되었으니, 차주들은 여기에 차를 세워 둔 채 자리를 비웠다는 의미일 것이다. 아무튼 수사관들은 그 자동차 세 대에 수상한 점이 없음을 이미 확인했을 것이다.

그렇다면 범인은 어디에서 지켜보고 있을까. 미쿠모는 주위를 둘러보았다. 주차장 주변에는 벚나무들이 가득했다. 그래서 특정한 각도에서 보지 않는 이상, 주차장 밖에서 이 버스를 관찰하기는 어려울 듯했다. 그리고 그 특정한 각도가 나오는 건물은 많지 않을 것이다.

미쿠모는 공원 주변의 지도를 스마트폰에 띄웠다. 그리고 창문으로 밖을 보며 이 버스를 시야각에 넣을 수 있을 만한 건물을 확인했다. 주차장 주변에는 2, 3층짜리 주택과 빌라가 많았지만, 그 정도 높이에서는 버스의 상태를 살피기 어려울 듯했다.

"미쿠모 씨, 이거 쓰세요."

하나코가 태블릿 컴퓨터를 내밀었다. 보육 교사의 물건인 듯했고, 화면에는 지도를 띄운 상태였다. 하나코가 함께 건넨 터치펜으로 메모도 할 수 있는 것 같았다.

"감사합니다. 훨씬 편하겠네요."

"저도 도울게요. 뭘 하면 될까요?"

"이 버스를 감시할 수 있을 만한 건물을 찾아주세요. 그곳에 범인이 숨어 있을지도 몰라요."

"알았어요. 해볼게요."

하나코가 그렇게 말하며 동쪽 창문 밖을 바라보았고, 미쿠모는 반대편인 서쪽 창문으로 밖을 관찰했다. 아무것도 하지 않는 것보다는 나았다. 범인은 틀림없이 이 버스를 지켜보고 있을 테니 말이다.

★

"카즈마 형사님, 손님이 찾아오셨습니다."

졸업반 교실에는 스무 명 정도의 학부모가 모여 있었다. 카즈마는 여전히 학부모를 응대하느라 정신이 없었다. 역시 학부모들이 가장 궁금해하는 것은 몸값이었고, 그 부분을 계속 되풀이해서 설명하는 과정은 몹시 번거롭고 귀찮았다. 하지만 학부모들의 불안을 해소하는 것이 자신의 역할이라 생각하며 친절하고 꼼꼼하게 설명하려고 애썼다.

밖에서 보초를 서던 경찰관이 카즈마를 불렀을 때는 오후 4시 15분쯤이었다. 카즈마는 일단 설명을 멈추고 교실에서 나왔다.

복도를 지나 계단참으로 나오자, 그 남자가 서 있었다. 카즈마는 남자의 얼굴을 보자 갑자기 머리가 지끈거렸다.

"와타루 형님, 왜 여기에…."

"미안해, 매부. 일하는 중에 불러내서."

아내의 오빠인 와타루였다. 하나코의 친오빠인 그는 사실 유능한 해커였다. 10대부터 20대까지 집 안에 틀어박혀 지내며 국가와 기업의 정보를 훔쳐다가 돈을 벌었다고 했다. 몇 년 전부터 집 밖으로 나오게 됐다는 그는 지금 지극히 평범하게 검은 재킷에 베이지색 면바지를 입고 있었다. 옛날에는 추리닝만 입었다고 했다. 웬일인지 와타루는 손에 여행용 캐리어를 들고 있었다.

"아버지가 나한테 전화해서 이걸 가져다주라고 하더라고." 와타루는 그렇게 말하며 캐리어를 앞으로 내밀었다. "1억 엔이 들어 있어. 몸값에 보태. 내 여동생과 조카를 위해서."

"죄송합니다, 형님. 이걸 받을 수는…."

"카즈마, 내 입장을 곤란하게 만들지 말아줘. 나도 아버지가 시키는 대로 할 뿐인걸. 매부가 이걸 받아주지 않으면 내가 혼나."

"아무리 그래도…."

"그럼 갈게, 카즈마. 뒷일을 잘 부탁해."

와타루가 가볍게 말하고는 그 자리에 캐리어를 두고 떠나려 했다. 카즈마는 캐리어를 끌면서 와타루의 뒤를 쫓았다.

"형님, 잠시만요. 이거 가져가세요."

어린이집 밖으로 나와서야 겨우 와타루를 따라잡았다. 와타루는 택시를 탈 생각인지 갓길에서 택시가 지나가기를 기다리고 있었다. 카즈마는 와타루를 향해 말했다.

"이 돈은 필요 없어요. 왜냐하면 범인은 반드시 잡힐 거고, 하나코와 안도 무사히 돌아올 테니까요. 그러니까 형님, 이 돈은 가지고 가세요. 부탁드립니다."

카즈마가 깊게 고개를 숙였다. 고개를 숙인 채 5초쯤 가만히 있자, 머리 위에서 와타루의 목소리가 들렸다.

"알았어. 아버지한테는 내가 잘 말해둘게. 그럼 이 돈은 내가 갖고 간다."

카즈마가 고개를 들며 말했다.

"네. 제가 두 사람을 꼭 구해오겠습니다."

"근데 기왕 가져온 거니까 용돈이라도 좀 주고 갈게."

와타루가 캐리어를 옆으로 눕히고 비밀번호를 입력하더니 가방 문을 열었다. 카즈마는 눈을 의심했다. 캐리어 안에는 돈다발이 가득 들어 있었다. 1억 엔이라고 했으니, 100만 엔짜리 다발 100개가 들어 있다는 뜻이었다. 카즈마는 주위를 둘러보았다. 이런 거금을 소지한 장면을 누군가가 목격한다면 그야말로 위험한 상황이 펼쳐질 것이다. 자칫 잘못하면, 아니, 잘못하지 않더라도 경찰에 신고가 들어갈지도 모른다.

하지만 와타루는 전혀 개의치 않는 듯 돈다발 하나를 꺼내 카즈마의 정장 주머니에 찔러 넣었다.

"이걸로 맛있는 거라도 사 먹어. 수사관분들도 힘들 테니까."

"아니, 못 받…."

어디선가 발소리가 들렸다. 돌아보니 순찰 중인 경찰관 두 명이 이쪽으로 걸어오고 있었다. 당황한 카즈마는 재빨리 무릎을 꿇고 캐리어를 닫았다. 그리고 마침 지나가던 빈 택시를 향해 손을 들었다. 이 남자를 한시라도 빨리 여기에서 쫓아내야 했다. 택시가 멈추자, 카즈마는 와타루 대신 캐리어를 들어 올렸다.

"형님, 얼른 타세요."

택시 기사에게 트렁크를 열어달라고 한 다음 캐리어를 거기에 실었다. 그때 뒷좌석 창문이 열리더니 와타루가 얼굴을 내밀었다.

"그럼 갈게, 매부. 하나코와 안을 잘 부탁해."

카즈마는 와타루를 태운 택시가 떠나는 모습을 끝까지 지켜보았다. 택시가 골목으로 꺾어 들어가는 모습을 확인하자 카즈마는 급격히 피곤해졌다. 하나코에게는 말할 수 없지만, 미쿠모 가문 사람들과 함께 있으면 무척 피곤했다. 카즈마는 발길을 돌려 다시 어린이집 부지로 돌아갔다.

어린이집 앞에는 경찰관 두 명이 서 있었다. 카즈마는 주머니에 손을 넣어 와타루가 준 돈다발에서 지폐 몇 장을 뽑았다. 그 돈을 경찰관 한 명에게 건넸다.

"이걸로 음식과 마실 것을 사다 주겠어? 여기 있는 수사관들과 학부모님들께 드릴 거야."

"그래도 되나요?"

"응. 방금 온 분이 인질의 친척이래. 꼭 받아달라고 사정하면서 이 돈을 두고 가셨거든. 기왕 이렇게 됐으니 감사히 써야지."

"알겠습니다. 그럼 편의점에 다녀오겠습니다."

"고맙다."

경찰관은 길 건너편에 있는 편의점 쪽으로 달려갔다. 카즈마가 문 안으로 들어가 계단참을 지나는 순간, 스마트폰이 울렸다. 호죠 미쿠모의 전화였다.

"선배님, 지금 통화 괜찮으세요?"

미쿠모의 목소리가 들렸다. 카즈마가 대답했다.

"응. 괜찮아. 지금은 어린이집에서 학부모를 응대하고 있어. 그쪽 상황은 어때?"

"문제없습니다. 다들 침착해요. 아, 사모님과 따님도 잘 있어요. 따님은 지금 잠든 것 같습니다."

카즈마는 가슴을 쓸어내렸다. 학부모들에게 상황을 설명하느라 정신이 없어서 하나코에게 전화를 걸 여유가 없었다. 하나코와 안은 폭탄이 설치된 버스 안에 있다. 그 생각을 하는 것만으로도 피가 끓어오르는 것 같았다. 그런데 두 사람이 잘 있다니 일단 마음이 놓였다.

"선배님, 문자메시지 보셨나요?"

"아니, 못 봤어. 잠깐만 기다려봐."

와타루를 상대하느라 문자메시지가 오는 줄도 몰랐다. 카즈마가 스마트폰을 확인해보니, 사진이 첨부된 미쿠모의 문자메시지가 와 있었다. 버스가 주차된 아라카와녹지공원 주변 지도 같았다. 건물 몇 채에 붉은색 표시가 있었다.

사진을 확인한 카즈마가 미쿠모에게 물었다.

"미쿠모, 이게 뭐야?"

"범인은 계속 이 버스를 지켜보고 있을 거예요. 망원경을 사용하더라도 이 버스를 시종일관 감시할 수 있는 건물은 그리 많지 않습니다. 제가 첨부한 사진을 보면 아시겠지만, 이 버스를 감시할 수 있을 만한 건물을 빨간색으로 표시해놨어요. 제가 실제로 버스 안에서 관찰한 결과니까 틀림없을 겁니다."

카즈마는 속으로 감탄사를 터뜨렸다. 이건 실제로 버스에 탄 사람만 얻을 수 있는 살아 있는 정보였다.

"수고했다, 미쿠모. 꼭 수사에 참고할게."

"감사합니다. 조건에 맞는 건물은 모두 다섯 채예요. 전부 아파트고요. 그중에 2층이나 3층 이상이면서 세입자가 최근 3개월 이내에 입주한 집을 추려주세요. 그중에 범인의 아지트가 있을 가능성이 커요."

"그래. 바로 위에 보고할게."

"감사합니다."

전화를 끊은 카즈마는 서둘러 건물 안쪽으로 들어가 회의실 문을 열었다. 특수범죄대책과 수사관들이 전화기를 둘러싸고 앉아 있었다.

카즈마는 코조네에게 다가갔다.

"주임님, 잠시 말씀드릴 게 있습니다." 스마트폰을 한 손에 든 채 카즈마가 말했다. "방금 호죠 미쿠모가 버스에서 연락을 줬습니다. 이게 미쿠모 형사가 보낸 지도입니다."

스마트폰 화면에 띄운 지도를 코조네에게 보여주며 미쿠모의 생각을 설명했다. 범인들은 고층 아파트에서 버스를 감시하고 있을 것이며, 그 장소를 알아내면 신속하게 사건을 해결할 수 있다는 내용이었다.

설명을 끝까지 들은 코조네가 말했다.

"괜찮은 발상이군. 시도해봐서 나쁠 건 없겠어. 무코지마 경찰서에 우리 쪽 수사관이 있어. 거기에 연락해서 인근 건물 건물주들과 접촉하도록 지시를 내리겠네. 카즈마, 자네는 건물의 주소와 아파트명을 찾아서 바로 무코지마 경찰서에 알려주게."

"알겠습니다. 이 노트북을 써도 될까요?"

"그래. 마음껏 쓰게."

카즈마는 의자에 앉아 테이블 위에 놓인 노트북으로 인터넷에 접속했다. 스마트폰을 확인하며 미쿠모가 붉게 표시해놓은 아파트의 이름과 주소를 찾았다. 머리 위에서 코조네의 목소리가 들렸다.

"호죠 미쿠모. 호죠 선생님의 자제라는 얘기는 들었지만, 소문대로 엄청난 인재군."

카즈마는 컴퓨터 화면으로 시간을 확인했다. 오후 4시 30분이 조금 넘었다. 범인이 기한으로 정한 오후 5시까지 이제 30분도 남지 않았다.

★

"미쿠모 씨는 왜 형사가 됐어요?"

하나코가 그렇게 물었다. 미쿠모는 지금 운전석에 앉아 있었고, 하나코는 그 옆에 있는 보조석에 앉아 있었다. 미쿠모가 대답했다.

"저희 집안은 탐정사무소를 운영해요. 할아버지 대부터 운영하던 탐정사무소라, 가족들은 제가 탐정이 되어 대를 잇기를 원했어요. 그래서 저는 어릴 때 제가 탐정이 될 줄 알았죠."

이상했다. 초면인 하나코에게 이런 이야기를 술술 털어놓다니, 정말 이상한 일이었다. 단순히 사쿠라바 카즈마의 부인이라서 이렇게 친근한 느낌이 드는 것일까? 미쿠모는 의아했지만, 그래도 이야기를 이어나갔다.

"저는 외동딸이거든요. 그래서 제가 탐정이 되지 않으면 우리 탐정사무소는 사라지고 말 거예요. 그런데 저는 내가 원하는 길이 정말 그 길이 맞는지 불안했어요. 정해진 선로 위를 달리는 게 싫었달까요?"

간단히 말하자면 반항기였다. 탐정 이외의 길을 생각해봤을 때, 떠오르는 직업은 형사뿐이었다.

"탐정이 맡는 사건들은 대부분 민사 사건이거든요. 저희 아버지는 유명한 탐정이라 가끔 오사카경찰청이나 교토경찰청에서 형사사건 문의를 받을 때도 있지만, 보통은 민사 관련 일이 대부분이에요. 배우자 뒷조사나 사람 찾기 같은 거요. 그런데 저는 기왕이면 큰 사건을 다루고 싶었거든요. 경찰이라는 직업은 애초부터 형사사건만 다루니까, 저한테는 그 점이 매력적이었어요."

"그렇군요. 그렇게 생각하지 않았으면 여기에 오시지도 않았겠죠."

"맞아요."

하나코와 눈이 마주치자, 미쿠모는 저절로 미소가 새어 나왔다. 만일 교토 탐정사무소에서 일했다면 이렇게 버스 납치 사건 현장에 들어올 일도 없었을 것이다.

"그렇구나. 미쿠모 씨는 탐정 일가 출신이었군요. 왠지 공감되네요."

하나코가 의미심장하게 말하자, 미쿠모가 물었다.

"어떤 점이 공감되세요?"

"아, 그게, 우리 남편 말이에요. 우리 남편도 경찰 집안 출신이라 여러 가지로 마음고생을 하더라고요. 그래서 어떤 마음이었는지 알 것 같아요."

"아, 그렇군요."

미쿠모는 카즈마를 떠올렸지만, 사실 그렇게 마음고생을 하면서 살아온 사람처럼 보이지는 않았다. 굳이 말하자면 아무 고민 없이 태평하게 살았을 것 같다. 내 관찰력도 아직 멀었구나. 미쿠모는 속으로 반성했다.

"얼마 전에 우연히 들었는데요." 미쿠모가 말했다. "대대로 도둑질을 가업으로 삼는 집안이 있다고 하더라고요. 만화에 나올 법한 얘기지만 실제로 존재한대요. 그런 범죄자 집안에서 태어나는 것보다는 탐정 일가나 경찰 일가에서 태어나는 게 훨씬 낫죠. 안 그런가요?"

"…맞아요."

"그렇죠? 그 사람들은 언젠가 꼭 잡힐…, 아니, 제가 꼭 잡을 거예요."

그들의 이름은 L의 일족이었다. 그 이름을 곱씹던 미쿠모는 법무부 관료 시마자키 토오루 살인사건을 떠올렸다. 그 사건 현장에는 L이라는 알파벳이 남아 있었다. 그 알파벳에는 어떤 의미가 있는 것일까.

"지금 이게 무슨 소리죠?"

하나코의 말에 미쿠모는 깊은 사색에서 빠져나왔다. 위쪽에서 어떤 소리가 들렸다. 헬리콥터 굉음이었다. 언론사의 헬리콥터일까. 헬리콥터 소리에 놀랐는지 아이들이 불안한 표정을 지었다. 개중에는 잠에서 깨버린 아이도 있었다.

이제 15분 후면 오후 5시였다. 범인 측은 과연 어떤 방법으로 몸값을 받으려고 할까.

★

정확히 오후 5시가 되자, 회의실에 있는 전화기가 울렸다. 코조네는 전화벨이 세 번 울렸을 때 전화를 받았다.

"네. 경찰청 특수범죄대책과 코조네입니다."

"1억 8천만 엔은 준비했습니까?"

첫 번째 전화를 건 남자와 같은 사람이었다. 코조네가 대답했다.

"네. 준비했습니다."

카즈마는 회의실 한쪽 구석에서 두 사람의 대화에 귀를 기울였다. 특수범죄대책과에서는 아직 몸값을 준비하지 못했다는 이유로 거래를 미루자는 의견도 나왔다고 했다. 하지만 범인 측이 어떤 계획을 세웠는지 아직 알 수 없는 상태라 그 계획을 알아내기 위해서라도 거래를 진행하자는 결론에 도달했다는 듯했다.

"짧게 설명하죠. 질문은 받지 않습니다. 어차피 녹음 중일 테니, 필요하면 녹음 파일을 다시 들으세요."

그렇게 운을 뗀 범인이 본론을 꺼냈다.

"우선 도쿄에서 사용하는 종량제봉투에 돈을 9천만 엔씩 나눠 넣고 단단히 묶으십시오. 그리고 바퀴 달린 캐리어 두 개를 준비해서 거기에 9천만 엔씩 넣으세요. 그 캐리어 두 개를 오후 7시까지 버스 앞으로 옮겨요. 버스 안에 있는 보육 교사나 학부모 중에서 두 명을 골라 캐리어를 운반하는 역할을 맡기십시오. 어디로 운반할지는 오후 7시에 다시 알려드리죠. 이상입니다."

"잠깐 기다려요. 대체 어디로…."

범인은 코조네의 외침을 무시하며 일방적으로 전화를 끊었다. 범인 측 요구를 들어주는 것 외에 다른 길은 없으니 수사관들은 일사불란하게 움직였다. 범인이 말한 기한까지는 앞으로 2시간밖에 남지 않았다.

"카즈마, 지금 들은 내용을 미쿠모에게 알려주게."

"알겠습니다."

카즈마는 스마트폰을 꺼내 호죠 미쿠모에게 전화를 걸었다. 범인의 요구 사항을 전달하자, 수화기 너머로 미쿠모가 말했다.

"아마 강이겠군요. 범인은 캐리어를 다리 위로 옮겨가게 한 다음 거기서 강물로 떨어뜨리라고 할 거예요."

범인은 종량제봉투에 돈을 넣으라고 했다. 그것은 틀림없이 방수를 위한 작업일 것이다. 카즈마도 미쿠모와 같은 생각이었다.

"여기서 도보로 갈 수 있는 다리는 두 개예요. 북쪽에 있는 히노데바시, 아니면 남쪽에 있는 신덴바시예요."

카즈마는 화이트보드 앞으로 향했다. 거기에는 현장 주변 지도를 확대한 사진이 붙어 있었다. 미쿠모가 말한 대로 현장 근처에는 아라카와강을 가로지르는 다리 두 개가 있었다.

"범인은 강에 떨어진 캐리어를 회수할 생각이에요. 캐리어가 강에 떨어질 시간에 맞춰 배를 타고 다리 밑을 지나가면 어렵지 않게 캐리어를 회수할 수 있겠죠. 하지만 대형선박을 빌리기는 번거로웠을 거예요. 그러니까 소형 보트를 이용할 가능성이 큽니다."

"그렇구나. 스쿠버다이빙을 할 때처럼 말이지."

잠수복을 입고 강 수면에 뜬 캐리어를 회수한 다음 그대로 소형 보트를 타고 도주할 계획이리라.

"미쿠모, 몸값이 든 캐리어가 2시간 뒤 버스 앞에 놓일 거야. 그때까지 몸값을 운반할 사람 두 명을 골라줘."

"알겠습니다."

카즈마는 전화를 끊었다. 수사관들은 캐리어를 구하기 위해 어딘가에 필사적으로 전화를 걸었다. 2시간은 길면서도 짧은 시간이었다. 시간 싸움이 될 것이 분명했다.

카즈마는 새롭게 추가된 내용을 학부모들에게 전해야 했다. 그렇게 생각하며 회의실에서 나왔을 때, 스마트폰이 울렸다. 무코지마 경찰서에 있는 특수범죄대책과 수사관 키타가와의 전화였다. 키타가와는 무코지마 경찰서에서 정보를 수집하는 중이었다.

"카즈마, 나다. 아까 얘기한 것 말인데, 의심되는 집을 몇 군데 찾았어."

미쿠모의 정보를 토대로 범인의 은신처를 찾아내는 작전이었다. 지금은 카즈마가 키타가와에게 도움을 요청한 지 30분밖에 지나지 않은 시간이었다. 긴급사태이니만큼 인근 건물 건물주들을 어지간히도 채근했을 것이다.

"조건에 맞는 집은 일곱 군데야. 다 3층 이상이고 최근 3개월 이내에 계약된 임대건물이야. 세입자는 모두 개인이지만, 조금 마음에 걸리는 세입자가 한 명 있어. 리버힐무코지마 502호를 빌린 키지마 타케노리, 45세. 두 번 체포된 이력이 있어. 두 번 다 절도 혐의였고 두 번째로 체포됐을 때는 실형 선고를 받았어. 반년 전에 출소했고."

경찰청에 있는 전과자 데이터베이스와 비교한 결과일 것이다. 확실히 전과가 있다는 점은 눈여겨볼 만하지만….

"키타가와, 키지마 타케노리가 빌린 건물에 주차장이 있어?"

"잠깐 기다려봐." 키보드를 두드리는 소리가 들리더니 이윽고 키타가와가 대답했다. "아니. 리버힐무코지마에는 주차장이 없어. 아, 그렇군. 이 범행을 계획하려면 차가 필요했을 거라고 생각하는 거지?"

"어디까지나 가능성이지만."

이렇게 큰 사건을 계획한 이상, 범인은 틀림없이 물자 운반과 도주에 쓸 차량을 준비했을 것이다.

"일리가 있어. 잠깐 기다려봐."

잠시 침묵이 흐른 뒤에 다시 키타가와의 목소리가 들렸다.

"건물주들한테 받은 세입자 목록을 다시 조회해봤어. 주차장을 빌린 사람은 한 명뿐이야. 그랜드팰리스아라카와 801호에 사는 이시오카 켄스케라는 남자야. 입주한 건 2개월 전이고, 주차장도 같이 빌렸어."

월세가 약 10만 엔인 투룸이었다. 관리비와 주차비를 합치면 한 달 주거비가 12만 엔 정도였다. 조건에 맞는 집 일곱 군데를 일일이 조사하기에는 시간이 촉박했다. 우선은 수상한 곳부터 파고들어야 했다.

카즈마는 일단 전화를 끊고 코조네에게 갔다. 조건에 맞는 집 일곱 군데를 찾았다고 보고하자, 코조네는 곧바로 결단을 내렸다.

"무코지마 경찰서에서 키타가와를 불러. 자네들은 그 집들을 직접 살펴보게. 알고 있겠지만, 범인은 기폭장치를 소지했을 가능성이 있다. 절대 경찰이라는 걸 들키지 마."

"알겠습니다."

"지금 아라카와강 근처에 인원을 배치하는 중이다. 무슨 일이 생기면 바로 연락하게."

"알겠습니다."

카즈마는 한 손에 스마트폰을 든 채 회의실에서 나왔다. 과연 2시간 안에 범인의 은신처를 찾아낼 수 있을까.

★

"…작업 자체는 그렇게 어렵지 않습니다. 경찰이 지켜보고 있으니 범인이 위해를 가할 일도 없을 겁니다. 여러분, 어떠신가요?"

미쿠모는 버스 안을 둘러보았다. 차에는 적막만 흘렀다. 9천만 엔이 든 캐리어를 옮기는 일이니 선뜻 자원하기 힘든 것이 당연했다.

"여러분, 어떠신가요?"

미쿠모가 한 번 더 물었다. 중요한 역할을 해야 할 두 보육교사가 위축된 표정으로 미쿠모의 시선을 피했다. 둘이서 눈빛을 교환하며 작은 소리로 소곤댔다.

'최악의 경우에는 내가 가겠어.'

미쿠모는 진심으로 그렇게 생각했다. 하지만 지금 미쿠모는 누가 봐도 형사 같은 옷차림이었다. 어떻게 해야 할까. 본부에 이야기해볼까. 그런 생각이 들었을 때, 한 학부모가 손을 들었다. 그 여자의 얼굴을 본 미쿠모는 '역시'라고 생각했다. 미쿠모 하나코였다.

"제가 갈게요."

"진심이세요?"

"네. 그런데 제가 9천만 엔이 든 가방을 들 수 있을까요? 꽤 무거울 것 같은데…."

"그건 괜찮아요. 캐리어에 바퀴가 달렸대요."

"그럼 괜찮겠네요. 음…. 제가 돈을 운반하는 동안 딸을 부탁드려도 될까요?"

"물론이죠."

역시 형사의 부인이었다. 보통 사람은 이 상황에서 손을 들지 못할 것이다. 미쿠모가 속으로 감탄하는 순간, 다른 여자가 손을 들었다.

"하나코 씨가 간다면 저도 갈게요."

통로를 사이에 두고 하나코 맞은편에 앉은 여자였다. 나이는 20대 중반쯤으로, 염색한 머리를 보아 젊다는 것을 알 수 있었다. 조금 화려한 인상의 여자였다.

"감사합니다. 잠시 이야기를 나누고 싶으니 두 분은 앞으로 나와주시기 바랍니다. 그동안 아이들을 부탁드릴게요."

두 보육 교사가 일어나 버스 뒤쪽으로 갔다. 잠시 후 하나코와 또 다른 조력자가 미쿠모에게 다가왔다. 미쿠모는 또 다른 조력자에게 감사 인사를 했다.

"정말 감사합니다. 실례지만 성함이 어떻게 되시죠?"

"나카하라 아키예요."

미쿠모는 맨 앞좌석에 두 사람을 앉히고 설명했다.

"제 추측이지만, 캐리어를 운반할 목적지는 다리일 거예요. 범인은 아마도 강에 캐리어를 던지라고 요구할 겁니다."

물론 본부도 그 정도는 예상했을 것이다. 지금쯤 다리 주변에 배치할 경찰 인력을 모으고 있을 듯했다.

"캐리어가 무겁지 않을까요?" 나카하라 아키가 불안한 표정으로 말했다. "들어 올릴 수 있을까요? 다리에서 떨어뜨려야 하잖아요?"

그 질문에는 하나코가 대답했다.

"둘이서 같이 들어 올리면 될 거예요."

"아, 그렇지. 둘이서 하면 되겠네요."

미쿠모는 창밖을 바라보았다. 오후 5시 30분경이라 바깥이 점점 어두워지고 있었다. 오후 7시가 되면 이 일대는 깜깜해질 것이다. 강 수면도 어둠에 휩싸일 터였다. 범인이 몸값을 그 시간에 받기로 한 이유도 어둠 속에 숨어 도주하기 위해서임이 분명했다.

"저 사람들도 고생이네요."

나카하라 아키가 주차장 입구에 모여든 취재 차량을 보며 말했다. 뉴스 중계차 같은 보도 목적의 차량이 열 대 넘게 서 있었다. 경찰청이 주의하라고 경고했는지 헬리콥터 소리는 더 이상 들리지 않았다.

"하나코 씨의 남편분이 많이 걱정하겠어요."

나카하라 아키의 말에 하나코가 대답했다.

"그러게요. 그런데 아키 씨는요? 부모님이 도쿄에 계신다고 했죠?"

"네. 하지만 저는 부모님과 사이가 나빠서 별로 교류가 없어요."

"흠…. 그렇군요."

미쿠모는 두 사람의 대화에 귀를 기울이며 멀리 보이는 아파트로 시선을 던졌다. 어디선가 범인이 이 버스를 지켜보고 있을 것이다.

'카즈마 선배님, 빨리 범인의 은신처를 찾아내 주세요.'

★

카즈마는 잠복용 차량 조수석에 앉아 있었다. 차를 운전하는 사람은 특수범죄대책과 키타가와였다. 시간은 오후 6시 경이었다. 잠복용 차량이 천천히 멈춰 섰다.

"저 아파트구나."

키타가와가 그렇게 말하며 도로 건너편에 있는 아파트를 올려다보았다. 리버힐무코지마라는 5층짜리 아파트로, 수상한 집 중 한 곳이었다. 세입자는 키지마 타케노리라는 45세 남성으로, 두 번 체포된 이력이 있어 가장 먼저 그의 집을 확인하기로 했다.

"카즈마, 가자."

키타가와가 운전석에서 내렸다. 키타가와는 화려한 붉은색 점퍼를 입고 있었다. 카즈마는 뒷좌석에 놓인 피자 상자를 들고 조수석에서 내렸다. 그 역시 키타가와와 똑같은 붉은색 점퍼 차림이었다.

점퍼와 빈 피자 상자는 키타가와가 준비해왔다. 특수범죄대책과의 비품이라고 했다. 대놓고 형사임을 밝히며 탐문 수사를 하기 어려울 때 사용하는 물건인 듯했다. 피자 배달원을 가장해 아파트에 침입하기 위해서였다.

리버힐무코지마의 공동현관에는 자동잠금 장치가 없었다. 바로 엘리베이터를 타고 5층까지 올라갔다. 키지마 타케노리의 집은 502호였다. 문패는 없었다. 키타가와와 눈빛을 교환한 다음 카즈마가 초인종을 눌렀다.

잠시 기다렸지만 반응이 없었다. 그러나 문틈으로 새어 나오는 희미한 불빛을 보니 안에 사람이 있는 듯했다.

다시 한번 초인종을 누르자, 드디어 문 너머에서 반응이 왔다. 사람이 움직이는 소리가 나더니, 이내 문이 열렸다.

"안녕하세요. 피자 앨버트로스입니다. 갓 구운 피자가 왔습니다."

카즈마는 그렇게 말하며 피자 상자를 내밀었다. 문 너머에는 수염을 지저분하게 기른 남자가 서 있었다. 눈은 충혈됐고 머리는 부스스했다.

"피자 왔습니다. 가격은 2천 5백 엔입니다."

"…거 아니야."

"네?"

"내가 시킨 거 아니라고."

알코올 냄새가 났다. 술을 마신 것 같았다. 카즈마는 남자의 어깨너머로 재빨리 집 안을 관찰했다. 원룸 구조였고 창가에 빨래가 널려 있었다. 버스 납치 사건의 거점이라기에는 생활감이 있는 공간이었다.

"죄송합니다. 잘못 왔군요."

서둘러 자리를 떴다. 키타가와도 카즈마와 똑같은 생각을 했는지, 다음 아파트로 가기 위해 잠복용 차량에 올라탔다. 다음 집은 그랜드팰리스아라카와 801호였다. 조건에 맞는 일곱 집 중 유일하게 세입자가 주차장을 함께 빌린 곳이었다.

아파트 뒤편에 주차장이 있었다. 공동현관 앞에서 한 남자가 카즈마와 키타가와를 기다리고 있었다. 두 사람의 모습을 발견하자, 남자가 빠른 걸음으로 다가왔다.

그 남자는 관리인이었다. 이 그랜드팰리스아라카와는 공동현관 비밀번호를 알아야 건물 안으로 들어갈 수 있는 구조라 두 사람이 미리 관리인에게 연락을 해놓았다. 카즈마는 경찰신분증을 보여주며 관리인에게 말했다.

"경찰청에서 나온 사쿠라바 카즈마입니다. 이쪽은 동료 키타가와입니다. 801호에 사는 이시오카 켄스케 씨에 대해 여쭤볼 게 있어서 찾아뵀습니다."

"이시오카 씨요? 몇 번 본 적이 있어요."

관리인은 이시오카를 주로 낮에 보았다며 그가 밤일을 하는 것 같다고 말했다.

"또 눈에 띄는 점은 없었나요? 사소한 것도 괜찮습니다."

"그러고 보니 다이빙 같은 걸 하는 것 같았어요."

"다이빙이요? 잠수하는 거 말씀이시죠?"

"네. 잠수복 차림으로 주차장에서 걸어가는 모습을 본 적이 있거든요. 한 2주쯤 전이었나?"

카즈마는 옆에 있는 키타가와를 쳐다보았다. 키타가와도 이상하다고 생각했는지 고개를 갸웃거렸다. 이 근방에 스쿠버다이빙을 할 만한 곳으로는 치바, 카나가와, 시즈오카 이즈 정도가 있다. 그런데 처음부터 잠수복을 입고 여기서 거기까지 차를 몰고 갔다는 말인가? 이해하기 어려웠다. 보통은 그 장소에 도착해서 옷을 갈아입지 않는가.

"8층, 아니면 8층과 가까운 층에 빈집이 있습니까? 가능하면 집 내부를 보고 싶습니다."

"네. 가능합니다. 7층에 빈집이 있어요."

키타가와가 앞서 걷는 관리인에게 물었다.

"이시오카 씨가 타는 차량의 차종이 뭔지 아십니까?"

"검은 스텝왜건이에요. 주차장 자리 번호는 아마 7번일 겁니다."

그 말을 듣자 키타가와는 주차장으로 달려갔다. 카즈마는 관리인과 함께 공동현관 안으로 들어갔다. 엘리베이터를 타고 7층까지 올라갔다. 마스터키로 705호 문을 열고 안으로 들어갔다.

현관에서 신발을 벗었다. 거실에 큰 창과 베란다가 있었다. 창을 열고 베란다로 나갔다. 일부러 짜 맞춘 듯이 아라카와녹지공원이 정면으로 내려다보였다. 공원을 감시하기에 더없이 좋은 위치였다. 주차장에 서 있는 버스도 육안으로 확인할 수 있었다. '저 버스 안에 하나코와 안이 있다.' 그 생각을 하면 피가 끓어오르는 것 같았다.

"카즈마." 뒤에서 발소리가 들렸다. 705호 안으로 들어온 키타가와가 말했다. "주차장엔 차가 없었어. 그리고 주차장에서 봤을 때, 이시오카가 사는 801호는 불이 꺼져 있었어."

그렇다고 거기에 아무도 없다고 확신할 수는 없었다. 아무튼 이시오카라는 사람이 수상하다는 것만은 확실했다. 범인은 아마 강에 던진 캐리어를 회수하려 할 것이다. 관리인이 봤다는 잠수복 차림의 이시오카. 결전의 날을 위해 예행연습을 한 것은 아닐까. 카즈마가 관리인에게 말했다.

"이 집을 잠시…, 몇 시간만 빌릴 수 있을까요? 힘드시다면 경찰청에서 공식적으로 협력 요청을 드리겠습니다."

"괜찮습니다. 마음껏 쓰세요. 저는 1층 관리인실에 있을 테니까 제가 필요하면 부르세요."

이제 신중하게 움직여야 한다. 선불리 801호에 접근하면 안 된다. 그때 키타가와가 옆에서 스마트폰으로 통화를 시작했다. 아마 상대는 코조네일 것이다. 잠시 대화를 나누던 키타가와가 전화를 끊더니 말했다.

"이제 돌격대원 여섯 명이 여기로 올 거야. 오후 7시가 지나면 쳐들어간다. 본부가 들어갈 타이밍을 알려줄 거야. 우리는 그때까지 여기서 대기하자."

오후 6시가 조금 지난 시간이었다. 그때 스마트폰에 문자메시지가 왔다. 호죠 미쿠모가 보낸 것이었다. 하나코가 캐리어를 운반하겠다고 자원했다는 내용이었다.

하나코, 그런 위험한 일을…. 하나코는 겉으로는 연약해 보여도 반사신경이 좋았고 의외로 운동도 잘했다. 어릴 때부터 할아버지 이와오에게 훈련을 받았기 때문이었다. 그래도 카즈마는 불안했다.

카즈마는 베란다로 나가 아라카와녹지공원 주차장을 바라보았다. 거기에 덩그러니 서 있는 대형 버스는 이미 암흑에 휩싸여 실루엣만 희미하게 보였다.

★

오후 7시가 되었다. 하나코는 버스 안에서 창밖을 살폈다. 3

분 전에 캐리어 두 개가 도착했다. 지금 그 캐리어들은 버스 앞에 놓여 있었다. 그 안에 9천만 엔씩 총 1억 8천만 엔이 들었을 것이다.

운전석 근처에 서 있는 호죠 미쿠모가 스마트폰으로 통화하는 모습이 보였다. 잠시 후 미쿠모가 하나코와 아키를 향해 말했다.

"여러분, 잘 부탁드립니다."

하나코는 옆에 있는 안의 머리를 쓰다듬었다. 그리고 안을 안아 들고 자리에서 일어났다. 버스 앞쪽으로 가서 보육 교사 한 명에게 안을 맡겼다.

"잘 부탁드려요."

"안은 걱정하지 마시고 조심해서 다녀오세요."

나카하라 아키도 똑같이 아들 켄세이를 보육 교사에게 맡겼다. 상황을 알 리 없는 안과 켄세이는 해맑게 웃었다. 미쿠모가 진지한 표정으로 설명했다.

"목적지는 히노데바시라는 다리입니다. 범인은 다리 위에 있는 남쪽 보도로 걸으라고 했습니다. 다리 난간에 붉은 천이 묶여 있다고 합니다. 거기서 캐리어를 강에 떨어뜨려 주세요. 범인의 지시 사항은 여기까지입니다."

"알겠어요." 하나코가 대답했다. "그런데 히노데바시가 어디예요? 어떻게 가면 되죠?"

"그걸 지금부터 설명해드릴게요."

미쿠모가 스마트폰 화면을 보여주었다. 거기에는 아라카와녹지공원 주변 지도가 떠 있었다.

"버스에서 내리면 일단 공원 밖으로 나가서 북쪽으로 가세요. 첫 번째 신호등에서 오른쪽으로 꺾으면 바로 히노데바시가 나옵니다. 이 버스에서 7, 8분 정도만 걸으면 다리 중앙에 도착할 수 있어요."

경로는 간단했다. 이 정도면 지도를 보지 않아도 갈 수 있을 것이다. 하나코는 아키와 함께 버스에서 내렸다. 바깥 공기가 조금 서늘했다. 캐리어가 있는 곳으로 향했다. 여행용 캐리어는 둘 다 은색이었고, 밑에 바퀴가 달려 있었다. 손잡이를 꺼내서 끌어보았다. 역시 그다지 무겁지는 않았다.

"갈까요?"

하나코가 아키에게 말하고는 걷기 시작했다. 공원 주차장이 무척이나 조용해서 캐리어 바퀴 소리가 더 크게 들렸다. 주차장 바깥 거리에는 언론의 중계 차량이 서 있었고 카메라로 하나코 쪽을 찍는 사람도 있었다.

하나코는 주차장에서 나와 북쪽으로 걸어갔다. 아키와 함께 있어서 그나마 마음이 편했다.

드디어 신호등이 보였다. 파란 안내표지판을 보니, 오른쪽으로 꺾으면 히노데바시가 나온다고 적혀 있었다. 길을 오른쪽으로 꺾자, 긴 다리가 보였다. 히노데바시였다. 대규모 납치사건이 벌어졌음에도 통행을 규제하기는 어려웠는지 다리 위에는 차들이 오갔다.

다리 위에 다다랐을 때, 갑자기 아키가 멈춰 섰다. 전화가 왔는지 스마트폰을 귀에 대고 말했다.

"…왜 전화를 해? 지금 심각한 상황이야. …그래. 알면 전화하지 마. …괜찮아. 켄세이도 잘 있어. 걱정할 필요 없다니까. …미안. 미안하지만 진짜 끊을게."

전화를 끊은 아키는 조금 멋쩍은 표정으로 말했다.

"아버지 전화예요. 한 5년 만에 제대로 대화한 것 같네요. 내가 버스에 감금된 건 어떻게 알았지?"

언론 보도에서는 어린이집의 이름이 언급되지 않았다. 하지만 어린 자녀를 둔 가족은 혹시나 하는 마음에 납치 사건에 휘말린 어린이집이 어디인지 수소문해봤을 테고, 지금은 SNS가 발달한 시대인 만큼 어린이집의 이름이 인터넷상에 퍼졌어도 이상하지 않았다. 하나코가 그렇게 말하자, 아키는 고개를 끄덕였다.

"하긴, 그럴 수도 있겠네요."

두 사람은 다시 걷기 시작했다. 다리 난간에 묶여 있다는 붉은 천을 못 보고 지나치지 않도록 열심히 주변을 관찰하면서 걸었다. 다리 초입에서 20미터 정도 더 들어갔을 때, 붉은 천을 발견했다.

"하나코 씨, 이거 같아요."

"그렇네요."

"정말 이렇게 하면 범인이 돈을 받아갈 수 있는 걸까요? 잘 찾아가면 좋겠는데…."

범인이 돈을 찾지 못할까 봐 불안해하는 마음도 이해가 되었다. 범인이 이 돈을 무사히 받고 일단 버스에서 인질들을 풀어줬으면 하는 것이다. 경찰이 범인을 잡는 것은 나중 문제였다. 아무튼 지금 두 사람이 해야 할 일은 이 캐리어를 강에 던지는 것뿐이었다.

"아키 씨, 시작하죠."

하나코는 캐리어를 옆으로 눕히고 손잡이를 안으로 밀어 넣었다. 다리 난간은 하나코의 키만큼 높아서 혼자서는 도저히 캐리어를 들어 올릴 수 없었다. 둘이서 '하나, 둘!' 하면서 캐리어를 들어 올려 강으로 던졌다. 몇 초 후에 캐리어가 강물에 풍덩 빠지는 소리가 들렸다. 이어서 남은 캐리어도 똑같은 방법으로 강에 던졌다.

난간 틈으로 강 수면을 바라보았다. 은색 캐리어 두 개가 하류를 향해 천천히 흘러갔다.

★

카즈마는 그랜드팰리스아라카와 705호에 있었다. 그 옆에는 특수범죄대책과의 키타가와가 있었다. 두 사람은 베란다에서 쌍안경으로 아라카와강 쪽을 보았다. 잠복용 차량에 있던 쌍안경은 그다지 배율이 높지 않았지만, 히노데바시의 보도를 지나가는 사람 형체를 확인하는 데에는 문제가 없었다. 때마침 사람 형체 두 개가 다리 위로 걸어왔다. 저 둘 중 한 명이 하나코일 것이다. 시간은 오후 7시 7분이었다.

돌격대원 여섯 명은 이미 7층과 8층을 연결하는 비상계단에서 대기 중이었다. 모두 방호복을 입은 채 완전무장한 정예요원들이었다. 문제의 801호실에 한 사람의 생체반응이 있는 것도 적외선경으로 확인한 상태였다.

작전은 간단했다. 관리인이 빌려준 마스터키로 문을 열고 여섯 명이 한꺼번에 현장을 덮쳐 안에 있는 사람을 구속할 것이다. 관건은 현장을 덮칠 타이밍이었다. 하나코와 아키가 캐리어를 강에 던지면, 그때 본부가 바로 지시를 내리기로 했다. 범인의 심리를 생각해보면 돈이 강에 떨어지는 순간만큼은 범인이 그쪽을 볼 것이기 때문이다. 지금 카즈마가 쌍안경으로 다리 위를 보고 있는 것처럼 801호에 있는 범인도 베란다에서 마른 침을 삼키며 망원경 너머로 밖을 내다보고 있을 것이다.

물론 가장 우선해야 할 것은 기폭장치를 확보하는 일이었다. 버스에 설치된 폭탄은 시간제한이 있는 형식이 아니라 원격으로 제어하는 형식이었다. 쉽게 말하자면, 버튼이나 스위치를 누르면 폭발하는 구조였다. 전문가들은 영화에서 테러리스트가 갖고 다니는 휴대용 컨트롤러는 사실상 현실성이 없다고 분석했다. 기폭장치는 전파를 수신할 수 있는 장소에 있는 컴퓨터일 가능성이 가장 컸고, 그런 의미에서 이 아파트는 기폭장치를 두기에 최적의 장소였다.

물론 캐리어 두 개에는 발신기가 붙어 있었고, 그것을 추적하는 부대도 강 주변에서 대기 중이었다. 만약 801호실에 기폭장치가 없다면, 캐리어와 접촉하는 타이밍에 범인을 검거할 계획이었다.

"어? 멈췄다."

키타가와의 목소리가 들렸다. 사람 형체 두 개가 멈춰선 모습이 보였다.

'하나코, 침착하게.'

카즈마는 속으로 되뇌다가, 그렇게 걱정하지 않아도 하나코는 이미 침착하리라고 고쳐 생각했다.

그때 은색 물체가 아래로 떨어졌다. 그와 동시에 카즈마는 몸을 돌려 거실로 나갔다. 그대로 현관을 지나 복도로 갔다. 키타가와도 카즈마의 뒤를 따랐다.

복도에서 비상계단으로 뛰어갔다. 단숨에 8층으로 올라갔다. 비상계단에서 나오자마자 바로 801호가 보였다. 801호의 문은 활짝 열려 있었고, 안에서 신음하는 목소리가 들려왔다.

돌격대원들이 벌써 범인을 제압한 모양이었다. 카즈마는 신발도 벗지 않은 채 실내로 들어갔다. 돌격대원 세 명이 한 남자를 마룻바닥 위에 제압한 상태였다. 다른 대원 세 명은 집 안을 돌아다니며 구석구석을 살피고 있었다.

"여기 확인해주십시오."

한 대원의 목소리가 들렸다. 소리가 들린 방으로 들어가자, 머리부터 발끝까지 검은 옷을 입은 대원이 책상 앞에 서 있었다. 책상 위에는 데스크톱 컴퓨터가 있었고, 거기에서 뻗어 나온 케이블들이 복잡하게 얽혀 있었다. 대원 한 명이 무전기에 대고 말했다.

"폭발물처리반 지원 요청합니다."

카즈마는 컴퓨터 화면을 들여다보았다. 의미를 알 수 없는 숫자들이 가득했다. 이 컴퓨터로 폭탄을 터뜨릴 수 있는 것일까. 그렇게 생각하자 컴퓨터에 손을 대기도 두려웠다.

"해냈다, 카즈마."

누군가의 손이 카즈마의 어깨에 닿았다. 등 뒤에 키타가와가 서 있었다.

"저 남자가 불었어. 여기서 폭탄을 터뜨리려고 했대. 공범은 세 명 더 있고, 그들은 돈을 회수하러 아라카와강 근처로 갔다는군. 이제 네 부인과 딸도 안전할 거야."

카즈마는 옆방으로 이동했다. 체포된 남자는 20대 중반쯤으로 보였다. 이미 자포자기했는지 돌격부대원의 질문에 술술 답변을 하고 있었다.

"난 진짜 몰라요. 그냥 연락이 오면 컴퓨터를 조작하기로 한 게 다예요."

"어떤 조작?"

"그냥 엔터키를 누르기로 했어요. 그것밖에 안 가르쳐줬다고요. 저걸 만든 사람은 제가 아니에요."

버스에 폭탄을 설치하고 몸값을 요구한 범인은 조금 더 교활하고 치밀한 사람일 줄 알았다. 하지만 카즈마의 눈앞에 있는 젊은이는 상상하던 범인의 모습과는 거리가 멀었고, 그저 평범한 청년 같아서 맥이 빠졌다.

카즈마는 문이 열린 베란다로 나갔다. 거기에 큰 망원경이 있었다. 지문이 묻지 않도록 조심하며 망원경을 들여다보니 히노데바시가 또렷이 보였다. 하지만 이미 자리를 떴는지 하나코의 모습은 보이지 않았다.

★

"이제 가야 돼. 준비해."

그 목소리를 듣고 타니 히로키는 고개를 들었다. 스탭왜건 뒷좌석에 앉은 타니는 이미 잠수복을 입고 있었다. 그 옆에는 이시오카 켄스케가 있었다. 이시오카도 타니처럼 잠수복 차림이었다.

올해로 25살이 된 타니는 현재 백수였다. 취미는 도박이었고, 이시오카를 처음 만난 장소도 경마장이었다. 2년 전에 이시오카의 꼬드김에 넘어가 불법 카지노에 손을 댄 것이 불행의 시작이었다. 그곳은 하룻밤 만에 몇백만 엔을 벌 수 있는 꿈의 세계였지만, 일이 뜻대로 풀리지는 않았다. 타니는 정신을 차리고 보니 빚더미에 앉아 있었다.

반년 전, 이시오카에게서 연락이 왔다. 그 역시 타니처럼 도박 빚에 시달리는 처지였다. 이시오카는 떼돈을 벌 좋은 건수가 있다고 말했다. 위험하다는 것을 알면서도, 타니는 즉시 제안을 받아들였다.

그날부터 범행을 준비했다. 어린애들이 탄 버스에 폭탄을 설치해 학부모에게서 돈을 빼앗을 것이라는 계획을 처음 들었을 때, 타니는 저도 모르게 웃음을 터뜨렸다. 그런 영화 같은 범죄가 성공할 리 없었다.

하지만 이야기를 더 듣고 보니 이시오카는 아주 세세한 부분까지 철저하게 계획을 세운 듯했다. 어떻게 이런 생각을 했나 감탄스러울 정도였다. 자세히 물어보니, 사실 인터넷에서 알게 된 조력자가 생각해낸 계획이라고 했다. 게다가 폭탄과 차량도 전부 조력자가 준비해줄 예정이라 타니를 포함한 다른 사람들은 계획대로 움직이기만 하면 된다고 했다.

그렇다고 마냥 거저먹는 일은 아니었다. 현장 근처의 아파트를 빌려야 했고, 아라카와강에서 잠수복을 입고 헤엄치는 훈련을 해야 했다. 지난 2개월 동안 타니는 밤늦게까지 이시오카와 함께 아라카와강에서 다이빙 훈련을 했다. 그러나 어려운 기술을 요하는 훈련은 아니었다. 강을 따라 내려오는 캐리어를 회수해서 보트에 올라탄 다음 그대로 노를 저어 육지로 올라오기만 하면 되었다.

"타니, 가자."

이시오카의 말에 타니는 회상을 마치며 차 뒷좌석에서 내렸다. 잠수용 물갈퀴를 손에 들고 걸음을 재촉했다. 이시오카 역시 잠수용 물갈퀴를 들고 있었다. 강가에 미리 정박해놓은 작은 보트로 노를 저어 포인트 지점까지 갈 예정이었다.

타니와 이시오카 외에도 두 명의 공범이 있었다. 지금 스탭왜건 운전석에 있는 사람이 카와노였고, 아지트에 남아 망을 보는 사람이 키쿠타였다. 카와노는 전직 폭주족이라 운전을 잘한다기에 도주차량의 운전을 맡겼다. 키쿠타는 딱히 써먹을 데가 없어서 아지트에서 망을 보는 역할을 맡겼다. 사실 비상시에 폭탄을 터뜨리는 중요한 역할이었지만, 이시오카는 폭탄을 터뜨릴 일은 없을 것이라 장담했다.

타니는 마치 꿈속에 있는 느낌이었다. 이렇게 계획이 잘 풀릴 줄은 몰랐다. 이시오카가 전화를 몇 통 건 것이 전부인데 우리의 요구대로 2억 엔에 가까운 돈이 다리 위에서 떨어졌다. 이렇게 간단한 범죄는 또 없을 것이다. 아니, 너무 간단해서 범죄라기보다 오히려 게임에 가까웠다.

"이시오카, 이게 정말 성공할까?"

"당연히 성공하지. 우리가 연습을 얼마나 많이 했냐?"

이시오카의 말대로 우리는 수도 없이 연습했다. 특히 강의 흐름을 예측해서 캐리어를 건지는 연습은 몇십 번도 넘게 했다. 이 또한 이시오카가 생각해낸 계획이 아니라 이시오카 배후에 있는 조력자가 시킨 일이었다. 범행에 성공하면, 조력자는

6천만 엔을 가져가고 우리 네 사람은 남은 돈을 똑같이 나눠 가지기로 했다. 한 사람당 3천만 엔이었다.

하천 부지를 걸어갔다. 잠수 연습을 하러 자주 오던 장소였다. 갈대가 무성해서 그 사이에 소형 보트를 숨겨 두었다. 드디어 보트 앞에 도착해 이시오카와 함께 보트를 잡아당겼다. 그대로 강가까지 보트를 잡아끌던 그때, 앞을 막아서는 사람 형체 두 개가 보였다.

이시오카도 그 형체를 발견한 듯했다. 보트에 연결된 줄을 손에 쥔 채 이시오카가 낮은 목소리로 말했다.

"누, 누구냐?"

사람 형체는 대답하지 않았다. 그런데 오른쪽에 있는 사람은 실루엣으로 보아 여자인 듯했다. 허리선이 여성스러웠고 가슴도 봉긋했다. 은은하게 풍기는 달콤한 향기는 그 여자가 뿌린 향수에서 나는 것 같았다.

왼쪽에 있는 남자 형체가 움직였다. 그 형체는 순식간에 이시오카와의 간격을 좁히더니 그의 얼굴에 강한 일격을 날렸다.

"컥!"

이시오카가 쓰러졌다. 그리고 바로 다음 순간, 무언가가 타니의 눈을 덮쳤다. 눈이 지독하게 매웠다. 이상한 액체를 얼굴에 뒤집어썼음을 깨달았지만, 속수무책이었다.

뒤통수에 강렬한 충격을 느끼며 타니는 그 자리에서 의식을 잃었다.

LUPIN'S RETURN

제 3 장

어떤 죄수의 귀환

스마트폰이 울렸다. 본부의 전화였다. 미쿠모는 재빨리 통화 버튼을 눌렀다.

"네. 호죠 미쿠모입니다."

"나다. 사쿠라바 카즈마." 카즈마가 조금 흥분 섞인 목소리로 말했다. "원격기폭장치를 확보했다. 승객들을 신속하게 버스에서 하차시켜. 서두르지 말고 침착하게."

"알겠습니다. 감사합니다."

원격기폭장치를 확보한 과정이나 다리 위에서 던진 캐리어의 행방도 궁금했지만, 지금은 그것보다 학부모와 아이들의 안전이 우선이었다. 미쿠모가 버스 승객들에게 말했다.

"여러분, 주목해 주세요. 경찰이 폭탄의 원격기폭장치를 확보했습니다. 그러니 버스는 폭발하지 않을 겁니다."

환호성이 터져 나왔다. 아이들은 이유도 모르면서 손뼉을 치며 좋아했다. 미쿠모는 환호성이 가라앉기를 기다리다가 말했다.

"이제 버스에서 내리겠습니다. 자, 침착하게요. 서두르지 말고 천천히 내려주세요."

그 말에 학부모들이 일어나 버스 선반에서 짐을 내리기 시작했다. 승객이 하나둘 버스에서 내렸다. 미쿠모는 운전석 앞에서서 하차하는 승객들의 모습을 지켜보았다. 두 보육 교사까지 버스에서 내리자, 차 안에 남은 사람은 미쿠모뿐이었다. 미쿠모도 버스 발판을 밟고 내려왔다.

학부모들과 아이들은 경찰관의 안내를 받아 주차장에서 조금 떨어진 장소로 걸어갔다. 미쿠모도 그쪽으로 향했다. 학부모들은 지쳐 보였지만, 해방감 때문인지 하나같이 얼굴에 미소가 가득했다.

경찰차 한 대가 멈춰서더니 뒷좌석에서 정장 차림의 남자가 내렸다. 주변을 돌아보던 남자는 미쿠모를 발견하자 그녀를 향해 걸어왔다. 특수범죄대책과 코조네였다.

"수고했네. 자네가 추린 건물들 가운데 범인의 아지트가 있었어."

"형사로서 당연한 일을 했을 뿐입니다."

"오늘은 푹 쉬게. 그쪽 과장님께도 감사 인사를 드려야겠군."

코조네는 그렇게 말하고서 다른 형사들과 함께 버스 쪽으로 걸어갔다. 아직은 아무도 버스 안에 들어가지 않았다. 폭발물 처리반이 도착하기를 기다리는 모양이었다.

갑자기 학부모들의 박수 소리가 들려 미쿠모는 그쪽을 돌아보았다. 돌아온 미쿠모 하나코와 나카하라 아키를 반갑게 맞이하는 박수였다. 미쿠모가 두 사람에게 다가갔다.

"수고하셨습니다. 하나코 언니, 아키 씨."

"미쿠모 씨." 하나코는 벌써 안을 품에 안고 있었다. 안은 조금 졸려 보였다. "정말 감사합니다. 덕분에 살았어요."

"저야말로 감사드립니다. 여러모로 도와주셔서 감사했습니다."

처음에는 선배 형사의 부인으로만 생각했지만, 어느샌가 미쿠모는 그녀를 의지하고 있었다. 오랫동안 다도를 해와서 그런지 매우 믿음직한 사람이었다.

"이제 집에 가도 되나요?"

하나코가 묻자, 미쿠모가 대답했다.

"글쎄요. 가도 될지…."

다른 수사관에게 물어볼까. 그렇게 생각하며 뒤를 돌아보자, 이쪽으로 달려오는 사쿠라바 카즈마가 보였다.

"하나코." 카즈마가 아내의 이름을 불렀다. "하나코, 괜찮아? 다친 데는 없어?"

"응. 나도 그렇고, 안도 무사해."

"정말 다행이다. 안, 이리 와." 카즈마는 그렇게 말하며 딸을 안았다. 그러고 나서 미쿠모를 보며 말했다. "미쿠모도 수고했다. 정말 훌륭했어. 네 정보가 없었으면 범인의 아지트도 알아내지 못했을 거야."

미쿠모는 두 사람의 모습을 보며 그들이 정말 부부라는 사실을 실감했다. 그렇게 둘이 함께 있는 모습이 무척 자연스러웠다. 미쿠모가 카즈마에게 말했다.

"저 혼자 해낸 게 아니에요. 사모님이 많이 도와주셨거든요."

"그랬구나. 하나코, 고마워."

"그런데 카즈마, 이제 어떻게 되는 거야? 지금 집에 가도 될까?"

아내가 묻자 카즈마가 대답했다. 하나코뿐만 아니라 주변의 학부모에게도 들리도록 큰 소리로 말했다.

"여러분, 고생 많으셨습니다. 곧 소형 버스가 도착할 예정이오니 이제 그 버스를 타고 어린이집으로 돌아가겠습니다. 가족분들이 어린이집에서 여러분의 귀환을 간절히 기다리고 있습니다."

마침 소형 버스가 달려와 정차했다. 카즈마가 이어서 말했다.

"피곤하신 와중에 죄송합니다만, 학부모 여러분께서는 경찰 조사에 협력해주십시오. 간단한 질문 몇 가지뿐이니 그리 오래 걸리지 않을 겁니다. 한 분당 2, 3분 정도 걸릴 예정입니다. 조사가 끝나면 바로 귀가하셔도 좋습니다. 그러니 잠시만 경찰 조사에 응해주십시오."

카즈마가 고개를 숙이자 미쿠모도 주변에 서 있는 학부모들을 향해 허리를 굽혔다. 그 모습을 본 학부모들이 아이들을 데리고 소형 버스에 올라탔다.

사건은 무사히 해결되었다. 하지만 여전히 석연치 않은 부분이 있는 것은 사실이었다. 납득하기 어려운 점이 너무 많았다.

"미쿠모, 너는 이제 가도 돼. 뒷일은 내가 알아서 할게."

"알겠습니다. 감사합니다."

미쿠모는 그렇게 대답했지만, 그대로 집에 갈 생각은 없었다. 경찰청으로 돌아가 이번 사건을 혼자 파볼 생각이었다. 무코지마 경찰서에 들러 정보를 모아도 좋을 것 같았다.

“미쿠모 씨, 고마웠어요.”

하나코가 소형 버스로 향하면서 손을 흔들었다. 미쿠모도 작게 고개를 숙였다.

“저도 감사했습니다. 안, 조심히 가.”

하나코가 안의 손을 잡고 미쿠모를 향해 흔들어 보였다. 미쿠모도 손을 흔들며 두 사람을 배웅했다.

★

“안, 배고프지?”

“응. 배고파.”

“그치? 집에 가면 바로 밥해줄게.”

오후 9시. 하나코는 드디어 집 앞에 도착했다. 카즈마는 아직 사건의 뒤처리를 하느라 바빠서 늦게 귀가한다고 했다. 경찰서에서 도시락을 나눠줬지만, 그 자리에서 먹는 가족이 아무도 없어서 하나코도 집까지 가지고 왔다. 그 도시락에 된장국을 곁들여 간단하게 식사를 끝낼 생각이었다.

열쇠로 문을 따자마자 하나코는 이상함을 느꼈다. 간장을 끓일 때처럼 고소한 냄새가 집 안에 가득했다. 신발을 벗고 거실로 향했다. 거기에 펼쳐진 광경을 보고 하나코는 눈을 의심했다.

“아빠, 뭐 하는 거야?”

"왜 이렇게 늦냐, 하나코." 질문에 대답한 사람은 하나코의 아버지 타케루였다. 타케루는 거실 소파에 앉아서 와인잔을 기울였다. "하나코, 이 아파트는 정말 보안이 엉망이야. 얼른 이사해."

"멋대로 들어오지 말라니까. 엄마, 어떻게 된 거야?"

엄마 에츠코는 부엌에서 요리를 하고 있었다. 에츠코가 큰 냄비를 들고 와서 테이블 위에 놓으며 말했다.

"스키야키 나왔습니다. 자, 먹자."

"이야, 맛있겠는걸. 하나코, 너도 먹어라. 내가 고베에서 금방 올라온 참이거든. 이게 거기서 얻은 최상급 고기야."

"아빠, 설마 이 고기도 훔친 건 아니지?"

타케루는 그 질문을 한 귀로 흘리며 에츠코에게 말했다.

"에츠코, 계란 좀 줘. 스키야키는 역시 계란이랑 먹어야지."

"두 사람이 왜 여기에 있는 거야?"

한 손에 와인잔을 든 타케루가 말했다.

"보면 모르냐? 스키야키 파티잖아. 그나저나 너희도 고생이 많았다. 아, 안도 건강해 보여서 다행이구나."

하나코는 버스에 갇혔을 때 타케루와 나눴던 대화를 떠올렸다. 가족들이 사건에 관여하지 말았으면 해서 차갑게 전화를 끊었지만, 그다지 후회하지는 않았다.

"그나저나 경찰들이 참 쪼잔하더라. 하나코, 네가 옮긴 캐리어에 든 건 신문지였어. 그렇지, 에츠코?"

"그러게요. 경찰의 위신이 땅에 떨어졌어요. 겨우 1억 8천만 엔을 현금으로 준비할 능력이 없나 봐. 덕분에 우리만 괜히 헛고생했잖아."

"헛고생이라니…. 아빠, 엄마, 무슨 짓을 한 거야?"

"그야 오랜만에 건수가 생겼으니 몸값을 슬쩍하려고 했지."

"건수라니? 거기에 나랑 안의 목숨이 달려 있었어. 만약 범인이 심사가 뒤틀려서 폭탄을 터뜨리면 어쩌려고 그랬어?"

"하나코, 표정 풀어." 에츠코가 나무랐다. "우린 원격기폭장치를 확보했다는 사실을 알고 있었어. 경찰 무선을 도청하는 것쯤이야 간단하잖니? 너희들이 안전하다는 걸 확인한 다음에 움직인 거니까 너무 그렇게 화내지 말아라. 어머나, 안, 배가 많이 고팠구나."

안은 벌써 약삭빠르게 에츠코의 무릎 위에 앉아 스키야키를 먹고 있었다. 그렇게 맛있는지 평소보다 몇 배는 더 먹성이 좋아 보였다. 에츠코가 "안, 맛있어?"라고 묻자, 안이 "원래 먹던 고기랑 달라."라고 대답했다. 그 말을 들은 타케루가 무릎을 치며 웃었다.

"역시 우리 안은 입맛이 고급이야. 이게 A5 등급 고베 와규거든. 그래, 여기엔 역시 레드와인이지. 바디감이 묵직한 게 잘 어울릴 거야. 품종으로 말하자면 카베르네 소비뇽 정도가 좋겠군. 예를 들면 보르도의…."

"아빠, 와인 강의는 됐어. 엄마, 훔친 음식 안한테 먹이지 말아요. 교육상 안 좋으니까."

"훔치다니? 듣기 안 좋다, 얘. 누가 내버려 둔 물건을 가져왔을 뿐이야."

"그러니까 세간에서는 그런 걸 훔쳤다고 해."

"에츠코, 하나코가 뭐라고 하든 한 귀로 듣고 흘려. 자, 어디 보자. 나도 좀 먹어볼까?" 타케루는 그릇에 푼 날달걀에 뜨끈한 소고기를 담가서 먹었다. "맛있다. 맛있어. 고기가 끝내주는군. 최고야, 에츠코."

정말 맛있어 보이긴 했다. 먹어보지 않아도 얼마나 맛있을지 알 것 같았다. 하지만 여기서 질 수는 없었다. 하나코는 경찰서에서 받아온 도시락을 먹기로 했다. 그러자 그 도시락을 본 타케루가 말했다.

"하나코, 그 없어 보이는 도시락은 뭐냐?"

"경찰서에서 준 거야."

"하여간 경찰이란 놈들은 쪼잔하다니까. 네가 원하면 소스 정도는 줄게."

"필요 없어."

"그럼 그러든지. 에츠코, 고기 아직 남았지? 자, 안, 많이 먹어. 역시 가족들끼리 하는 스키야키 파티는 최고구나. 일주일에 두 번 정도는 해도 되겠는데?"

타케루는 진심으로 즐거워 보였다. 에츠코도 연신 웃으며 안과 함께 스키야키를 먹었다. 하나코는 차가운 도시락을 먹으며 새삼 오늘 하루가 정말 길다고 생각했다.

★

“미쿠모, 아직 집에 안 갔어?”

뒤에서 목소리가 들려 돌아보자, 사쿠라바 카즈마가 서 있었다. 그는 피곤에 찌든 얼굴이었다. 오늘 아침부터 계속 일했으니 피곤할 만도 했다. 시간은 벌써 자정을 넘어섰다.

“이제 집에 가야지. 기숙사에 통금이 있잖아?”

“통금 없어요.” 미쿠모가 대답했다. “이번 사건은 생각하면 생각할수록 이상합니다. 쉽게 말하자면, 범인은 진심으로 몸값을 받아내려는 의지가 없었던 것 같아요.”

미쿠모는 무코지마 경찰서에 와서 정보를 모았다. 범인이 이제 막 잡힌 참이라 자세한 자초지종은 알 수 없었지만, 새로 알게 된 사실도 있었다.

실행범은 총 네 명이었다. 주범격인 남자는 이시오카 켄스케로, 그들의 아지트로 사용된 그랜드팰리스아라카와 801호를 빌린 사람이었다. 나머지 세 명은 이시오카의 친구인 타니 히로키, 그리고 카와노 마사히토, 키쿠타 카즈유키였다. 네 사람 모두 20대에 무직이며 제4금융권에 빚이 있다는 공통점이 있었다. 카와노와 키쿠타는 몇 개월 전 이시오카의 꼬임에 넘어가 이번 범행에 참여하게 되었다고 했다.

“이미 네 사람 다 잡혔대. 자기들끼리 싸워서 분열했다는 얘기도 나오더라고."

"그렇군요. 그런데 그 점도 이상하다는 생각이 들어요."

이시오카와 타니는 히노데바시에서 남쪽으로 2킬로미터 떨어진 곳에 있는 하천부지에서 발견되었다. 두 사람 다 기절한 상태라 바로 병원으로 실려 갔지만, 지금은 의식이 돌아왔다고 했다. 카와노는 그 하천부지 근처에 주차된 스탭왜건 운전석에서 발견되었고, 그 역시 정신을 잃은 상태였다. 남은 한 명인 키쿠타는 아지트 안에서 특수범죄대책과 돌격부대가 체포했다.

하천부지에 있던 세 사람을 습격한 이의 정체는 알 수 없지만, 병원에서 의식을 되찾은 이시오카의 진술에 따르면, 이번 사건을 배후에서 계획한 사람이 있다고 했다. 그러니까 이시오카를 포함한 네 사람은 실행범이고, 주범은 계획을 세운 사람이라는 이야기였다. 세 사람을 습격한 자가 그 배후에 있는 주모자일지도 모른다. 그렇게 생각하는 수사관이 대다수인 듯했다.

"이시오카라고 했나? 실행범의 리더는 계획을 세운 사람을 한 번도 본 적이 없다더라. 인터넷 상에서만 대화했다지?"

"맞아요. 이시오카와 주범…, 일단은 주범이라고 표현하겠습니다. 그 두 사람의 대화 기록은 어디에도 남아 있지 않아요. 폭탄을 준비한 사람도 주범이었다고 하더군요. 표현이 좀 그렇지만, 저는 사실 이번 사건이 흥미롭다고 생각했습니다. 일반적인 버스 탈취 사건에서는 범인이 직접 인질 앞에 모습을 드러내잖아요. 하지만 이번 사건은 전화 한 통만으로 승객을 버스 안에 가두는 데 성공했어요."

획기적인 사건이었다. 미쿠모는 솔직히 그렇게 느꼈다. 게다가 진짜 폭탄을 경찰서에 보냄으로써 범인들의 진정성을 경찰에 알리는 데에도 성공했다. 경찰이 선불리 나설 수 없는 상황을 만들어낸 것이다.

"문제는 몸값을 받는 방식이었습니다. 만약 선배님이었다면 어떻게 하셨겠어요? 이번 사건의 범인처럼 강에 떨어진 돈을 회수하는 방법을 택하시겠어요?"

"글쎄." 카즈마가 대답했다. 자정을 넘긴 시간이라 수사1과에 남아 있는 형사는 거의 없었다. "나라면 해외 계좌로 돈을 보내라고 할 것 같아. 그게 가능하다면 말이야."

"그렇죠. 이번 사건에서는 몸값을 받는 방식만 전략의 수준이 낮았어요."

"수준이 낮다라…. 이렇게 생각해보면 어때? 이 계획을 세운 녀석은 머리가 좋잖아. 그러니까 실행범들의 수준에 맞춰 쉬운 방법으로 몸값을 받아내게 한 거지."

"저도 그 생각을 해봤어요. 하지만 계획을 세운 사람이 정말 범행을 성공시키고 싶었으면, 사람을 모으는 단계에서 이미 유능한 사람을 뽑았을 거예요. 실패하지 않을 만한 사람을요."

"그것도 그렇네. 흠…. 그렇게 생각하니 이상하군."

미쿠모는 이번 사건이 어딘가 수상하다고 생각했다. 획기적이고 치밀한 작전임에도 불구하고 성공시킬 생각이 없었던 사건. 그것이 미쿠모가 받은 전체적인 느낌이었다.

"그래도 버스 승객들은 모두 풀려났고 다친 사람도 없잖아. 임신한 보육 교사도 이상이 없었다고 하고. 사건은 무사히 해결된 거야."

실행범 네 명도 체포되었으니 내일부터 본격적인 조사가 시작될 것이다. 그러나 이번 납치 사건은 미쿠모가 소속된 마츠나가반이 맡은 사건과는 관련이 없어 특수범죄대책과의 주도하에 수사가 진행될 예정이었다.

"미쿠모, 이제 집에 가자. 마츠나가 반장님이 전화를 주셨는데, 내일은 오후부터 나오면 된대. 오전 중에는 푹 쉬어. 오후부터 법무부 관료 살인사건 수사에 합류해야 하니까."

"알겠습니다."

카즈마가 돌아갈 채비를 하자, 미쿠모도 따라서 책상 위를 치우고 컴퓨터 전원을 껐다. 미쿠모는 새까매진 모니터 화면을 보며 생각했다.

가능성 있는 가설이 딱 하나 있었다. 이번 사건의 계획을 세운 진범의 범행동기가 몸값이 아니었다면 모든 것이 맞아떨어졌다. 그렇다면 이런 버스 납치 사건을 일으킨 진범의 목적은 무엇이었을까.

오전 10시. 엄마의 전화가 걸려왔다. 미쿠모는 바로 전화를 받았다. 엄마의 목소리가 귀에 날아 들어왔다.

"미쿠모, 잘 지내? 어쩜 연락 한 번을 안 하니?"

"난 잘 지내. 바빴어."

미쿠모의 엄마 호쵸 타카코는 오사카경찰청에서 일하던 전직 경찰관이었다. 경찰로 일하던 당시 어떤 사건을 계기로 탐정 호쵸 소타로를 알게 되었고, 타카코와 소타로는 처음 만났을 때부터 대화가 잘 통했다. 그래서 만난 지 반년 만에 결혼했고, 엄마는 경찰을 그만둔 뒤 호쵸 소타로의 아내이자 조수가 되었다. 지금은 일선에서 물러났지만, 젊은 시절에는 아버지의 오른팔로 활약했다고 했다.

"사루히코한테 들었어. 네가 엄청난 활약을 했다며? 어제 납치된 버스 안에 들어갔다고?"

그 소식이 벌써 엄마의 귀에도 들어간 모양이었다. 그렇다면 아빠도 그 사실을 알고 있을 것이다. 미쿠모가 물었다.

"아빠는 뭐라고 하셔?"

"그 정도는 당연하다고 하시더라. 하지만 속으로는 엄청 자랑스러웠을 거야."

미쿠모의 아버지 소타로는 특이한 사람이었다. 딸인 미쿠모조차 아버지의 마음을 읽을 수 없을 때가 있었다. 그러나 그게 바로 호쵸 소타로가 명탐정 중의 명탐정이라는 증거일지도 모른다.

"아무튼 도쿄는 참 위험한 곳이구나. 버스를 납치하다니, 교토에서는 상상도 못 할 일이야. 미쿠모, 사루히코만 있어도 괜찮겠어? 사람을 두세 명 더 붙여줄까?"

"사루히코만 있어도 충분해."

대체 얼마나 과보호를 하려고 그러는지…. 기숙사 동기들에게 물어보니 집사를 데리고 상경한 사람은 미쿠모밖에 없는 듯했다. 다만 사루히코는 집사가 아니라 수사 조수에 가까웠다. 그는 미쿠모에게 꼭 필요한 인재였다.

"밥은 잘 먹고 다니니? 맨날 편의점 음식만 먹지 말고 잘 챙겨 먹어."

"걱정하지 마. 내가 어린애도 아니고. 이제 끊을게."

미쿠모가 전화를 끊자, 창문에 작은 돌이 부딪치는 소리가 들렸다. 창문을 열고 밖을 보니 전봇대 그림자 속에서 사루히코의 모습이 보였다. 호랑이도 제 말 하면 온다더니.

미쿠모는 나갈 채비를 마친 다음 방에서 나갔다. 기숙사 뒤편으로 걸어가자, 사루히코가 다가왔다.

"아가씨, 좋은 아침입니다."

"좋은 아침, 사루히코. 용건이 있으면 핸드폰으로 전화해도 된다니까. 계속 말했잖아."

"죄송합니다. 옛날 버릇이 남아서…."

근처 편의점에서 커피를 산 두 사람은 그대로 가게 앞 테이블에 앉아 대화를 나누기로 했다. 아직 오전이라 다른 손님은 한 명도 없었다.

"아가씨, 어제 멋지게 활약하신 것 같아 다행입니다. 훌륭한 스타트를 끊으셨군요."

"고마워. 사실 마음에 걸리는 점은 있지만…."

오늘 자 조간신문은 어제 일어난 버스 납치 사건으로 가득 채워졌다. TV 시사예능프로그램도 어제 사건을 크게 다루었다. 범인의 속내는 아직 알 수 없었지만, 다가올 수사로 밝혀지기를 기대하는 수밖에 없었다. 미쿠모는 수사에 참여하고 싶었지만 담당자가 아니라 참여할 수 없었다. 그 점은 탐정과 전혀 달랐다. 탐정은 자유롭게 일할 수 있었지만, 형사는 어디까지나 조직의 일원일 뿐이었다. 마음대로 남의 사건을 수사할 수 있는 위치가 아니었다.

"그래서 사루히코, 나한테 할 말이 뭐야?"

"아, 그렇죠." 사루히코가 주변을 둘러보더니 목소리를 낮추며 말했다. "아가씨가 쫓는 사건 말입니다. 은밀하게 피해자를 조사해봤습니다."

사루히코가 말하는 사건은 법무부 관료인 시마자키 토오루가 자택에서 살해당한 사건이었다. 범행 수법으로 보아 프로의 소행 같았지만, 범인을 특정할 수 있는 증거는 아직 나오지 않았다.

"뭔가 알아냈어?"

"네. 요요기우에하라역 근처에 술집이 있습니다. 가게 이름은 '카사블랑카'. 죽은 시마자키 토오루가 종종 방문했다고 합니다."

피해자의 단골집. 아직 수사본부도 파악하지 못한 정보였다. 역시 사루히코다. 오랫동안 아버지의 조수로 일한 만큼 실력이 대단했다.

"그래서? 그 술집에서 무슨 사건이 있었대?"

"네. 그곳 점원이 말하길, 약 2개월 전에 시마자키가 어떤 손님과 말다툼을 했다고 하더군요. 평소 진중하던 시마자키가 화내는 모습을 처음 봐서 기억에 남았다고 했습니다. 제가 들은 건 여기까지입니다. 이다음은 아가씨가 직접 움직이시는 게 좋을 것 같습니다."

"고마워, 사루히코. 바로 조사해볼게."

사루히코는 눈치가 빨랐다. 자신의 역할이 어디까지인지도 잘 알고 있었다. 어느 정도는 미쿠모가 직접 수사할 수 있도록 물러나 주는 것이 고마웠다. 미쿠모는 오늘 당장 카즈마 선배에게 이 이야기를 해야겠다고 생각했다.

"시마자키 토오루 사건도 그렇지만, 어제 있었던 버스 납치 사건에도 조금 마음에 걸리는 점이 있어. 사루히코, 그 사건의 실행범 네 명을 조용히 조사해줄 수 있을까?"

"알겠습니다. 아가씨, 저는 그럼 이만 가보겠습니다."

사루히코가 빈 컵을 쓰레기통에 버리고 가게를 나섰다. 미쿠모도 일하러 갈 준비를 해야 했다. 그녀는 자리에서 일어나 편의점을 뒤로했다.

★

"선배님, 피해자의 단골집이 요요기우에하라에 있는 모양이에요. 지금 가보실래요?"

오후 5시가 조금 지났을 때, 호죠 미쿠모가 그렇게 말했다. 오후부터 법무부 관료 살인사건 수사에 합류했지만, 거의 진전이 없었다. 카즈마는 미쿠모의 제안을 받아들였다.

'카사블랑카'라는 그 가게는 요요기우에하라역 근처 주상복합빌딩 2층에 있었다. 아직 영업시간 전이었지만 카즈마와 비슷한 또래의 사장이 영업 준비를 하는 중이라 이야기를 들을 수 있었다.

"시마자키 씨요? 알아요. 국가기관의 높은 분이죠? 음…. 한 달에 한 번 정도인가? 종종 혼자 와서 카운터석에서 술을 드셨어요. 지금 형사님들이 앉으신 자리에서요."

"시마자키 씨가 돌아가신 건 아시나요?"

"네? 정말요?" 사장이 놀랐다. 시마자키 토오루가 죽었다는 사실을 정말 몰랐던 모양이었다. "저는 몰랐어요. 사고였나요? 아, 그렇구나. 형사님들이 오신 걸 보면 무슨 사건이 터진 거군요."

"맞습니다. 그분은 지난주에 누군가에 의해 살해당했습니다. 시마자키 씨에 대해 뭔가 아는 게 있으시면 알려주세요."

“그분은 말수가 많은 편이 아니었어요. 밤늦게 홀연히 와서 조용히 위스키만 몇 잔 마시다 가셨거든요. 저 말고 다른 바텐더가 있는데, 그 사람하고는 자주 대화를 나눴어요.”

“그분은 오늘 오십니까?”

“아니요. 감기에 걸렸대요.”

가끔 혼자 가게에 와서 술을 마신 것뿐이라면 수사에 도움이 될 만한 이야기를 듣기는 힘들 것 같았다. 누군가와 함께 왔다면 이야기가 달랐겠지만. 그때 말없이 이야기를 듣던 미쿠모가 고개를 들더니 사장에게 물었다.

“아주 사소한 것도 괜찮습니다. 예를 들어 다른 손님과 말다툼을 했다든가, 그런 적은 없었나요?”

법무부 관료가 술집에서 말다툼을 했을 리가 없다. 카즈마는 속으로 그렇게 생각했지만, 사장은 예상치 못한 답변을 했다.

“그러고 보니 있었어요.”

카즈마는 저도 모르게 몸을 앞으로 기울였다. “다른 손님과 말다툼을 한 적이 있었다고요?”

“네, 있었어요. 한 두 달 전이었나? 어떤 남자 손님과 싸웠죠, 아마. 시마자키 씨가 그 손님한테 많이 시달렸나 봐요. 사적인 공간까지 쫓아오지 말라는 이야기를 했거든요.”

시마자키가 혼자 술을 마시고 있을 때, 그 남자가 가게에 들어왔다고 했다. 남자가 카운터석에 앉자, 그를 알아본 시마자키가 갑자기 불쾌한 표정을 짓더니 남자와 말다툼을 했다. 결국 시마자키는 자리에서 일어나 먼저 가게에서 나갔다. 일어나면서 실수로 유리잔을 바닥에 떨어뜨렸지만, 아랑곳하지 않고 그대로 나가버릴 정도로 시마자키는 기분이 상한 듯 보였다.

"그 손님이 저한테 사과를 했어요. 소란을 피워서 미안하다고요. 엄청 저자세였어요. 의외로 인성이 괜찮은 사람이라는 생각을 했죠."

"그 남자 손님의 이름을 아시나요?"

"그 손님이 준 명함이 어디 있을 거예요. 시마자키 씨가 깨뜨린 유리잔 값을 자기가 변상하겠다고 했거든요. 괜찮다고 했는데도 꼭 변상하겠다면서 명함을 두고 갔어요. 잠시만요."

사장이 그렇게 말하며 카운터 뒤에 있는 공간으로 들어갔다. 카즈마는 옆에 앉은 미쿠모에게 말했다.

"시마자키가 이 가게에서 말다툼을 했다는 걸 어떻게 알았어?"

"아, 그게…. 왠지 그럴 것 같았어요."

경찰로서도 형사로서도 갓 첫발을 내디딘 신참이었지만, 미쿠모의 능력은 실로 놀라웠다. 카즈마가 미쿠모 나이였을 때는 파출소에서 온갖 고생을 하며 선배들의 뒤꽁무니를 좇아다닐 뿐이었다. 하지만 그녀는 수사1과에서 '평범하게' 수사에 임했다. 그것만으로도 대단한 일이었다.

"찾았어요."

사장이 그렇게 말하며 돌아왔다. 그가 건넨 명함에는 'TMM 법률사무소 공동대표 마키타 신지'라고 적혀 있었다. 이 명함의 주인은 변호사인 모양이었다. 변호사가 어떤 이유로 법무부 관료와 말다툼을 한 것일까. 알아볼 가치가 있을 듯했다.

"협력해주셔서 감사합니다."

그렇게 말하며 카즈마와 미쿠모가 가게를 떠나려 하자, 사장이 뒤에서 말을 걸었다. 그의 눈은 정확히 미쿠모를 바라보고 있었다.

"괜찮으시면 다음에 꼭 사적으로 한잔하러 오세요. 반값에, 아니, 더 싸게 해드릴게요."

"고, 고맙습니다."

미쿠모는 당황하며 고개를 숙였다. 가게에서 나와 길을 걸으면서 카즈마가 말했다.

"미인은 좋겠어."

미쿠모가 진지하게 대답했다.

"나쁠 건 없죠. 꺅!"

옆에 있던 술집 간판에 이마를 부딪친 미쿠모가 아파하며 얼굴을 찡그렸다. 그래, 완벽한 인간이 어디 있겠나. 이렇게 허술한 면이 없었다면 인간미도 없었을 것이다.

"미쿠모, 괜찮아?"

"네. 괜찮아요."

이제 요요기 경찰서로 돌아가 수사회의에 참여해야 했지만,

가보지 않아도 그다지 큰 성과는 없으리라고 짐작되었다. 카즈마는 마키타라는 변호사와 만날 약속을 잡기 위해 스마트폰을 꺼냈다.

★

마키타 신지라는 변호사가 공동대표로 있는 'TMM법률사무소'는 신주쿠구 요츠야에 위치했다. 그다지 큰 법률사무소가 아니라서 고층빌딩의 사무실 하나를 빌려 쓰는 듯했다. 미쿠모가 사쿠라바 카즈마와 함께 법률사무소 인터폰을 눌렀을 때는 오전 11시였다.

그들을 마중하러 나온 사람은 40대에서 50대로 보이는 남자였다. 남자는 두 사람을 응접실로 안내했다. 아무래도 이 남자가 마키타 신지인 듯했다. 미쿠모는 재빨리 사무실을 관찰했다. 빈말로도 깔끔하다고 할 수는 없는 공간이었다. 동료 변호사 몇 명이 함께 개업한 법률사무소인 듯했다. 미쿠모는 법학부를 졸업했기에 어느 정도 법조계의 현황을 알고 있었다. 지금은 변호사 자격증 하나만으로 돈을 벌 수 있는 시대가 아니었다.

"시마자키 씨 일로 오신 거죠? 언젠가 오실 줄 알았습니다."

마키타가 선수를 쳤다. 미쿠모 옆에 앉은 카즈마가 입을 열었다.

"시마자키 씨가 돌아가신 걸 아시는군요?"

"네. 압니다. 법무부가 귀중한 인재를 잃었지요. 그 사람은 정말 대단한 사람이었습니다. 외부인인 저도 느낄 정도였거든요."

"요요기우에하라에 있는 술집에서 변호사님과 시마자키 씨가 말다툼을 했다는 증언이 나왔습니다. 말다툼하신 이유를 알려주시죠."

카즈마가 단도직입적으로 물었다. 하지만 마키타는 동요하지 않았다. 구깃구깃한 정장을 입고 전체적으로 초췌한 인상을 풍기는 마키타였지만, 사실은 그가 노련한 변호사임을 알 수 있었다.

"어디서부터 설명해야 할지 모르겠지만…." 마키타가 그렇게 운을 떼며 말했다. "변호사는 본업인 변호 업무 말고도 무보수 봉사 개념의 업무도 합니다. 사람에 따라 자세한 내용은 다른데, 저는 교도소에 수감된 사람들의 처우개선을 요구하는 활동을 합니다."

"수감자의 처우개선이요? 구체적으로 어떤 일이죠?"

"무기징역으로 입소한 수감자의 가석방을 요구하는 거죠. 형사님, 무기징역을 선고받은 수감자가 가석방되는 과정을 아십니까?"

"네." 카즈마가 대답했다. 물론 미쿠모도 알고 있었다. "30년이 지나면 심의가 이루어지지 않습니까?"

무기징역을 선고받으면 죽을 때까지 교도소 밖으로 나갈 수 없다고 생각하는 일반인이 많지만, 엄밀히 말하면 그렇지 않았다. 입소한 지 약 30년이 된 수감자는 심의를 거쳐 출소할 수도 있었다. 물론 가석방이 허가되는 비율은 지극히 낮아서 무기징역수들은 대부분 교도소 안에서 생을 마감했다.

"역시 형사님이라 잘 아시는군요. 정확히 말하면 30년은 어디까지나 기준점입니다. 매년 무기징역수가 가석방되지만, 그 숫자는 아주 작습니다. 출소 허가를 받은 수감자 수는 보통 한 자릿수죠. 무기징역수 전체 인원과 비교하면 0.5퍼센트 정도입니다."

사형수가 사형되면 언론은 이를 크게 보도한다. 하지만 무기징역수가 가석방될 때는 이를 보도하는 언론이 없을 뿐더러, 법무부도 대대적으로 공표하지 않기 때문에 일반인들은 가석방에 대해 잘 모른다.

"유족들의 마음을 생각하면 참 어려운 부분도 있지만, 형을 선고받은 지 30년쯤 지나면 수감자들도 노인이 되거든요. 대부분 60대나 70대니까 남은 인생을 교도소 바깥에서 보냈으면 하는 수감자 가족의 마음도 이해가 되죠."

수감자에게도 가족이 있다. 그건 미쿠모도 알고 있었다. 만약 가족 중 누군가가 무기징역을 선고받는다면, 처음에는 체념하게 될 것이다. 하지만 시간은 계속 흐른다. 30년이 지나 교도소에 있는 가족이 가석방될 가능성이 생긴다면, 인간은 누구나 거기에 일말의 희망을 걸고 싶어질 것이다.

"저는 수감자 가족과 함께 가석방을 요구하는 활동을 합니다. 활동이라고 해봤자, 거창한 무언가를 하는 건 아니지만요. 수감자를 만나서 격려해주거나 법무부에 탄원서를 내는 정도입니다."

드디어 법무부라는 단어가 등장했다. 거기에 카즈마가 반응했다.

"그런 활동을 하다가 시마자키 씨와 교류하게 된 거군요."

"그렇습니다. 시마자키 씨는 법무부의 핵심인물이었거든요. 특히 사법기관에 강한 영향력을 끼치는 분이었어요. 지인을 통해 그분을 만나서 제 희망사항, 그러니까 무기징역수를 가석방해주십사 요청을 드렸죠. 그런데…."

시마자키 토오루는 그 요청을 들어주기는커녕, 흉악범의 처벌을 강화해야 한다면서 무기징역수를 가석방하면 안 된다고 말했다.

"나중에 들은 이야기지만, 시마자키 씨는 범죄자들을 증오한다더군요. 젊었을 때 누님이 성폭행을 당한 적이 있어서 그런 범죄자들에게 강한 분노를 느낀다고 했어요. 아무리 그래도 저는 개인적인 감정을 직장 안으로 끌어들이는 건 좋지 않다고 생각했습니다. 그래서 요요기우에하라에 있는 술집에서 시마자키 씨에게 그런 말을 했죠."

시마자키의 누나가 그런 사건의 피해자였다는 이야기는 처음 들었다. 시마자키의 본적지는 야마구치현이니 거기서 발생한 사건이었을 것이다. 미쿠모는 그 사건을 조금 더 파봐야겠다고 생각했다.

"그런데 변호사님, 시마자키 씨가 살해당한 날에-."

카즈마가 말을 끝맺기도 전에 마키타가 대답했다. 처음부터 이 질문을 예상한 모양이었다.

"그날은 출장 때문에 센다이에 있었습니다. 도쿄로 돌아온 건 그다음 날이었어요. 사무보조원과 함께 다녀왔으니 그 친구에게 알리바이를 확인하시면 알 겁니다. 그 친구는 옆방에 있는데, 불러드릴까요?"

"아뇨. 그렇게까지 하실 필요는 없습니다."

카즈마가 일어나서 옆방으로 들어갔다. 사무보조원에게 진위를 확인하기 위해서였다. 그때 마키타가 미쿠모 쪽으로 눈을 돌리며 말했다.

"그건 그렇고 경찰도 변했군요. 형사님 같은 여성이 형사라니, 옛날에는 상상도 못 했던 일입니다."

미쿠모는 미소를 지으며 마키타에게 물었다.

"변호사님, 한 가지만 여쭤보겠습니다. 올해도 가석방 허가를 받은 무기징역수가 계십니까?"

"아직 없습니다. 시간이 지나면 나오겠지요."

"시마자키 씨를 죽인 범인으로 짐작 가는 사람이 있으신가요?"

"글쎄요. 시마자키 씨를 죽이고 싶을 만큼 원한을 품은 사람이 있을지 모르겠습니다. 아무튼 법무부는 아까운 인재를 잃었습니다. 그렇게 완고한 법무부 장관도 시마자키 씨의 의견에는 귀를 기울였는데 말이죠."

그렇게 유능한 관료를 살해함으로써 이익을 취한 사람이 있을 것이다. 하지만 여전히 이렇다 할 단서는 찾지 못했다. 미쿠모는 이번 사건이 아직 짙은 안개에 휩싸여 있다고 생각했다.

★

"감사합니다. 다음 분 오세요."

하나코는 서점 계산대 앞에 서 있었다. 총 3층인 이 서점은 1층에서 잡지와 일반 서적을, 2층과 3층에서 전문서적을 팔았다. 하나코는 2층 전문서적 매대에서 주로 참고서와 아동용 그림책을 담당했지만, 오전이나 오후 중 한 타임에는 1층 계산대에서 계산을 도맡아 해야 했다. 오늘은 오전에 계산대를 담당하게 되었다. 지금은 정오를 넘어선 시간이었고, 12시 반부터는 1시간 동안 점심시간이었다.

"감사합니다. 다음 분 오세요."

하나코가 그렇게 말하자, 줄을 서 있던 다음 손님이 계산대 앞으로 왔다. 그 손님의 얼굴을 보고 하나코는 깜짝 놀랐다. 그 사람은 하나코의 엄마 에츠코였다.

"어, 엄마?"

에츠코는 말없이 잡지 한 권을 계산대 위에 올려놓았다. 패션잡지였다. 에츠코는 하얀 정장을 입고 큰 선글라스를 끼고 있었다. 손녀를 둔 할머니로 보이지 않을 정도로 젊고 아름다웠다. 하나코는 혹시나 해서 작은 목소리로 물었다.

"사는 거야?"

에츠코가 고개를 끄덕였다. 이상했다. 엄마가 굳이 돈을 내고 책을 사다니, 내일은 해가 서쪽에서 뜨려나? 엄마는 마음만 먹으면 잡지 네다섯 권이나 일반 단행본 열 권쯤은 손쉽게 훔칠 수 있었다. 그래도 구태여 사겠다는데 말릴 수는 없었다. 하나코는 패션잡지를 봉투에 넣고 에츠코에게서 돈을 받았다. 그때 에츠코가 말했다.

"같이 점심 먹을래?"

"알았어. 음…. 서점에서 나가면 길 건너편에 식당이 있어. 거기서 기다려."

에츠코가 서점에서 나갔다. 그로부터 30분 후, 드디어 점심시간이 되었다. 하나코가 약속한 식당에 들어가자, 에츠코가 창가 자리에서 잡지를 읽고 있었다. 하나코는 런치 세트를 주문한 다음 엄마에게 다가갔다.

"너도 고생이구나." 하나코가 자리에 앉자마자 에츠코가 말했다. "계산원 일이 재미있니? 난 도저히 이해가 안 돼. 그 시간에 차라리 안이랑 놀아주면 얼마나 좋아?"

"엄마, 카즈마의 월급만으로는 생활이 힘들어. 여러모로 돈 나갈 데가 많단 말이야."

월세와 식비 같은 생활비뿐만 아니라 안을 위한 교육보험과

예금에도 돈이 나갔다. 카즈마의 월급만으로는 살림을 꾸리기가 빠듯했다.

"굳이 일하지 않아도 되잖아. 훔치면 되니까."

"난 아빠 엄마랑 달라."

하나코는 미쿠모 가문 사람 중 유일하게 제대로 된 일을 하며 월급을 받는 사람이었다. 다른 가족들은 하나코와 달리 도둑질로 생계를 꾸려나갔다. 하나코는 그런 자신이 어떻게 경찰의 아내가 됐나 싶어 때로 감탄스러울 지경이었다.

"지난번에 나온 얘기는 어떻게 된 거야? 네가 와타루네 회사의 임원이 된다는 얘기 말이야. 괜찮은 제안 같던데, 그런 서점에서 일하는 걸 보면 네가 거절했구나?"

"당연하지."

와타루는 하나코의 오빠로, 해킹에 능한 괴짜 같은 남자였다. 오랫동안 집에만 틀어박혀 지냈지만, 사실 눈속임용 회사를 세워 해킹으로 얻은 정보를 사고팔면서 큰돈을 벌었고, 요즘도 1년에 수억 엔을 번다고 했다. 하나코는 지난달, 와타루가 경영하는 회사의 임원이 되지 않겠냐는 아빠의 제안을 받았다. 아무것도 하지 않고 한 달에 100만 엔 정도의 임원 보수를 받을 수 있다기에 조금 흔들렸지만, 겨우겨우 마음을 다잡았다. 와타루가 옛날에 해킹으로 손을 더럽힌 것은 엄연한 사실이었고, 하나코는 자신이 경찰의 아내라는 자각이 있었기에 그 제안을 뿌리칠 수 있었다.

"오빠는 잘 지내?"

하나코는 와타루를 못 본 지가 오래되었다. 마지막으로 만났을 때가 올해 설날 즈음이었다. 와타루는 하나코보다 다섯 살 많아서 올해로 서른다섯 살이었지만, 동안이라 20대로 보였다. 좋아하는 일만 골라 하는 미쿠모 가문 사람들은 모두 동안이었다.

"와타루는 잘 지내. 아 참, 난 요즘 와타루네 아파트에서 살아."

"엄마, 그렇게 응석을 다 받아주니까 오빠가 아직도 자립을 못 하는 거야."

"와타루는 벌써 훌륭하게 자립했는걸. 너 걔가 모아놓은 돈이 얼마인지 모르지? 나보다 훨씬 부자라니까? 전부 걔가 자기 힘으로 번 돈이야."

그 말이 사실일지도 모르지만, 그건 거의 범죄에 가까운 검은돈이었다. 하지만 그 이야기를 해도 엄마에게는 통하지 않을 테니 하나코는 말을 삼켰다. 그때 하나코가 주문한 런치 세트가 나왔다. 쟁반 위에 필래프와 샐러드, 구운 치킨이 올라가 있었다. 하나코는 포크를 들며 에츠코에게 물었다.

"그런데 엄마, 무슨 일이야? 일부러 내 직장까지 찾아오고."

"사실 전화로 말해도 되지만 근처에 온 김에 들렀어." 에츠코는 그렇게 말하며 홍차를 한 모금 마셨다. "다음 주에 안이 생일이잖니? 그이가 스키야키 파티를 하자고 하더라. 스키야키에 아주 맛 들였나 봐. 잔뜩 흥이 올라서 최고급 고기를 준비하겠다고 하더라고."

'그이'는 하나코의 아버지 타케루를 가리키는 말이었다. 안의 생일이 되면 매년 미쿠모 가문과 사쿠라바 가문이 모여 성대한 축하파티를 열었다. 매년 자기네가 파티를 주최하겠다고 다퉜는데, 작년에는 안이 감기에 걸리는 바람에 파티 자체가 중지되었다. 하나코는 올해도 분위기가 거칠어질까 봐 불안했다.

"그래봤자 훔쳐 올 거잖아. 사쿠라바 가문 사람들한테 훔친 고기를 대접할 수는 없어."

"'약은 약사에게'라는 말이 있잖아. 어부한테 고기를 잡지 말라고 할 수 있니? 소설가한테 글을 쓰지 말라고 할 수 있어? 못 하잖아. 아무것도 훔치지 않는 도둑은 가치가 없어. 하나코, 너도 미쿠모 가문 사람이라면 이해해야지. 그럼 다음 주에 있을 안의 생일파티 기대할게."

에츠코는 그 말을 남기고 식당에서 나가버렸다. 상황이 난처해졌다. 다음 주에 있을 안의 생일. 경사스러운 날임은 분명했지만, 동시에 우울한 하루가 될 것 같은 예감이 들었다.

하나코는 한숨을 쉬며 앞에 있는 구운 치킨을 포크로 찍었다.

★

오후 9시. 미쿠모는 지하철에 올랐다. 조금 전에 퇴근해서 이제 기숙사로 돌아가는 길이었다. 오늘도 오후 내내 법무부 안에서 탐문 수사를 했지만, 눈에 띄는 정보를 얻지는 못했다. 퇴근하기 직전에는 요요기 경찰서에서 수사회의에 참석했다. 그곳에는 답답한 공기가 흘렀다.

지하철에서 내려 지상으로 나왔다. 기숙사에서는 저녁이 제공되지 않았다. 편의점에 들를까. 그렇게 생각하며 걷고 있을 때, 옆으로 그림자 하나가 다가왔다.

"아가씨, 다녀오셨습니까."

사루히코였다. 그를 발견한 미쿠모는 좋은 생각이 났다.

"사루히코, 마침 잘 됐다. 나 아직 저녁을 못 먹었어. 같이 먹자."

"알겠습니다, 아가씨."

마침 패밀리레스토랑 간판이 보여 사루히코와 함께 가게 안으로 들어갔다. 직원은 두 사람을 칸막이가 있는 좌석으로 안내했다. 미쿠모는 오므라이스와 샐러드 세트를 시켰고, 사루히코는 이미 저녁을 먹었는지 커피만 주문했다.

"아가씨, 아직도 버스 납치 사건을 담당하시나요?"

"지금은 다른 과가 담당하지만, 내 생각에 그 사건에는 뭔가 이상한 점이 있어." 미쿠모는 수첩을 꺼내 뒤적이며 대답했다. "점심에 경찰청에 들렀을 때 들은 얘기인데, 체포된 네 사람을 통해서는 또 다른 범인, 그러니까 계획을 세운 주모자의 정체를 알아낼 수 없었대."

실행범의 리더인 이시오카는 오로지 인터넷으로만 주모자와 연락했고, 심지어 그 흔적은 인터넷상에도 남지 않았다.

"사루히코는 알아낸 게 있어?"

"여러모로 조사해봤지만, 아직 결정적인 정보는 찾지 못했습니다."

"그래."

"실행범 네 명한테서는 유의미한 정보를 얻지 못할 겁니다. 그들은 무작위로 선택된 연기자 같은 존재니까요."

사루히코의 말이 맞았다. 실행범 네 명은 대본대로 연기하라는 지시를 받은 초짜 연기자에 지나지 않았다. 그렇다면 주모자는 왜 이번 사건을 일으켰을까. 그것이 가장 큰 수수께끼였다. 대담한 계획과는 달리 몸값을 받는 방법이 허술해서 앞뒤가 맞지 않는 느낌이 들었다.

오므라이스 세트가 나오자, 미쿠모는 수첩을 내려놓고 밥을 먹기 시작했다. 역시 형사가 되자 외식하는 횟수가 현저히 늘었다. 점심은 늘 외식이었고, 저녁도 대부분 외식 아니면 편의점 도시락이었다. 직접 밥을 해 먹으려 하다가도, 바쁘다는 핑계로 간단한 방법을 선택하게 되었다. 교토에 있을 때는 상상도 못 할 일이었는데, 이제는 아무렇지 않게 혼자 외식도 할 수 있게 되었다. 실로 놀라운 변화였다.

미쿠모는 어릴 때부터 성격이 조금 내향적이고 낯을 가렸다. 밖에서 친구와 놀 때보다 서재에 있는 할아버지의 추리 소설을 읽을 때가 더 즐거웠다. 그렇게 내향적이던 소녀가 어느덧

자라서 경찰청 수사1과 형사로 일하게 되었다. 돌아가신 할아버지가 알았다면 틀림없이 놀랐을 것이다.

"아가씨, 제가 자료를 만들어봤습니다."

미쿠모가 오므라이스를 다 먹은 것을 확인한 사루히코가 서류 몇 장을 꺼내 테이블 위에 올려놓았다. 미쿠모는 빈 그릇을 옆으로 치우며 서류를 집어 들었다.

그 서류에는 인질이 된 아이 열여덟 명과 그들의 가족 구성이 나와 있었다. 학부모의 직장과 출신대학까지 상세하게 적혀 있었다.

"역시 사루히코야. 일처리가 꼼꼼해."

"감사합니다, 아가씨."

범인들은 1억 8천만 엔의 현금을 요구했지만, 그 돈을 받는 데에는 실패했다. 그러나 주모자에게는 다른 목적이 있었을지도 모른다. 그렇다면 우선 버스에 갇혔던 인질들을 자세히 조사해야 했다. 인질이 된 학부모 중 누군가가 경찰에 알리지 않고 범인과 거래했을 가능성이 있기 때문이었다.

인질 명단으로 눈을 돌렸다. 미쿠모 안이 적힌 부분에서 시선이 멈추었다. 미쿠모 안(3), 아버지 사쿠라바 카즈마(33), 어머니 미쿠모 하나코(30)로 3인 가족. 카즈마와 하나코 모두 도쿄에서 대학을 나왔으며, 카즈마는 경찰청, 하나코는 우에노에 있는 서점에서 근무한다. 딱히 새로운 정보는 아니었다.

범인의 관점에서 생각해보기로 했다. 역시 목표는 거물이어야 했다. 대기업 후계자처럼 거액의 몸값을 낼 수 있을 만한 부자가 없는지 찾아보았지만, 눈에 띄는 가족은 없었다. 아버지가 대기업에서 근무하는 가정은 있었지만, 그 아버지가 회사에서 어떤 일을 하고 자산이 얼마나 있는지까지는 자료에 나오지 않았다.

이름 있는 대기업에는 형광펜으로 표시를 해두었다. 대기업에서 일하는 사람이 곧 부자인 것은 아니지만, 지금은 어디에 힌트가 있을지 알 수 없었다.

'잠깐.'

미쿠모는 형광펜을 쥔 손을 멈추고 커피를 한 모금 마신 다음 입을 열었다.

"사루히코, 범인에게 몸값 말고 다른 목적이 있었다면, 뭐였을까?"

"돈 이외의 목적 말씀이십니까? 그렇다면 후보는 수도 없이 많지요. 예를 들어 아가씨의 선배인 카즈마 형사가 어떤 범죄의 결정적인 증거를 쥐었다고 해봅시다. 그럼 범인이 '딸을 살려줄 테니 그 증거를 인멸하라'고 요구했을지도 모르지요."

사루히코는 카즈마를 예로 들었지만, 그 대상이 누구든 얼마든지 성립될 수 있는 이야기였다. 미쿠모는 이 사건의 담당자가 아니니 열여덟 가족을 일일이 조사하기는 힘들었다. 역시 특수범죄대책과에 맡기는 수밖에 없는 것일까.

그런 생각을 하며 명단으로 눈을 돌렸을 때, 한 부분이 눈길을 끌었다. 나카하라 켄세이(3)의 어머니 나카하라 아키(29)가 적힌 항목이었다. 그녀는 싱글맘이자 신주쿠에 있는 백화점 의류매장의 직원이었다. 하나코와 함께 히노데바시까지 몸값을 운반해준 사람이라 강하게 인상에 남았다. 조금 화려한 느낌의 여자였지만, 자료에는 테이메이대학교를 중퇴했다고 적혀 있었다.

테이메이대학교는 도쿄에서도 몇 안 되는 명문사립대학교였다. 당연히 성적이 아주 좋아야 갈 수 있는 곳이었고, 수험생들 사이에서는 꿈의 대학으로 불렸다. 그런 테이메이대학교를 아키가 중퇴했다는 말이었다. 미쿠모는 그 사실에 왠지 모를 이상함을 느꼈다.

“아가씨, 마음에 걸리는 부분이 있으신가요?”

“응. 조금.”

내일 조사해볼 만한 가치가 있을 것 같았다. 헛다리를 짚은 것일지도 모르지만, 아무리 생각해도 나카하라 아키라는 여자와 테이메이대학교는 어울리지 않았다.

“그런데 아가씨, 저도 이런 말씀 드리기 곤란하지만, 사모님께서 이런 걸 보내셔서….”

사루히코가 그렇게 말하면서 봉투를 내밀었다. 엄마가 보낸 물건이라면 내용물은 대충 상상이 되었다.

“사루히코, 엄마에게 확실하게 말해줘. 나는 이제 막 형사가 됐고, 당장은 결혼할 수 없다고.”

미쿠모는 호죠 가문의 외동딸이자 대를 이을 후계자였다. 그래서 미쿠모가 10대일 때부터 엄마 타카코는 딸의 남편감을 찾느라 여념이 없었다. 엄마가 같이 밥을 먹자고 해서 편하게 나가보니 맞선 자리였던 적도 있었다.

"하지만 아가씨, 도쿄에도 괜찮은 남자들이 꽤 많습니다. 다들 인물이 훤칠합니다. 그러니 최소한 사진만이라도-."

"사루히코, 그만해. 난 결혼할 생각이 없어."

미쿠모는 딱 잘라 말하며 식어버린 커피잔을 단숨에 비웠다.

"하실 말씀이 뭐예요? 바쁘니까 빨리 끝내주세요."

카즈마가 그렇게 말하며 냉장고에서 맥주를 꺼냈다. 이곳은 하나코와 함께 사는 아파트가 아니라 사쿠라바 가문 본가였다. 수사를 마치고 집으로 돌아가려던 길에 어머니 미사코의 문자메시지를 받았다. 할 얘기가 있으니 본가에 들르라는 내용이었다.

거실에는 아버지 노리카즈와 어머니 미사코가 있었다. 두 사람 다 테이블 앞에 앉아 있었다. 할아버지 와이치와 할머니 노부에는 2층 방에서 주무신다고 했다.

"하나코와 안은 좀 어떠냐?"

노리카즈가 묻자, 카즈마가 맥주를 마시며 대답했다.

"잘 있어요. 안은 오늘부터 다시 어린이집에 등원했고, 하나코도 출근했을 거예요."

"불가사의한 사건이었다며? 계획을 세운 범인을 잡기 어려울 것 같다고 하던데."

TV 시사예능프로그램에도 그 사건이 자주 나오는 모양이었다. 하나코와 다른 여성이 다리에서 캐리어를 던지는 장면은 여러 번 방송을 탔지만, 다행히 개인정보 보호를 위해 얼굴에는 모자이크 처리가 되어 있었다.

"그런 사건에 휘말릴 줄은 꿈에도 몰랐어요. 그보다 할 얘기가 있다고 하셨잖아요. 무슨 얘기예요?"

"맞다, 카즈마." 어머니 미사코가 입을 열었다. "다가올 안의 생일 때문에 할 얘기가 있단다. 올해는 어떻게 축하할지 아직 결정하지 않았지?"

안은 다음 주에 생일을 맞아 네 살이 된다. 지금까지는 안의 생일이 오면 매년 연례행사처럼 사쿠라바 가문과 미쿠모 가문이 모여 함께 생일파티를 했지만, 올해는 아직 정한 바가 없었다. 하나코가 일을 시작하면서 천천히 대화를 나눌 시간이 전보다 줄었기 때문이었다.

"아직 아무것도 정하지 않았어요. 하나코가 무슨 말을 했나요?"

"아니, 아무 말도 못 들었어. 카즈마, 사실은 말이다. 올해는 가능하면 우리끼리 파티를 했으면 좋겠구나."

"우리끼리라니요?"

"그러니까…, 가능하면 우리 사쿠라바 가문 사람들만 모여서 축하할 수 없을까? 아, 물론 하나코는 와도 되고."

카즈마는 어머니의 의도를 알아차렸지만, 혹시 몰라 재차 확인했다.

"어머니, 한마디로 미쿠모 가문 사람들과 엮이고 싶지 않다는 말씀이세요?"

"그렇게까지 말하지는 않았는데…."

"저한테는 그렇게 들렸어요."

카즈마와 하나코가 살림을 합친 것은 지금으로부터 4년 반 전, 안이 아직 하나코의 배 속에 있을 때였다. 양가 모두 두 사람의 관계를 인정했고, 함께 식사도 여러 번 했다. 경찰 일가와 도둑 일가. 물과 기름 같은 두 집안이 서로를 받아들인 역사적인 순간이었다. 노리카즈와 타케루가 함께 골프를 치러 다니고, 미사코와 에츠코가 함께 연극을 볼 정도로 양가는 사이가 좋아 보였다. 그러나….

작년부터 서서히 분열의 조짐이 보였다. 역시 경찰 일가와 도둑 일가는 함께할 수 없었다. 시간이 흐를수록 근본적인 부분에서 너무나 다른 존재임을 서로 깨달아 갔다. 특히 사쿠라바 가문 사람들은 모두 경찰 관계자라, 태생적으로 범죄자를 받아들일 수 없었다.

한 일화를 예로 들자면, 아버지들끼리 골프를 치러 갔을 때였다. 라운드 중에 노리카즈는 타케루가 왼쪽 손목에 찬 롤렉스를 보았다. 그 시계는 하나에 적어도 몇백만 엔은 하는 고급 손목시계였다. 노리카즈는 그것이 훔친 물건 같다는 의심이 들었다. 경찰관으로서 몸에 붙은 습관이었다.

그리고 어머니들끼리 신국립극장에 오페라를 보러 갔을 때, 미사코는 에츠코의 손가락에 끼워진 다이아몬드 반지를 보았다. 미사코의 머릿속에도 그 반지가 훔친 물건 같다는 의심이 피어올랐다.

이렇게 사소한 일이 쌓이고 쌓여, 작년부터 아버지와 어머니가 미쿠모 가문을 꺼리게 되었음을 카즈마도 어렴풋이 알고 있었다. 하지만 그 사실을 입 밖에 꺼낼 수는 없었다.

"카즈마, 잘 들으렴." 미사코가 말했다. "우리는 경찰이야. 아무리 노력해도 그 사람들과 원만하게 지낼 수는 없어. 너도 이미 느꼈잖니."

"이제 와서 무슨 말씀을 하시는 거예요? 두 분도 다 알면서 저와 하나코를 허락하셨잖아요?"

혼인신고를 하지는 않았지만, 카즈마는 하나코와 자신이 진짜 부부라고 생각했다. 하지만 하나코의 가족이 떳떳하지 못한 방법으로 돈을 버는 것은 명백한 사실이니, 각오를 단단히 하고 이를 받아들일 수밖에 없다고 생각했다. 당사자인 만큼 부모님보다 의지가 강했던 모양이다.

팔짱을 낀 채 가만히 이야기를 듣던 노리카즈가 입을 열었다.

"카즈마, 요즘 시대를 생각해봐라. SNS가 보급되면서 멋모르는 사람들이 제멋대로 찍은 사진과 영상이 인터넷에 떠도는 시대다. 이제 SNS로 모든 소문이 유출된다는 말이다. 너도 그 정도는 알잖냐."

"그래서요? 하고 싶은 말씀이 뭐예요?"

"누가 어디서 지켜볼지 모른다는 말이다. 경찰과 도둑이 사적으로 만나는 장면을 누군가가 촬영해서 인터넷에 올릴 수도 있어. 그런 일이 없을 거라고 장담할 수 있겠냐?"

카즈마는 아버지가 무슨 말을 하는지 알고 있었다. 하지만 그렇게까지 예민하게 반응할 필요가 있을까. 공무원이라는 직업에 자부심을 느끼는 카즈마였지만, 연예인은 아니니 그렇게 사적인 부분을 신경 쓸 필요는 없다고 생각했다.

"아버지, 그 사람들이 얼마나 실력이 뛰어난 도둑인지 아시잖아요. 그렇게 어이없는 실수를 할 사람들이 아니에요."

"카즈마, 안의 미래를 진지하게 생각해봤니?"

미사코의 말에 카즈마는 말문이 막혔다.

"안의… 미래요?"

"그래. 안도 벌써 네 살이잖니. 이제 곧 많은 걸 알게 될 거야. 미쿠모 집안사람들과의 관계를 진지하게 재고할 때라고 생각한다."

그 이야기를 듣자 카즈마는 말문이 막혔다. 사실 카즈마도 언제까지고 이대로 관계를 이어나갈 수는 없다고 생각했다. 미쿠모 가문이 도둑 일가임을 안에게 알려줄 수는 없었다. 할부지는 직업이 뭐야? 할무니는 직업이 뭐야? 안이 그렇게 묻는다면, 카즈마는 뭐라고 대답해야 할까.

"카즈마, 이해해라. 너희 엄마와 둘이서 깊은 대화를 나눈 끝에 내린 결론이다. 하나코에게는 네가 잘 말해줘라."

노리카즈가 일어나 거실을 나갔다. 카즈마는 입술을 깨물었다. 하나코에게 뭐라고 말하면 좋단 말인가. 캔맥주를 단숨에 들이켰지만, 아무 맛도 느껴지지 않았다. 방에서 나와 복도를 걸어갔다. 현관에서 신발을 신는 카즈마의 등 뒤에서 미사코의 목소리가 들렸다.

"다음 주 안의 생일날 '스시마사'를 예약해뒀단다. 케이크도 주문해놨으니까 하나코랑 안을 데려오렴."

스시마사는 사쿠라바 가문 사람들이 자주 애용하는 단골 초밥집이었다. 카즈마는 입을 꾹 다문 채 일어나 거칠게 문을 닫고 나갔다.

다음 날 오후, 카즈마는 후배 호죠 미쿠모와 함께 신주쿠에 있는 백화점을 찾았다. 미쿠모가 점심을 먹다가 하나코의 친구인 나카하라 아키가 신경 쓰인다고 말했기 때문이었다. 미쿠모는 아무래도 아키의 학력에 의구심을 품은 듯했다. 카즈마도 그녀가 테이메이대학교를 중퇴했다는 이야기는 처음 들었지만, 버스 납치 사건은 특수범죄대책과의 담당이니 자신이 상관할 사건은 아니었다. 그러나 후배의 등쌀에 못 이겨 결국 나카하라 아키의 직장에 들르기로 했다. 그리고 한편으로 카즈마는 버스 납치 사건의 간접적인 피해자이니 그 사건과 무관하다고 볼 수도 없었다.

카즈마는 어젯밤 본가에서 들은 말을 하나코에게 전할 수 없었다. 어떻게 이야기를 꺼내면 좋을지 감이 오지 않았다. 하지만 마냥 회피할 수도 없는 문제였다. 그렇게 생각하니 아침부터 마음이 무거웠다.

나카하라 아키는 백화점에 입점한 여성복 매장에서 근무했다. 그녀가 30분 정도 시간을 내주어 대화를 나눌 수 있게 되었다. 아키의 직장과 같은 층에 있는 카페에 자리를 잡고 앉았다. 화사한 카페 안에는 온통 여자 손님들뿐이라 남자인 카즈마가 몹시 튀어 보였다.

"바쁘신 와중에 죄송합니다. 그리고 저번에 사건 해결을 위해 협력해주셔서 감사했습니다."

미쿠모가 고개를 숙이며 말했다. 그녀의 궁금증을 해소하기 위해 온 것이니 질문을 주도하는 역할도 미쿠모가 맡을 예정이었다.

"그때는 저도 감사했습니다. 성함이 호죠 미쿠모 씨였죠?" 아키는 미쿠모에게 인사하고는 카즈마를 보며 말했다. "하나코 씨의 남편분이시죠? 반갑습니다."

"저야말로 이렇게 뵙게 되어 반갑습니다."

"하나코 씨의 남편분이 형사님인 줄은 몰랐어요. 얼마 전 사건이 마무리되고 나서야 안 거 있죠."

"놀라게 해드려 죄송합니다. 오늘은 여쭤볼 게 있어서 찾아뵀습니다. 바쁘실 텐데 시간 내주셔서 감사합니다."

카즈마가 눈짓을 보내자, 미쿠모가 이야기를 꺼냈다.

"지난번 버스 납치 사건의 피해자, 그러니까 플라워어린이집 아이들과 학부모를 조사하다가 궁금한 점이 생겼습니다. 아키 씨, 테이메이대학교를 중퇴하셨더군요. 실례지만 어떤 사정이 있는지 여쭤봐도 될까요?"

"제 개인 사정과 사건이 연관되어 있다는 말씀인가요?"

"그렇게 단정지을 수는 없습니다. 다만, 이번 사건의 범인들은 몸값을 받는 데 실패했습니다. 하지만 저는 진범이 따로 있을지도 모른다고 생각합니다. 그 진범은 경찰에 들키지 않고 어떤 피해자의 가족과 모종의 거래를 했을지도 모릅니다."

카즈마는 깜짝 놀랐다. 대담한 가설이지만, 가능성이 없지는 않았다. 아키는 무언가를 골똘히 생각하듯 테이블의 한 지점을 가만히 바라보았다. 카즈마는 컵을 들어 천천히 커피를 마셨다. 한동안 기다린 끝에, 아키가 고개를 들었다.

"사실 말하고 싶지 않은 얘기예요. 가능한 한 비밀로 하고 싶은데, 그렇게 해주실 수 있나요?"

"네."

미쿠모가 고개를 끄덕이자, 아키가 이야기를 시작했다.

"저한테는 아버지가 없어요. 아주 어릴 때부터 없었어요. 어머니는 긴자에 있는 술집에서 접대부로 일하셨고요. 그래서 학창시절에 학교에서 돌아오면 집에 아무도 없었고, 저는 항상 혼자였어요."

TV를 볼 수 있는 시간은 하루 최대 1시간이어서 나머지 시간에는 계속 혼자 공부를 했다. 어릴 때부터 이해력도 좋았기에 학교 성적은 늘 상위권이었다. '내가 아니라 그 사람을 닮았구나.' 어머니는 딸의 성적표를 볼 때마다 그렇게 말했다.

"저는 집에서 가까운 공립고등학교를 졸업한 다음 테이메이대학교 경제학부에 들어갔어요. 어머니가 꼭 대학교에 가라고 하셨거든요. 그즈음에 어머니는 술집 일을 그만두셨어요. 나이가 들어 지명해주는 손님이 줄었거든요. 그 뒤로는 식당 주방에서 일하셨어요."

인생의 전환점이 찾아온 것은 아키가 대학교 3학년일 때였다. 어머니가 갑자기 쓰러졌다. 어머니는 간암 말기라는 진단을 받았고, 반년 후에 숨을 거두었다.

"어머니의 장례식 때 처음으로 아버지를 만났어요. 저는 너무 화가 나서…. 그때 일은 잘 생각나지 않아요. 주변에 있는 물건을 집어 던지고 입에 못 담을 말을 했던 것 같아요. 지금껏 계속 남으로 살다가 장례식에만 얼굴을 비추는 그 모습이 너무 비겁해 보였거든요."

엄마가 세상을 떠나자, 아키의 인생은 피폐해졌다. 대학교를 중퇴한 뒤 엄마처럼 밤일에 발을 들였다. 그러다 어느새 빚이 생겼고 성매매 업소에서 일해보라는 권유를 받았다. 그때 나타난 사람이 아버지였다.

"아버지는 저를 식당에 데려가서 이야기를 해주셨어요. 아버지의 인생 이야기를요. 어떻게 살아왔는지, 지금 무슨 일을 하는지, 지금의 부인과는 어떻게 지내는지…. 물론 어머니를 처음 만나서 제가 태어나기까지 있었던 일도 얘기해주셨어요."

아버지의 이야기는 밤새 이어졌다. 전부 용서할 수는 없었지만, 아키는 아버지에게도 그만의 사정이 있었음을 이해했다. 밤일을 그만두기로 아버지와 약속했다. 아키가 진 빚도 아버지가 갚아주었다.

"옷을 좋아해서 지금 다니는 직장에서 일하게 됐어요. 입사한 첫해에 플로어매니저였던 전남편을 만나 결혼했고요. 그런데 켄세이…, 저희 아들이 태어나자마자 그 사람이 바람을 피워서 크게 싸우고 헤어졌어요. 알고 보니 원래부터 여자관계가 복잡한 남자였더라고요. 저는 저희 엄마를 보면서 남자 보는 눈이 없다고 생각했는데, 남자 보는 눈은 제가 더 없었나 봐요."

아키의 아버지와 어머니가 처음 만난 것은 두 사람이 30대일 때였다. 아버지는 일 때문에 어머니가 일하는 술집을 자주 방문했다. 두 사람 다 고향이 오이타현이라 대화가 잘 통했다. 아버지는 이미 유부남이었지만 자식은 없었다. 알고 보니 그의 아내는 불임이었고, 그 사실을 알게 되자 아버지와 그의 아내는 급격히 사이가 나빠졌다. 아키의 어머니와 아버지가 사랑에 빠지기까지는 그리 오랜 시간이 걸리지 않았다.

"지금은 두 달에 한 번 아버지를 만나요. 아버지는 바쁘면서도 어떻게든 시간을 내주시죠. 켄세이를 아주 예뻐하시거든요. 유일한 손자라 엄청 좋아하세요. 켄세이하고 놀 때면 대중에 알려진 이미지랑은 전혀 다른 얼굴로 싱글벙글 웃으셔서 보는 저까지 즐거워요."

벌써 약속한 30분이 지났다. 아키도 시간이 신경 쓰이는지 손목시계로 눈길을 던졌다. 미쿠모가 그녀에게 물었다.

"아키 씨, '대중에 알려진 이미지'라고 하셨는데, 무슨 말씀인가요? 아버지께서 유명한 분이신가요?"

"이건 꼭 비밀로 해주세요." 아키가 그렇게 운을 떼더니 목소리를 죽이며 말했다. "못 믿으실지도 모르겠지만, 저희 아버지는 국회의원 키시마 시게마사예요."

카즈마는 저도 모르게 그 자리에 얼어붙었다. 키시마 시게마사. 현 법무부 장관이었다.

★

"선배님, 일이 커졌네요."

미쿠모가 말하자, 운전석에 앉은 사쿠라바 카즈마가 자동차 핸들을 쥐며 대답했다. 신주쿠를 떠나 이제 요요기 경찰서로 향하는 길이었다.

"글쎄…. 현시점에서 확실한 건 나카하라 아키의 아버지가 키시마 장관이었다는 것뿐이야. 앞서 나가는 건 좋지 않아."

"무려 법무부 장관이라고요. 거래를 하기에는 최적의 상대잖아요."

키시마 시게마사. 여당의 거물 정치인이었다. 나이는 65세. 20대에는 일반 회사에서 근무하다가 30대가 되어 정치인 비서로 일했고, 40세에 중의원 의원이 된 이후 한 번도 낙선한 적이 없는 사람이었다. 여러 번 장관을 역임했고 지난 내각 개조 때는 당내의 핵심 직책을 맡게 될 것이라는 소문이 돌았지만, 지난번과 마찬가지로 법무부 장관에 유임되었다. 거침없는 태도와 굽힐 줄 모르는 성정으로 유명한 정치인이었다. 마음에 들지 않는 기자가 있으면 실명을 거론하며 싸움을 걸기도 해서 종종 TV에도 나왔다.

"그런 사람의 손자가 유괴됐단 말입니다. 키시마 장관은 정통 후계자가 없으니 훗날 손자인 켄세이를 후계자로 삼을 생각일지도 몰라요. 그런 손자를 위해서라면 범인이 얼마를 요구하든 돈을 그대로 줬겠죠."

"미쿠모, 앞서 나가면 안 된다니까. 현시점에서 확실한 건 나카하라 아키의 아버지가 키시마 시게마사라는 것뿐이야."

"아뇨, 선배님. 한 가지 더 있어요. 죽은 시마자키 토오루는 법무부 관료였어요. 키시마 시게마사는 법무부 장관이고요."

"관련이 있다고 생각해?"

"우연을 의심하는 건 수사의 기본입니다."

"그건 그렇지만."

법무부의 엘리트 관료가 살해당했고, 버스 납치 사건의 인질 중에는 법무부 장관의 손자가 있었다. 단순한 우연일 수도 있지만, 대충 넘길 수 있는 문제는 아니었다.

"선배님, 나가타쵸로 가시죠."

"키시마 장관을 만나러 가자고? 아무리 그래도 그건 무리야."

미쿠모는 상대가 장관이라고 몸을 사려서는 절대 사건을 해결할 수 없다고 생각했다.

"제 주변에는 공무원인 친구도 있고, 신문사에 들어간 친구도 있어요. 제 연줄로 조사해보겠습니다."

미쿠모의 대학 동기 중에는 법무부 소속은 아니어도 관료가 된 사람이 많았다. 대형 신문사에 들어가 기자가 된 친구도 있었다. 하지만 그들은 모두 햇병아리 같은 1년 차 신입이었다. 대단한 정보를 알고 있을 것 같지는 않았다. 역시 사루히코에게 부탁할 수밖에 없었다.

미쿠모가 뒷좌석에 둔 핸드백으로 손을 뻗으려 할 때, 운전 중이던 카즈마가 재킷 주머니에서 스마트폰을 꺼냈다. 화면을 보더니 스마트폰을 미쿠모에게 건넸다. 화면에는 '마츠나가 반장님'이라는 이름이 떠 있었다. 운전 중이니 전화를 대신 받으라는 의미였다. 미쿠모는 전화를 받았다.

"네. 호죠 미쿠모입니다."

"마츠나가다. 카즈마는?"

"운전 중입니다. 괜찮으시면 저한테 말씀하십시오."

"지금 어디 있나?"

다른 사건을 수사했다고 말할 수는 없었다. 미쿠모는 무난하게 대답했다.

"이동 중입니다."

"그래? 세타가야에서 사건이 발생했다. 고령의 남성이 자택에서 시신으로 발견됐어. 우리가 수사 중인 법무부 관료 살인사건과 연결고리가 있을지도 몰라. 지금 당장 현장으로 이동해라."

"알겠습니다. 어떤 연결고리가 있는 겁니까?"

다른 법무부 관료가 살해당한 것일까. 미쿠모는 그렇게 생각했지만, 마츠나가는 상상치 못한 답변을 했다.

"알파벳이다. 알파벳 L이 현장에 남아 있었어."

현장은 세타가야구 시모우마에 위치한 한적한 주택가였다. 세타가야 경찰서의 수사관과 과학수사대 요원이 벌써 현장에서 수사를 하고 있었다. 경찰청에서 나온 사람은 미쿠모와 카즈마뿐이었다. 이 사건이 타살로 판단되면 그때 공식적으로 경찰청에 협력 요청이 들어올 예정이었다.

담당 형사가 두 사람을 2층 침실로 안내했다. 미쿠모가 안을 들여다보니, 침대 위에 똑바로 누운 남자가 보였다. 그는 눈을 부릅뜬 채 죽어 있었다. 가슴에서 대량의 피를 흘린 상태였다. 옆에서 담당 형사가 설명했다.

"사망한 피해자는 이 집의 주인인 야나기사와 토모노리, 69세입니다. 오늘 오전에 이 집을 방문한 피해자의 친구가 시신을 발견했습니다. 피해자는 아내와 사별한 뒤 혼자 살고 있었다고 합니다."

방 한쪽에서는 과학수사대 요원 두 명이 사진을 찍고 있었다. 미쿠모는 재빨리 실내를 관찰했다. 침대 옆 테이블에 골프 잡지 여러 권이 놓여 있었다. 그러고 보니 현관 앞에도 골프가방이 있었다. 벽에 걸린 달력을 보니 오늘 날짜에 붉은 동그라미가 표시되어 있었다. 붉은 동그라미는 평균적으로 일주일에 두세 개 정도였다.

붉은 동그라미는 골프 치는 날을 표시한 것이고, 오늘은 그 중 하루였던 모양이다. 시신을 발견한 사람은 아마도 같이 골프를 치기로 한 친구일 것이다. 세타가야 경찰서의 형사가 이어서 설명했다.

"시신 최초발견자는 피해자의 골프 친구였습니다. 오늘 오후에 요코하마 코스를 돌기로 했다고 합니다. 친구를 데리러 왔는데, 초인종을 눌러도 반응이 없고 문은 열려 있어서 수상하게 생각했다고 합니다."

원래 피해자 야나기사와 토모노리는 심장에 지병이 있었다. 그 사실을 알고 있던 최초발견자는 친구가 발작을 일으켰을까 걱정되어 집 안으로 들어갔다. 그리고 침실에서 시신으로 변해버린 친구를 발견했다고 했다.

"피해자는 전직 검사입니다. 60세에 검찰청에서 나와 공익 재단법인의 이사로 근무하다가, 그곳도 3년쯤 전에 그만뒀다고 합니다."

검찰청. 법무부와는 다르지만, 같은 법조계이니 연관성이 있는 기관이었다. 미쿠모와 카즈마는 감식 작업에 방해가 되지 않도록 침실에서 나왔다. 그대로 1층으로 내려가 추가 설명을 들었다.

"과학수사대의 추정에 따르면 피해자가 살해당한 시점은 어제 심야입니다. 범인은 저쪽 창문을 깨고 들어온 것 같습니다."

세타가야 경찰서의 형사가 가리킨 곳은 거실 창문이었다. 범인은 유리창을 깨고 침입한 다음 예리한 칼로 피해자를 찔러 단번에 살해했다. 범행 수법도 시마자키 토오루 사건과 비슷했다.

"그런데…." 카즈마가 질문했다. "현장에 알파벳이 남아 있었다고 들었습니다. 어떻게 된 겁니까?"

시마자키 토오루가 살해당한 방에서는 노트북 문서작성프로그램 안에 'L' 한 글자가 적혀 있었다. 조금 전 본 침실에는 컴퓨터가 없었다. 세타가야 경찰서의 형사가 설명했다.

"이겁니다."

그가 보여준 것은 증거품용 비닐에 들어 있는 스마트폰이었다.

"시신을 발견했을 당시, 문자메시지를 작성하는 화면이 표시되어 있었고, 거기에 'L'이 입력된 상태였습니다. 사실 이틀 전에 요요기 경찰서에서 근무하는 동기와 밥을 먹다가 요요기우에하라 사건 얘기를 들었거든요. 그래서 혹시나 연관이 있을까 싶어 연락드렸습니다."

수사는 이제 막 시작된 참이니 사건의 자초지종은 차차 밝혀질 터였다. 이 사건 역시 타살이 확실하니 세타가야 경찰서에 수사본부가 설치될 것이다. 세타가야 경찰서의 형사에게 감사 인사를 한 다음, 미쿠모와 카즈마는 현장에서 나왔다.

"선배님, 어떻게 할까요?"

"글쎄." 카즈마가 대답했다. "현시점에서는 확실한 정황은 알 수 없어. 우리가 보고 들은 걸 반장님께 보고하고 지시에 따를 수밖에. 동일범의 소행이라고 결론이 나온 게 아니니까."

하지만 피해자가 죽기 직전에 문자메시지 작성 화면을 켜고 실수로 'L'이라는 글자를 입력했을 가능성은 희박했다. 범인이 의도적으로 그 글자를 현장에 남겼을 확률이 컸다.

법무부 관료와 은퇴한 전직 검사. 두 사람의 연결고리를 찾아야 사건을 해결할 수 있었다. 나아가 키시마 법무부 장관 문제도 남았고, 현장에 있던 L의 의미도 베일에 싸여 있었다.

"사건 규모가 점점 커지는군."

카즈마가 혼잣말처럼 말했다. 미쿠모도 그 말에 십분 동의할 수밖에 없었다.

★

안의 취침시간은 오후 9시였다. 하나코는 안과 함께 침대에 누워 그림책을 읽거나 오늘 하루 있었던 일을 이야기했다. 그러다 보면 안의 눈꺼풀이 서서히 무거워졌다. 안은 이르면 5분, 늦으면 15분쯤 뒤에 잠에 빠져들었다.

안이 잠든 것을 확인한 하나코는 조용히 침대에서 빠져나왔다. 거실로 가서 TV를 켜고 음량을 줄였다. 앞으로 2시간 정도는 하나코가 오롯이 혼자 보낼 수 있는 유일한 시간이었다. 카즈마가 집에 있을 때는 둘이서 밤술을 마시기도 했지만, 그는 요즘 귀가가 늦었다. 하나코가 먼저 잠드는 날이 꽤 있을 정도였다.

뉴스를 틀었다. 버스 납치 사건을 열심히 보도하던 언론의 열기는 드디어 수그러들었다. 오늘은 세타가야에서 전직 검사가 살해당한 사건이 떠들썩하게 보도되었다. 현장에 나간 남자 기자가 마이크를 들고 사건을 설명했다.

현관 쪽에서 소리가 들렸다. 문을 여는 소리였다. 곧 카즈마가 거실로 들어왔다. 밤 9시가 넘어 초인종을 누르면 안이 깰 수 있으니, 귀가가 늦을 때는 카즈마가 직접 열쇠로 문을 따고 들어왔다.

"어서 와."

"응. 다녀왔어."

카즈마는 원래 집에 도착하면 가장 먼저 목욕을 했다. 하나코는 그때 반찬과 국을 데웠다. 하지만 오늘 카즈마는 바로 씻으러 가는 대신 거실 소파에 앉았다.

"안 씻어?"

"하나코, 잠깐 할 얘기가 있어."

하나코는 카즈마의 말투만 듣고도 그가 진지한 이야기를 꺼내리라는 것을 눈치챘다. 무슨 이야기일까. 하나코는 조금 긴장하며 카즈마 앞에 앉았다.

"무슨 얘기?"

"다음 주 안의 생일날 말인데…."

그 얘기구나. 마침 타이밍이 좋았다. 그렇지 않아도 하나코 역시 그 얘기를 꺼내려고 했다.

"안 그래도 나도 그 얘기를 꺼내려고 했어. 어제 갑자기 엄마가 직장에 찾아왔거든. 점심시간에 잠깐 대화했는데, 올해는 스키야키 파티를 하자더라고. 아빠도 힘 좀 써서 좋은 고기를-."

"나도 어제 본가에 다녀왔어." 하나코의 말을 끊으며 카즈마가 말했다. "부모님이 안의 생일파티 얘기를 하시더라고. 올해는, 아니, '올해부터'라고 해야겠구나. 가능하면 사쿠라바 가문 사람들끼리만 모이면 좋겠다고 하셨어."

하나코는 순간 숨을 삼켰다. 언젠가는 이런 말이 나올 줄 생각했다. 하지만 막상 그 말을 직접 들으니 뭐라고 대답해야 좋을지 알 수 없었다.

"두 분 다 진지하게 고민한 끝에 내린 결론이라고 하셨어. 그래서 올해 생일파티는 스시마사를 예약해두셨대. 미쿠모 가문 사람들은 부르지 않으실 거야."

"카즈마는? 카즈마 생각은 어떤데? 생일파티에 우리 가족을 부르지 않는 게 좋다고 생각해?"

카즈마는 대답하지 않았다. 잠시 후 자리에서 일어나 부엌 냉장고에서 캔맥주를 꺼냈다. 그러고는 다시 소파에 앉아 맥주를 한 모금 마신 카즈마가 말했다.

"나는 솔직히 미쿠모 가문 사람들이 와도 된다고 생각했어. 미쿠모 가문이 어떤 집안인지 알면서 하나코와 부부가 된 거니까. 하지만 어제 부모님이 그러시더라. 안의 미래를 생각하라고. 안은 이제 곧 네 살이야. 앞으로도 하루가 다르게 클 거고, 금방 주변 상황을 전부 이해하는 나이가 될 거야. 그때도 안이 미쿠모 가족들과 어울리면 어떻게 될까? 어떤 영향을 받을까? 그걸 생각하면 걱정돼. 왜냐하면 미쿠모 가문 사람들은…."

카즈마가 말을 잇기 어렵다는 듯 망설이자, 하나코가 대신 말을 끝맺어주었다.

"정상이 아니니까."

"그, 그래. 일반적인 가치관에서 크게 벗어난 사람들이잖아. 좋은 의미로든 나쁜 의미로든."

대부분 나쁜 의미일 것이다. 하나코 역시 부모님의 비합리적인 언행 때문에 오랫동안 고민해온 장본인이기에 카즈마가 무슨 말을 하는지 잘 알았다.

"한마디로 사쿠라바 가문은 미쿠모 가문과 연을 끊겠다고? 그런 말이야?"

하나코가 묻자, 카즈마는 당황한 어조로 대답했다.

"그렇게까지 말하지는 않았어."

"하지만 결국은 그런 거 아니야? 최근에 우리 부모님이 시부모님과 어딜 갔다는 이야기를 들어본 적이 없어. 전에는 같이 골프도 치고 연극도 보러 갔는데 말이야."

"하나코, 화내지 말고 들어. 하나코랑 같이 살기로 했을 때, 나는 솔직히 어떻게든 되겠지 싶었어. 지금 생각하면 너무 물렀던 거야, 우리가. 누가 뭐래도 우리는 경찰 일가고, 미쿠모 가문은 도둑 일가야. 그런 두 가족이 잘 지낼 수 있을 거라는 생각 자체가 억지였어. 사쿠라바 가문 사람들은 미쿠모 가문 사람들을 만날 때마다 일종의 죄책감을 느껴. 원래는 체포했어야 할 범죄자가 눈앞에 있는 거니까."

카즈마의 말이 맞았다. 하나코는 반박할 수 있는 말이 없어서 괴로웠다. 다른 사람은 몰라도, 아빠와 엄마는 옆에 있는 사람을 배려하는 법을 모르는 사람들이었다. 도둑질에는 열심이지만, 다른 방면으로는 머리를 쓰지 않는 사람들이었다.

하지만 사쿠라바 가문 사람들은 그렇지 않았다. 상대를 배려하고 생각할 줄 아는 사람들이었다. 그런 사람들이 아빠, 엄마와 어울리느라 마음고생이 이만저만이 아니었을 것이다.

"하나코가 개인적으로 장인어른과 장모님을 만나는 건 괜찮아. 가족과 완전히 연을 끊으라는 말은 아니야. 하지만 하나코, 안은 조금 더 크면 틀림없이 물어볼 거야. 외할머니랑 외할아버지는 뭐 하는 사람이냐고. 이제 그때 내놓을 답변을 준비해야 할 시기야."

최근에 안은 온갖 것들에 관심을 보이기 시작했다. 무슨 일이 있을 때마다 질문을 던졌다. 오늘 밤에도 그랬다. 아빠는 왜 오지 않냐고 묻기에 일 때문이라고 대답하니, 그러면 일이 뭐냐고 물었고, 그 이후에도 계속 질문을 이어나갔다.

"바로 대답할 필요는 없어. 천천히 생각해보자, 하나코."

카즈마가 그렇게 말하며 캔맥주를 마셨다. 하나코는 사실 천천히 생각할 여유가 없다는 것을 알았다. 이건 바로 코앞으로 닥쳐온 문제였다.

안의 미래를 생각하면 미쿠모 가문과 선을 그어야 했다. 타케루와 에츠코는 본인의 직업을 너무나 자랑스럽게 여기기 때문에 아마 몰래, 아니, 당당하게 손녀에게 가업을 잇게 하려 들지도 모른다. 절대 그런 일이 있어서는 안 된다. 그 두 사람이 안에게 접근하지 못하게 해야 한다는 생각도 들었지만, 하나코는 혼자서 그 두 사람을 설득할 자신이 없었다.

"씻고 올게."

카즈마가 그렇게 말하며 일어났을 때 핸드폰이 울렸다. 스마트폰을 꺼내 화면을 확인한 카즈마가 하나코에게 말했다.

"내일 아침 일찍 나가게 됐어. 5시에 일어나야 돼. 아침밥은 안 차려도 괜찮아."

"5시면 나도 일어날게."

"항상 미안해."

"어서 씻고 와. 저녁 차려놓을 테니까."

카즈마가 욕실로 들어가자, 하나코도 일어나서 부엌으로 갔다. 된장국을 불에 올리면서 생각했다.

'시간이 해결해줄 문제가 아니야. 깊이 생각해서 결론을 내려야 할 문제야. 게다가 이제 시간이 얼마 없어.'

★

아침 6시 30분, 카즈마는 잠복용 차량 운전석에 앉아 있었다. 조수석에 있는 호죠 미쿠모가 입을 열었다.

"선배님, 잠복 좋아하십니까?"

"좋지도 싫지도 않아. 일이니까 하는 거지."

이곳은 메구로구 아오바다이 주택가 안이었다. 값비싸 보이는 주택이 줄줄이 늘어선 지역이었다. 산울타리와 그 너머에 있는 2층짜리 전통 가옥이 카즈마의 눈에 들어왔다. 법무부 장관인 키시마 시게마사의 집이었다.

이곳 주소를 알아낸 사람은 미쿠모였다. 대학 시절의 연줄로 알아냈다는데, 놀라울 정도로 일 처리가 빨라서 감탄이 절로 나왔다. 게다가 미쿠모는 주소와 더불어 키시마 장관의 일과까지 알아냈다. 키시마 장관은 아침 6시쯤에 꼭 반려견을 산책시킨다고 했다.

"배고프네요."

"그렇네. 어? 원래 기숙사에서 아침이 나오지 않아?"

"이 시간에는 기숙사 식당도 문을 안 열더라고요."

"이것만 끝나면 근처에서 아침 먹자. 내가 살게."

"괜찮습니다. 제 밥값은 제가 내면 됩니다."

후배 형사의 대답에 카즈마는 실소가 터졌다. 미쿠모의 태도가 너무 빳빳해서 오히려 우스웠다.

"너 말이야, 이럴 때는 그냥 '감사합니다'나 '잘 먹겠습니다'라고 하면 돼."

"아, 죄송합니다. 감사합니다."

미쿠모는 칸사이에서 유명한 탐정사무소의 외동딸로 태어나 어릴 때부터 추리 소설에 파묻혀 자랐고, 고등학생 때부터 탐정사무소 일을 도왔다고 했다. 그래서인지 어딘가 일반적인 사람들의 상식에서 벗어난 데가 있었다. 게다가 이 미모. 여러모로 개성이 뚜렷한 신입이라 수사1과에서는 이미 화제의 인물이었다.

"그나저나 저는 처음 알았어요. 법무부 장관에게는 경호원이 붙지 않는군요."

"맞아. 지금은 어떤지 확실하지 않지만, 아마 총리와 여당 간사장, 중의원 의장과 참의원 의장에게만 경호원이 붙을 거야."

그리고 국빈에게도 경호원이 붙는다. 더불어 경찰청이 경호가 필요하다고 판단한 경우, 예를 들면 협박 편지를 받았다거나 어떤 위험에 노출된 경우에는 국회의원에게도 경호원이 붙는다.

"어? 문이 열립니다."

정확히는 셔터였다. 안에서 누군가가 열림 버튼이라도 눌렀는지 셔터가 천천히 열렸다. 반쯤 열린 셔터 사이로 개를 끌고 나오는 남자의 모습이 보였다. 베이지색 바지에 검은 셔츠를 입은 남자였다. 그 완고해 보이는 얼굴은 낯이 익었다. 저 남자가 키시마 장관이었다.

"가자."

카즈마가 말하며 잠복용 차량에서 내렸다. 미쿠모도 뒤따라 내렸다. 키시마 장관은 두 사람과 반대되는 방향으로 걸어갔다. 카즈마와 미쿠모는 서둘러 뒤를 쫓아가 그의 옆에 나란히 섰다. 카즈마가 경찰 신분증을 꺼내 보이며 말했다.

"키시마 장관님, 이른 아침부터 죄송합니다. 경찰청 수사1과에서 나온 사쿠라바 카즈마라고 합니다. 이쪽은 호죠 미쿠모입니다."

키시마는 카즈마의 얼굴을 슥 쳐다보았지만, 아무 말 없이 계속 걸었다. 그의 발치에서 성견으로 보이는 시바견이 따라 걸어갔다.

"키시마 장관님, 잠시 드릴 말씀이 있습니다. 산책하면서 들으셔도 되니 질문 몇 가지에만 답변해 주십시오."

키시마는 시선을 앞에 고정한 채 말했다.

"보면 모르나? 나는 개를 산책시키는 중이야. 나한테 용건이 있으면 비서를 통해 연락하게. 경찰한테도 특별 대우는 없어."

장관은 카즈마를 상대해줄 생각이 없어 보였지만, 여기서 물러날 수는 없었다. 어떻게 해야 할지 고민하는데, 갑자기 미쿠모가 앞으로 나가더니 시바견 앞을 막아섰다. 그리고 시바견을 안아 들었다.

"이봐, 뭐 하는 짓이야?"

"개가 참 귀엽네요. 이름이 뭔가요?"

"이봐, 내려놔. 빨리 우리 타로를 내려놓으라고!"

"아, 이름이 타로군요."

개를 다루는 데 익숙한지, 미쿠모는 갓난아기를 어르듯 타로를 품에 안았다. 타로도 기분이 좋은지 미쿠모의 뺨을 핥았다. 그 모습을 본 키시마는 얼굴이 벌게져서 호통을 쳤다.

"내려놓으라는 말 못 들었나? 내 말을 거스르면 재미없을 줄 알게!"

"타로를 굉장히 예뻐하시나 보네요. 손자분인 켄세이 군과 비교하면 누가 더 사랑스러운가요?"

키시마가 입을 다물었다. 미쿠모가 그 모습을 보고 타로라는 시바견을 땅에 내려놓았다. 타로는 미쿠모가 마음에 들었는지 그녀의 신발 냄새를 맡았다. 미쿠모가 입을 열었다.

"얼마 전 스미다구에 있는 모 어린이집 버스에 폭탄이 설치되었습니다. 뉴스에서도 대대적으로 보도되었으니 장관님도 아시리라 생각합니다. 버스에 갇힌 아이들 중에 나카하라 켄세이라는 남자아이가 있었습니다. 그 아이의 엄마는 나카하라 아키. 장관님의 친따님이죠."

카즈마는 키시마의 표정을 살폈다. 키시마는 미쿠모의 얼굴을 가만히 노려볼 뿐이라 무슨 생각을 하는지 알 수 없었다.

"범인 측은 몸값으로 현금 1억 8천만 엔을 요구했지만 회수하지 못했고, 결국 남자 네 명이 체포되었습니다. 하지만 사건의 주모자는 아직 잡히지 않았습니다. 저는 이 사건에 배후가 있을지도 모른다고 생각했습니다. 예를 들자면, 범인은 다른 요구를 했을 겁니다. 현역 법무부 장관에게요. 그분은 손자를 위해서라면 어떠한 희생도 마다하지 않았을 테죠. 어떻습니까? 키시마 장관님, 범인 측 거래에 응하셨나요? 범인에게 몸값을 주셨습니까?"

키시마는 목줄을 고쳐 쥐더니 집 쪽으로 걸음을 돌렸다. 그의 등에 대고 미쿠모가 말했다.

"장관님, 말씀해 주십시오. 거래에 응하셨습니까? 범인에게 대체 얼마를 주신 거죠?"

"시끄러워. 돈 같은 거 준 적 없어!"

키시마는 그렇게 말하자마자 곧바로 자신의 실수를 깨달은 표정을 지었다. 카즈마는 자기도 모르게 미쿠모를 쳐다보았다. 미쿠모도 카즈마를 보고 있었다. 미쿠모가 고개를 끄덕이고는 다시 한번 키시마에게 말했다.

"돈이 아니라면 범인의 요구는 뭐였죠? 말씀해 주세요. 부탁드립니다."

키시마는 입을 꾹 다문 채 열린 셔터 너머로 사라졌다. 그 안쪽에 주차된 독일산 자동차 두 대가 보였다. 잠시 후 셔터가 천천히 내려왔다. 거기까지였다. 부지 안으로 들어가면 주거침입으로 고소를 당할 것이다.

"선배님, 확실합니다."

미쿠모의 말에 카즈마가 대답했다.

"그래. 확실하네. 키시마 장관은 거래에 응했어."

두 사람은 정오가 되기 전 마츠나가 반장을 만났다. 식당 테이블 앞에 카즈마와 미쿠모, 마츠나가가 함께 앉아 있었다. 조금 이른 점심을 먹으며 회의를 했다. 카즈마가 지금까지 밝혀진 정황을 설명하자, 마츠나가가 진지한 표정으로 말했다.

"그게 사실인가? 정말 키시마 장관이 거래에 응했단 말이지?"

"그런 것 같습니다. 장관이 공식적으로 인정한 건 아니지만요. 제 감으로는 그 사람이 거래에 응한 게 확실합니다. 미쿠모도 같은 생각입니다."

"미쿠모, 정말 그렇게 생각하나?"

마츠나가가 묻자, 미쿠모가 대답했다.

"네. 저도 카즈마 선배와 같은 의견입니다."

"대체 뭐가 어떻게 된 건지…." 마츠나가가 한탄스럽게 말했다. "상대는 법무부 장관이다. 장관이 멋대로 거래에 응했다면 이건 보통 일이 아니야. 거래의 내용은 뭔가? 역시 돈인가?"

"알 수 없습니다. 하지만 돈은 아닌 것 같습니다. 본인도 그렇게 말했습니다."

키시마는 돈을 준 적이 없다고 말했다. 바꿔 말하면 다른 대가를 지불했다는 뜻이었다. 미쿠모가 덧붙이듯 말했다.

"범인에게 어떤 '물건'을 줬다고 단정 짓기엔 이릅니다. 키시마 시게마사는 국회의원이자 법무부 장관입니다. 어떤 형태로든 범인의 요구에 응할 수 있는 위치에 있으니 물건이 아니라 실체가 없는 무언가를 희생했을지도 모릅니다."

"실체가 없는 무언가라니, 대체 뭐란 말이야?"

키시마의 언행으로 보아 그는 범인 측 요구를 받아들인 것이 분명했다. 이시오카를 포함한 실행범 네 명이 요구한 몸값은 말하자면 눈속임이었다. 주모자의 진짜 목표물은 키시마 법무부 장관이 가진 무언가였다.

"그건 모르겠습니다. 하지만 키시마 장관이 거래에 응했을 가능성은 큽니다."

"알았다." 마츠나가가 한숨을 쉬며 말했다. "자네들의 견해는 알겠어. 하지만 잘 들어. 버스 납치 사건은 우리 담당이 아니야. 만일 키시마 법무부 장관이 범인과 거래를 했다고 해도, 그건 특수범죄대책과가 수사할 일이야. 우리가 할 수 있는 건 정보제공뿐이다. 그래도 괜찮나?"

그렇다고 대답할 수밖에 없었다. 어쩔 수 없는 일이었다. 직접 알아낸 정보를 특수범죄대책과에 넘기기는 아쉬웠지만, 버스 납치 사건은 그들의 사건이었다.

마츠나가는 스마트폰으로 어딘가에 전화를 걸었다.

"선배님, 어떻게 생각하세요? 키시마 장관이 자백할까요?" 미쿠모가 작은 목소리로 카즈마에게 물었다.

"오늘 아침에 본 태도를 생각하면 자백하지 않을 것 같아."

모종의 거래를 했음을 인정하면, 그의 정치 생명은 끝날 것이다. 장관직 사임만으로는 덮을 수 없는 큰 문제로 번질 우려도 있었다. 그러니 그는 범인과 거래를 했음을 절대 인정하지 않을 것이다.

"특수범죄대책과 담당자와 약속을 잡았다."

마츠나가가 스마트폰을 테이블 위에 올려놓고 옆에 있는 커피잔을 들었다. 그때 미쿠모가 "잠깐 드릴 말씀이 있습니다."라고 말을 꺼냈다.

"또 뭐가 남았나?"

"시마자키 토오루 살인사건 말입니다. 피해자는 법무부 관료였습니다. 키시마 시게마사는 법무부 장관이고요. 두 사건은 연관이 있을 가능성이 큽니다. 게다가 그저께 발생한 전직 검사 살인사건 현장에도 알파벳 L이 남아 있었습니다."

"전부 연결돼 있다고 말하고 싶은 건가?"

"네. 법무부 관료, 전직 검사, 키시마 법무부 장관. 이 세 가지 사건은 모두 연결되어 있을지도 모릅니다. 이 점을 염두에 두고 넓은 관점에서 수사해야 합니다. 서로 다른 담당자들이

제각기 수사하면 사건의 핵심이 보이지 않을 겁니다."

맞는 말이었다. 현재는 세 사건을 서로 다른 담당자가 수사하고 있다. 다만 그저께 발생한 전직 검사 살인사건은 시마자키 토오루 살인사건과 연관이 있다는 것이 확인되면 합동수사가 진행될 수도 있었다.

"하는 수 없군." 마츠나가가 체념하듯 말했다. "카즈마, 미쿠모. 자네들은 세 사건의 연결고리를 찾아내. 시마자키 토오루 살인사건은 우리에게 맡겨두고, 자네들은 무조건 세 사건의 연관성을 찾아내게."

마츠나가가 전표를 손에 들고 일어나 계산을 했다. 이제 그는 경찰청으로 돌아가 특수범죄대책과 담당자와 이야기를 나눌 것이다. 마츠나가가 가게에서 나가는 모습을 끝까지 지켜본 카즈마가 미쿠모에게 말했다.

"결국 이렇게 됐네. 이제 어떻게 할까, 미쿠모? 어디서부터 손을 대볼까?"

카즈마가 말하며 미쿠모 쪽으로 눈을 돌리자, 미쿠모는 "죄송합니다."라고 양해를 구하며 스마트폰으로 걸려온 전화를 받았다. 카즈마는 이미 식어버린 커피를 끝까지 마셨다.

역시 가장 주목해야 할 부분은 키시마 장관이 어떤 거래를 했는지였다. 돈이 아니라면, 그는 손자를 위해 어떤 조건을 받아들였을까.

"선배님."

미쿠모의 목소리에 카즈마가 고개를 들었다. 한 손에 스마트폰을 든 그녀가 말했다.

"알 것 같아요."

"알겠다니 뭘?"

"키시마 법무부 장관의 거래 내용이요. 어서 가시죠."

미쿠모가 일어나 서둘러 걸음을 옮겼다. 카즈마도 급하게 미쿠모의 뒤를 쫓아 가게에서 나갔다.

★

잠복용 차량에 올라탄 미쿠모는 곧바로 스마트폰으로 전화를 걸었다. 상대는 TMM법률사무소의 마키타 신지였다. 그저께 무기징역수 다섯 명이 가석방으로 풀려났다는 정보가 들어왔기 때문이었다.

"갑작스럽게 석방이 돼서 저도 놀랐어요. 보통은 어디서든 정보가 미리 새기 마련인데 말이죠."

미쿠모가 핸드폰을 스피커폰으로 설정해놓은 덕분에 운전석에 있는 카즈마도 통화 내용을 들을 수 있었다.

"가석방된 이들의 이름은 공개되지 않았습니다. 아무래도 개인정보 보호 때문이겠지요. 그런데 나이와 성별, 복역한 햇수, 죄목은 나중에 공개될지도 모릅니다. 저도 제가 아는 몇몇 무기징역수의 가족과 연락을 해봤지만, 안타깝게도 가석방됐다는 말은 듣지 못했습니다."

"그렇군요. 감사합니다." 미쿠모는 답을 예상하면서도 확인차 물었다. "가석방 결정이 떨어지려면 법무부 장관의 승인이 필요할 것 같은데, 맞나요?"

"아무래도 그렇겠죠. 중요한 결정이니까요. 법무부 장관의 결재는 꼭 필요할 겁니다."

"새로운 정보가 들어오면 연락 주세요."

미쿠모는 그렇게 말하고 전화를 끊었다. 카즈마가 팔짱을 끼며 물었다.

"그 수감자 다섯 명을 가석방시키는 게 버스 납치를 주모한 사람의 진짜 목적이었다고 생각하는 거지?"

"어디까지나 한 가지 가능성일 뿐이지만요. 다만 이 타이밍에 가석방이 발표된 건 확실히 의심스러워요."

문제는 가석방으로 풀려난 수감자들의 상세정보였다. 이번 가석방이 버스 납치 주모자의 목적이었다면, 특정한 수감자를 가석방시키기 위해서였을 것이다. 그 수감자는 대체 누구일까. 그걸 알아내면 수사에 큰 진전이 있을 것이다.

"그리고 시마자키 토오루 살인사건도 이번 가석방을 위한 포석이었다고 생각해요."

"포석? 그러니까 그 말은…."

"시마자키 씨는 유능한 관료였어요. 모든 사람이 그렇게 증언했죠. 실제로도 유능했을 거예요. 그 유명한 법무부 장관마저 시마자키 씨의 말을 들을 정도라고 했으니까요. 얼마 전 시마자키 씨의 동료가 한 말을 떠올리면, 시마자키 씨는 범죄자 처벌을 강화하려는 경향이 있었어요. 그저 추측일 뿐이지만, 누님 사건이 영향을 미쳤겠죠."

시마자키의 누나가 성폭행당한 사건을 그의 고향인 야마구치현 경찰청에 문의하니, 그쪽에서는 전화로 요점만 간단히 설명해주었다. 사건이 발생한 건 30년 전이고, 시마자키 토오루보다 두 살 많은 누나가 집에 돌아오는 도중에 성폭행을 당했다고 했다. 목격자의 증언에 따라 같은 동네에 사는 무직 남성이 체포되었고, 그는 재판 끝에 징역 4년이라는 실형을 선고받았다.

누나를 덮친 범인이 겨우 4년 복역한 다음 교도소에서 나왔다. 아직 10대이던 시마자키에게는 평생 잊을 수 없을 만큼 분한 판결이었다. 범죄자를 강하게 처벌해야 한다고 생각하게 될 만한 계기였다.

"하지만 시마자키 씨는 유능한 관료였어요. 개인적인 감정을 억누르며 일했을 겁니다. 다만, 올해 들어 한 번도 가석방 결정이 나지 않았던 건 사실입니다."

미쿠모의 이야기에 카즈마는 크게 고개를 끄덕였다.

"맞아. 가석방을 갈망하는 사람에게 시마자키 씨는 방해물이었어."

"맞아요. 아마 시마자키 씨의 직위 정도면 가석방을 결정하는 데에도 관여했을 겁니다. 키시마 장관을 협박하는 데 성공해도 실무책임자인 시마자키 씨가 반대하면 가석방은 무산됐을 거예요. 그런데 시마자키 씨는 가족이 납치돼도 굴하지 않을 정도로 강한 신념을 갖고 일했습니다. 그래서 방법은 하나뿐이었겠죠."

"그래서 미리 살해했다는 말이구나."

"추측일 뿐이지만요."

"아니, 좋은 추리라고 생각해. 법무부에 문의해보자. 우선은 반장님께 연락드릴게."

카즈마가 스마트폰을 꺼냈다. 마츠나가 반장에게 자초지종을 보고하자, 법무부를 방문하라는 지시가 떨어졌다. 시마자키 토오루 살인사건 때문에 이미 여러 번 법무부를 왕래한 마츠나가는 창구 역할을 해줄 법무부 직원의 이름도 알려주었다.

그로부터 2시간 뒤, 카즈마와 미쿠모는 카스미가세키에 있는 법무부의 한 사무실로 들어갔다. 오늘은 토요일이었지만, 긴급한 용무가 있다고 하니 남자 직원 두 명이 마중을 나와주었다. 카즈마는 그들에게 그저께 가석방된 무기징역수의 정보를 알려달라고 했지만, 법무부 직원들은 좀처럼 입을 열지 않았다.

"그러니까 계속 말하지 않았습니까? 사건 수사의 일환이니까 가르쳐 주십시오."

"그러니까 시마자키 씨의 죽음과 그저께 있었던 가석방이 어떻게 연관되어 있냐고요."

"그건 수사 기밀입니다."

"그쪽은 기밀이라고 입을 꾹 다물면서 이쪽 정보는 전부 달라는 게 이상하지 않습니까?"

카즈마와 직원의 실랑이는 원점을 돌고 돌았다. 그 모습을 지켜보던 미쿠모는 '공무원은 참 힘들겠다'라고 남의 일인 양 생각했다. 공무원은 각자의 위치에서 각자의 직책을 성실히 수행해야만 했다.

그 뒤로도 한참 실랑이가 이어졌지만, 결국 법무부 직원은 정보를 공개하지 않았다.

★

오늘도 일 때문에 늦어.

일을 마친 오후 5시, 카즈마에게서 그런 문자메시지를 받은 하나코는 오랜만에 할아버지 댁에 들르기로 했다. 할아버지 이와오와 할머니 마츠는 츠키시마에 있는 주택에 살고 있었다. 하나코도 어릴 때 함께 산 적이 있는 추억의 집이었다.

"어서 오렴."

할머니 마츠가 반갑게 맞아주었다. 집에 온다는 하나코의 연락을 받고 목이 빠지게 기다린 모양이었다.

"안, 벌써 이렇게 컸구나."

마츠는 안을 안아 올렸다. 안도 기분이 좋아 보였다.

"할머니, 불쑥 찾아와서 죄송해요."

"괜찮아, 하나코. 잘 왔어."

거실에 들어서자, 할아버지 이와오가 마중을 나와 있었다.
"잘 왔다, 하나코."
"할아버지, 건강하셨어요?"
"똑같지, 뭐."
이와오와 마츠는 올해로 81세였다. 두 사람 다 건강해서 다행이었다. 하나코는 어릴 때부터 유독 할아버지를 좋아하며 따랐고, 이와오도 그녀를 몹시 예뻐했다. 하나코에게 소매치기 기술을 전수한 사람도 할아버지 이와오였다. 하나코는 한때 그 일을 조금 원망했지만, 지금은 전혀 개의치 않았다.
"밥해놨어. 먹자."
부엌 식탁에 음식이 가득 놓여 있었다. 방어구이에 채소조림, 밥, 된장국을 곁들인 가정식이었다.
"차린 게 없어서 미안하구나."
마츠는 그렇게 말했지만, 하나코가 먹고 싶었던 음식은 할머니의 손맛이 밴 바로 이런 집밥이었다.
"엄청 맛있어 보여요."
"안의 입에 맞을지 모르겠네."
마츠의 걱정과 달리 안은 벌써 채소조림을 맛있게 먹고 있었다. 안은 평소에도 음식 투정을 하지 않아서 참 고마웠다.
"있잖아. 다음 주에 말이야, 안 생일이야."
안이 입가에 밥풀을 붙인 채 말했다. 하나코는 아직 생일 선물을 준비하지 않았다. 이제 슬슬 카즈마와 선물 이야기를 해봐야겠다는 생각이 들었다.

"그렇구나. 안, 몇 살 되는 거야?"

마츠가 묻자, 안은 행복한 표정으로 대답했다. "네 살!"

"그래? 네 살이구나." 이와오가 작은 사기잔으로 찬술을 마시며 미소지었다. "이제 글자 카드놀이도 할 수 있겠구나. 하나코가 쓰던 카드가 어디 있을 텐데."

"할아버지, 글자 카드는 아직 일러요. 안은 글자를 모르는걸요."

하나코는 어릴 때 자주 이와오와 글자 카드놀이를 했다. 사실 이와오가 하나코에게 카드놀이를 가르친 이유는 단순한 놀이를 위해서가 아니라, 도둑질 기초훈련을 위해서였다. 글자를 보고 재빨리 카드를 집는 일련의 행동이 소매치기 기술을 익히는 데 도움이 된다고 했다. 덕분에 하나코는 카드놀이를 무척 잘했고, 고등학교 때는 도에서 열리는 카드 대회에 출전한 적이 있었다.

"하나코, 왠지 기운이 없어 보인다. 일이 바쁘니?"

마츠가 물었다. 역시 할머니였다. 오랜만에 만났어도 미세한 심경의 변화를 알아차리는구나. 아빠와 엄마에게서는 느낄 수 없는 다정함이었다. 원래도 못 따는 자물쇠가 없는 마츠는 마음의 자물쇠까지 열어버리는 모양이었다.

"네. 조금 그래요."

하나코의 속마음을 알았는지 이와오가 술잔을 내려놓고 말했다.

"안, 배부르지?"

"응. 잘 먹었습니다야."

"그래? 잘 먹었습니다야? 그럼 같이 저쪽 가서 놀자. 얼마 전에 왔을 때도 갖고 논 인형이 있을 거야."

이와오가 안을 안아서 거실로 데리고 갔다. 그들이 떠나는 모습을 확인한 하나코는 카즈마와 나눴던 대화 내용을 마츠에게 털어놓았다. 사쿠라바 가문이 미쿠모 가문과 교류하기를 꺼린다는 말이었다. 이야기를 끝까지 들은 마츠가 말했다.

"그래, 그렇게 됐구나. 언젠가 이런 날이 올 거라 생각했단다. 하나코와 카즈마 둘이서만 지냈다면 괜찮았겠지. 하지만 안이 태어난 뒤로 이렇게 되어버렸구나. 안의 미래를 생각하면 두 가문은 대립할 수밖에 없어."

마츠의 말이 맞다. 애초에 안의 생일파티 때문에 불거진 문제였다. 안이 없었다면 이야기가 이렇게 흘러가지는 않았을 것이다.

"그래도 네 마음속에는 이미 답이 나왔지? 안을 생각하면 저절로 길이 보일 테니까."

미쿠모 가문과 사쿠라바 가문. 어느 쪽을 고를 것이냐 묻는다면, 사쿠라바 가문을 선택할 수밖에 없었다. 안을 범죄자로 만들 수는 없으니까.

"하지만 할머니, 그렇게 되면 이제…."

이렇게 마음 편하게 만날 수 없을 것이다. 그렇게 생각하면 마음이 아팠다.

“다들 어딘가에서 건강하게 지낼 거라고 생각하렴. 그럼 괜찮을 거야, 하나코. 그리고 지금과 크게 달라질 건 없어. 타케루와 에츠코는 지금도 자기 마음대로 자유롭게 살잖아. 그게 미쿠모 가문의 가풍이란다.”

하나코는 그것도 맞는 말이라고 생각했다. 부모님은 가끔 말도 없이 나타나서는 바람처럼 사라졌다. 그야말로 자유로운 영혼들이었다.

“고마워요, 할머니. 왠지 마음이 편해졌어요.”

“그렇다면 다행이구나. 아, 하나코. 조림이 조금 남았는데 가져갈래?”

“당연하죠. 남은 거 다 가져갈래요.”

그때 안을 품에 안은 이와오가 돌아왔다. 그가 하나코에게 말했다.

“안이 쉬하고 싶대. 하나코, 부탁한다.”

이와오에게서 안을 받은 하나코는 부엌을 나가 화장실로 향했다. 볼일을 마치고 나서 안의 손을 씻겼다. 그리고 거실로 돌아가는 길에 수많은 책이 쌓여 있는 방을 발견했다. 책뿐만 아니라 양복 같은 옷들도 있었다. 이사라도 가는 건가 싶을 정도로 많은 양이었다.

등 뒤에서 인기척을 느끼고 돌아보자, 이와오가 서 있었다. 이와오가 말했다.

"죽음을 준비하는 거야."

"죽음을 준비해요? 할아버지, 설마 건강이…."

"그건 걱정하지 마라. 나랑 마츠는 건강해. 하지만 우리도 나이가 있잖니. 조금이라도 더 건강할 때 정리해놓는 게 좋겠더구나. 가져갈 게 있으면 가져가도 된다. 곰팡이 핀 낡은 물건들뿐이지만."

이와오는 그렇게 말하며 거실로 돌아갔다. 안은 책이 쌓인 방에 들어가 놀기 시작했다. 하나코도 그 방으로 들어갔다. 책이 어마어마하게 많았다. 그중에 그림책이 몇 권 보였다. 상당히 오래된 그림책인지 군데군데 색이 바랬다. 하나코가 어릴 때 보던 책은 아니니 어쩌면 아버지가 어릴 적에 읽던 것일지도 모르겠다. 그림책을 뒤집어 보니 책 뒤에 '레이'라는 이름이 적혀 있었다. 하나코는 실소가 터졌다.

'할아버지도 참….'

이 그림책도 원래는 다른 사람의 물건이었나 보다. 그나저나 이렇게 오래된 그림책을 왜 여태 간직하고 있었을까. 추억이 깃든 그림책인 것일까.

"가자, 안."

하나코는 그렇게 말하며 안의 손을 잡아끌었다.

★

그 이야기는 의외의 곳에서 들려왔다. 법무부를 방문한 다음 날인 일요일, 탐문 수사를 하러 가던 미쿠모와 카즈마는 경찰청에서 연락을 받고 왔던 길을 되돌아갔다.

사건의 경위는 이랬다. 어제 아야세 경찰서에 한 남자가 찾아왔다. 그는 히가시아야세에 사는 타케다라는 남자로, 전직 변호사였다. 그는 변호사를 그만둔 뒤 오랫동안 보호관찰관으로 일한 사람이었다. 그는 면담하기로 한 가석방자와 연락이 닿지 않아서 경찰서에 찾아왔다고 했다. 그 가석방자는 토치기 교도소에서 석방되자마자 보호관찰관과 면담하기로 되어 있었다. 약속 장소는 타케다의 자택이었는데, 타케다가 아무리 기다려도 가석방자는 오지 않았고, 연락처로 넘겨받은 핸드폰 번호 역시 먹통이었다. 어떻게든 연락을 취하려고 애썼지만 방법을 찾지 못한 타케다는 보호관찰관연맹과 협의한 끝에 가까운 경찰서에 들러 문의를 했다.

문의를 받은 아야세 경찰서의 담당자도 이를 어떻게 처리해야 할지 몰라 어쩔 수 없이 경찰청에 연락했다. 그리고 오늘, 그 이야기가 수사1과 수사관들의 귀에 들어갔다. 미쿠모와 카즈마가 법무부에 가석방자 정보를 요청했다는 사실은 다른 수사1과 사람들도 알고 있었기 때문에 그 이야기가 미쿠모와 카즈마에게 전달되었다.

두 사람은 바로 아야세 경찰서로 향했다. 경찰서 안으로 들어가자, 접수대 옆 소파에 앉아 있던 남자가 자리에서 일어났다. 아무래도 그가 타케다인 듯했다.

"경찰청에서 나온 사쿠라바 카즈마라고 합니다. 이쪽은 호죠 미쿠모 형사입니다. 거두절미하고 여쭙겠습니다. 출소한 가석방자와 연락이 닿지 않으신다고요?"

타케다는 일흔쯤으로 보였다. 갈색 정장을 입었지만, 넥타이는 매지 않았다. 성격 좋아 보이는 온화한 인상의 노인이었다.

"네, 그렇습니다. 출소는 사흘 전 오전에 했을 겁니다. 교도소 위치가 토치기라 저희 집까지 두세 시간은 걸릴 줄 알았습니다. 그런데 밤늦게까지 기다려도 오지를 않아서 전화를 걸었더니 받지 않더군요. 그래서 다음 날 아침이 밝자마자 보호관찰관연맹에 문의를 했습니다."

"그 가석방자의 이름을 아시나요?"

"네." 타케다가 수첩을 폈다. "이와나가 레이코입니다. 나이는 60세이고요. 30년 전에 살인죄와 사기죄 혐의로 체포됐고, 무기징역을 선고받았습니다."

"보호관찰관으로 오래 일하셨다고 들었는데, 지금까지 이런 경우는 몇 번이나 있었습니까?"

"보호관찰 기간 중에 행방불명이 되는 젊은이들은 두세 명쯤 있었어요. 하지만 출소한 첫날부터 자취를 감춘 사람은 처음입니다."

가석방은 형기가 만료되기 전에 임시로 수감자를 석방하는 것이다. 단, 가석방자는 남은 형기 동안 정기적으로 보호관찰관을 만나 생활 지도를 받아야 했다. 무기징역수가 가석방된다면, 형기는 무기이므로 죽을 때까지 보호관찰을 받아야 했다.

"이와나가 레이코라는 수감자를 실제로 만난 적이 있으신가요?"

"없습니다. 사실 이례적인 일인데, 이와나가 레이코를 담당하기로 했던 보호관찰관이 갑자기 병에 걸려서 제가 대신 이 일을 맡게 된 겁니다. 원래는 사전에 통보를 받아서 출소 후에 어떻게 생활할지 계획을 세우기 위해 본인과 면회를 합니다."

미쿠모는 카즈마와 눈빛을 교환했다. 카즈마도 미쿠모와 똑같은 생각을 하는 듯했다. 이와나가 레이코의 가석방 자체가 갑작스럽게 결정된 사안이라 가석방 날짜가 임박해서야 보호관찰관을 배정할 수 있었던 것은 아닐까. 가석방이 갑작스럽게 결정됐음을 감추기 위해 법무부측에서 예전 보호관찰관이 갑자기 병에 걸렸다는 핑계를 대고 보호관찰관을 배정한 것일지도 모른다.

"가석방자에게는 신원보증인이 있죠?"

카즈마가 그렇게 말하자, 타케다가 고개를 끄덕였다.

"형사님이 말씀하신 대로입니다. 레이코 씨는 남편분이 신원보증인이었어요. 제가 보호관찰관이 된 첫날에 한 번 뵀습니다. 그쪽에서 먼저 연락을 주셨거든요."

"레이코 씨가 기혼이었나요?"

"네. 5년 전에 혼인신고를 했다더군요. 저도 놀랐는데, 남편분은 전직 교도관이었습니다. 그러니까 두 사람이 처음 만난 장소가 교도소였다는 거죠. 아주 드문 사례입니다."

그의 말처럼 교도관과 수감자가 결혼했다는 이야기는 들어본 적이 없었다. 전직 교도관이라면 출소한 수감자를 여러모로 잘 도와줄 수 있을 테니 신원보증인으로서는 적임자일 것이다. 타케다는 이어서 말했다.

"출소 후에는 남편분이 거주하는 닛포리에서 함께 살 거라고 했습니다. 원래는 취업 지원도 보호관찰관인 제가 해야 하는데, 레이코 씨의 경우는 남편분이 전부 알아서 하겠다고 하셨거든요. 이번 보호관찰은 편하게…라고 표현하면 좀 그렇고, 원활하게 진행될 줄 알았습니다."

막상 뚜껑을 열어보니, 출소한 수감자가 약속을 어기고 자취를 감추고 말았다. 타케다의 심정을 쉽게 가늠할 수 있었다. 계속 고민한 끝에 경찰에 문의한 것이리라.

"남편분 핸드폰으로도 여러 번 전화를 걸었지만, 번호가 다른지 통 연결이 안 되더군요."

"남편분의 주소를 아십니까?"

"네. 이겁니다."

타케다가 수첩을 보여주었다. 미쿠모는 거기에 적힌 주소를 직접 스마트폰으로 검색했다. 결과는 해당 없음. 존재하지 않는 주소임을 확인한 미쿠모가 검색결과를 카즈마에게 보여주었다. 카즈마도 스마트폰 화면을 보고 고개를 끄덕였다. 그가 놀라지 않은 이유는 이미 예상한 결과이기 때문이었다.

"저도 이상하다고 생각하긴 했어요."

타케다가 그렇게 말하자, 카즈마가 물었다.

"뭐가 이상하다고 생각하셨습니까?"

"가석방 허가를 받기 위한 첫 번째 조건은 갱생과 반성입니다. 하지만 그 이전에 죄목도 중요한 요건이지요. 예를 들면 사람을 여러 명 살해한 무기징역수는 아무리 반성을 해도 가석방될 확률이 낮습니다."

이미 아는 사실이었다. 그런 요소들을 감안해 수감자를 가석방할지 판단하는 기관이 가석방심사위원회이다. 수감 태도, 재범 가능성, 신원보증인 등을 고려해 가석방 여부를 판단한다.

"레이코 씨의 주요 죄목은 살인죄와 사기죄이지만, 그밖에도 크고 작은 죄가 있는 것 같았습니다. 제 사견을 말씀드리면, 이렇게 많은 죄를 지은 수감자는 원래 가석방 허가를 받을 수 없습니다."

오랫동안 보호관찰관으로 일한 타케다가 그렇게 느꼈으니 신뢰해도 좋을 것이다.

아무튼 이와나가 레이코라는 가석방자는 분명 수상하다. 보호관찰관 면담에 나타나지 않았을 뿐더러 신원보증인의 주소도 가짜였다. 버스 납치 사건과 법무부 관료 살인사건은 모두 그녀를 출소시키기 위해 계획된 것일지도 모른다.

사태가 복잡해지기 시작했다. 미쿠모는 그 사실을 깊이 체감했다.

LUPIN'S RETURN

제 4 장

꿈이라면 깨지 않기를

이와나가 레이코라는 가석방자가 체포된 건 30년 전이었다. 카즈마는 그 당시의 일을 기억하는 사람에게 사건 이야기를 듣고 싶었다. 하지만 30년 전이니만큼 수사1과에서는 당시 일을 기억하는 사람을 찾아볼 수 없었다. 고민한 끝에 카즈마는 예전에 신세를 진 적이 있는 쿠사노라는 전직 형사를 찾아가기로 했다. 쿠사노는 오랜만에 걸려온 전화를 반갑게 받아주었고, 두 사람은 쿠사노의 자택 근처에 있는 식당에서 만나게 되었다.

"카즈마, 좋아 보이는군."

"오랜만에 뵙습니다, 쿠사노 형사님. 이쪽은 부하인 호죠 미쿠모입니다."

카즈마 옆에서 미쿠모가 "처음 뵙겠습니다."라고 말하며 고개를 숙였다. 시간이 없어 서둘러 본론에 들어갔다. 카즈마가 쿠사노에게 물었다.

"지금으로부터 30년 전, 이와나가 레이코라는 여성이 일으킨 사건을 기억하십니까?"

"이와나가 레이코?"

"아, 죄송합니다." 이와나가 레이코는 그녀가 결혼하면서 바꾼 이름이었고, 결혼 전에는 성씨가 달랐다. 카즈마가 고쳐 말했다. "마미야 레이코라는 여성이 일으킨 사기 사건 말입니다. 기억하십니까?"

"마미야 레이코라면 알지. 당시에 나는 수사3과에 있었지만,

마미야 레이코 사건은 규모가 커서 지원요청을 받아 나도 수사에 참여했다네. 그 여자가 또 무슨 짓을 했나?"

수사3과는 빈집털이나 소매치기를 담당하는 부서이고, 사기죄는 수사2과의 담당이다. 쿠사노는 수사3과 소속이었지만 수사2과의 사건을 도왔다는 말이었다.

"사실 가석방된 후에 자취를 감췄습니다. 참고로 이 일은 비밀에 부쳐 주십시오."

"자취를 감췄다고…? 그거 큰일이군. 그 여자는 사기단의 리더였네. 별장을 판다고 노인들에게 접근해 돈을 가로채는 수법을 쓰는 단체였어. 상당히 조직화한 범죄라 단체 안에서 저마다 역할도 정해져 있었다네. 체포된 사람은 리더인 마미야 레이코 외에도 스무 명 정도가 더 있었지."

피해액이 20억 엔을 넘어서자, 경찰청은 특별대책본부를 설치해 사기단 적발에 나섰다. 2년 정도 잠입 수사를 한 끝에 경찰은 마침내 사기단이 아지트로 사용하던 시나가와 아파트의 존재를 알아냈다. 사기단의 간부급 남자에게 다른 범죄로 구속영장을 발급하고, 이를 돌파구 삼아 모든 진상을 밝혀낼 예정이었다.

"모든 간부가 모이는 미팅 당일, 우리는 그곳에 쳐들어갔지. 다른 간부들은 모두 잡혔지만, 주범격인 마미야 레이코는 거기에 없었네."

마미야 레이코를 발견한 사람은 순찰 중이던 경찰관들이었다. 불심검문을 했지만 마미야 레이코는 도주했고, 경찰관 두 명이 그 뒤를 쫓았다. 그때 마미야 레이코가 쏜 총이 뒤따라가던 순경의 가슴에 명중했다. 총을 맞은 순경은 지원이 도착했을 때 이미 사망한 상태였다.

"그 여자를 체포한 젊은 경찰관은 단번에 영웅이 됐다네. 하지만 동시에 다른 경찰관 한 명이 목숨을 잃었으니 마냥 기뻐할 수는 없었지."

체포된 마미야 레이코는 거의 모든 혐의를 인정했고, 재판에서 무기징역을 선고받았다. 그리고 그로부터 30년이라는 세월이 흘러, 이와나가 레이코로 이름을 바꾼 그녀는 가석방된 뒤 자취를 감추었다.

"쿠사노 형사님, 이와나가 레이코, 아니, 마미야 레이코는 어떤 사람이었습니까?"

"글쎄…." 쿠사노가 팔짱을 끼더니 대답했다. "냉철하고 침착한 사람이었어. 웃는 얼굴을 볼 수 없는 얼음 같은 여자였지. 그렇게 커다란 사기단을 이끈 사람일세. 보통 여자가 아닌 것만은 확실하네."

쿠사노도 그 사건의 담당은 아니었기에 더 구체적인 사항은 모르는 듯했지만, 덕분에 사건의 개요만큼은 알 수 있었다. 카즈마가 자리를 뜨기 직전에 쿠사노가 말을 꺼냈다.

"카즈마, L의 일족 수사는 어떻게 됐나?"

L의 일족. 미쿠모 일가를 가리키는 말이었다. 아르센 루팡의

머리글자를 따서 그렇게 불렀다. 쿠사노는 젊은 시절부터 L의 일족을 쫓았다. 카즈마도 5년 전에 그와 함께 수사를 한 적이 있었다.

"아무래도 이제 그 뒤를 쫓는 수사관은 없는 것 같습니다."

"그렇군…."

쿠사노가 어깨를 축 늘어뜨렸다. 카즈마는 자신이 L의 일족 딸과 부부가 되어 아이까지 낳았다고는 입이 찢어져도 말할 수 없었다. 쿠사노에게 정중하게 인사한 다음 식당에서 나왔다. 지갑에 영수증을 넣는 카즈마에게 미쿠모가 물었다.

"선배님, L의 일족이라면 도둑 일가죠?"

"어? L의 일족을 알아?"

"저희 할아버지, 그리고 아버지와도 인연이 있다고 하더라고요."

호죠 소신과 호죠 소타로를 말하는 것이었다. 카즈마는 그 주제로 대화하기가 거북해서 대충 얼버무렸다.

"그렇구나. 꽤 오래전 일이니까 이제 은퇴하지 않았을까?"

"할아버지와 아버지도 잡지 못했던 도둑이에요. 가능하면 제가 잡고 싶어요."

'제발 그러지 말아줘.' 카즈마는 속으로 탄식했다. '게다가 너는 버스 납치 사건 때 만난 적이 있잖아.' 카즈마는 그 말을 속으로 삼키며, 잠복용 차량을 세워둔 코인 주차장을 향해 걸었다. 전화가 왔는지 미쿠모가 스마트폰을 귀에 가져다 댔다. 잠시 후 미쿠모가 말했다.

"선배님, 새로운 정보입니다. 세타가야 자택에서 살해당한 전직 검사가 마미야 레이코의 재판을 담당한 검사였다고 합니다. 연결고리를 찾았어요."

"누가 알아낸 거야?"

"제 개인 정보원이요. 무슨 문제가 있나요?"

미쿠모는 당연하다는 듯 말했다. 카즈마는 아무 말도 할 수 없었다. 정말 신입답지 않은 신입이었다. 자유자재로 개인 정보원을 활용하는 신입 형사 이야기는 들어본 적이 없었다.

"꺅!"

비명이 들려 돌아보았다. 미쿠모가 바닥에 쓰러져 있었다. 어딘가에 발이 걸려 넘어진 모양이었다.

"괜찮아?"

카즈마는 그렇게 말하며 미쿠모의 손목을 잡아 일으켜주었다. "죄송합니다." 하면서 미쿠모가 일어났다. 정장 무릎 부분이 찢어져 있었다.

"괜찮습니다. 집에 가면 똑같은 정장이 여러 벌 있거든요."

카즈마는 어이가 없어 웃으며 다시 그녀의 얼굴을 쳐다보았다. 미쿠모는 민망한 듯 웃었다.

★

"또예요? 이런 짓은 좋지 않아요."

"뭐 어때요? 그래서 내 부탁 안 들어줄 거예요?"

"그게 부탁하는 사람의 태도예요?"

"제발! 이렇게 부탁할게요."

간청하듯 고개를 숙이는 사쿠라바 카오리를 보며 하나코는 작게 한숨을 내쉬었다. 이곳은 JR유라쿠쵸역 근처에 있는 카페였다. 하나코 앞에는 사복을 입은 시누이 사쿠라바 카오리가 앉아 있었다. 그녀는 현재 경찰청 기동수사대에서 일하지만, 오늘은 일요일이라 비번이었다.

어젯밤, 하나코는 카오리에게서 문자메시지를 받았다. 부탁이 있으니 만나자는 내용이었다. 안 때문에 다른 날 보자고 답장했더니, 카오리는 본가에 있는 부모님께 맡기라며 자기가 벌써 연락을 해놓았다고 말했다. 그렇게까지 나오니 거절할 수 없어서 하나코는 안을 시댁에 맡기고 약속 장소로 나갔다.

"한 5분 뒤에 그 사람이 올 거예요. 언니가 아니면 누구한테 이런 부탁을 하겠어요?"

하나코와 시누이 카오리는 겨우 한 살 차이였다. 카오리는 꽤 예쁘장하게 생겼지만, 운동을 해서 체격이 좋았다. 그리고 지금 스물아홉 살이라 결혼하기 위해 노력하는 중이었다.

작년 말, 서른이 되기 전에 결혼하겠다고 결심한 그녀는 맞선도 보고 결혼정보회사에도 가입하며 열심히 결혼 상대를 찾아다녔다.

"이번 남자는 어떤 사람이에요?"

하나코가 물었다. 그러자 카오리가 아이스커피를 마시며 대답했다.

"제약회사에 다니는 샐러리맨이에요. 결혼정보회사를 통해서 만났고, 오늘로 세 번째 만나는 거예요. 다섯 살 연상이고 겉보기에는 성실해 보이는데 왠지 뒤가 구린 느낌이 있어요. 아무래도 수상해요."

그 남자는 직업 특성상 의사를 접대하는 일이 잦다고 했다. 그렇다면 여자 접대부를 대동하는 가게에 다닐 것 같다고 카오리는 추측했다. 하나코는 샐러리맨이라면 그 정도는 어쩔 수 없지 않나 생각했지만, 카오리는 그런 것을 용납하지 않는 모양이었다.

"그런데 핸드폰이 지문인식이면 어떻게 해요?"

"그건 괜찮아요. 비밀번호 잠금인 걸 확인했거든요. 비밀번호도 알고요. 얼마 전에 그 사람이 잠금을 해제할 때 슬쩍 봤어요."

사전 조사는 충분히 했다는 의미였다. 카오리는 자기 자신이 대견하다는 듯 가슴을 폈다.

"저도 엄연한 경찰이에요. 감이 온다고요, 감이. 결혼은 도박이라고 하잖아요? 그러면 미리 조사할 수 있는 부분은 철저하게 조사해야죠. 그리고 저한테는 언니라는 강력한 무기가 있잖아요. 이런 무기를 썩힐 수는 없죠."

"무기라니…."

"아, 왔다. 방금 입구로 들어온 남자예요. 회색 정장 입고 안경 쓴 남자요. 언니, 잘 부탁해요. 저는 화장실에서 기다릴게요."

입구로 눈길을 돌리니 회색 정장을 입은 30대 남자가 가게 안을 둘러보고 있었다. 카오리는 그에게 들키지 않도록 몸을 낮추며 화장실로 들어갔다. 내키지는 않지만 어쩔 수 없었다. 하나코는 체념하며 자리에서 일어났다.

남자에게 다가갔다. 넘어지는 척하며 그에게 부딪혔다.

"아, 죄송합니다."

사과를 하며 그에게서 떨어졌다. 하지만 하나코의 핸드백 안에는 이미 남자의 스마트폰이 들어 있었다. 부딪칠 때 그의 주머니에서 슬쩍한 물건이었다. 신의 경지에 이른 솜씨였지만, 그래봤자 자랑할 일도 아니고 주부에게는 쓸모도 없는 기술이었다.

하나코는 곧바로 여자 화장실로 갔다. 세면대 앞에서 기다리던 카오리에게 스마트폰을 건넸다. "고마워요." 하면서 핸드폰을 받아든 카오리가 화면을 보았다.

"아가씨, 이거 잘못하면 범죄예요."

잘못하지 않아도 범죄였다. 혐의는 절도.

'내가 대체 왜 이런 일을 해야 하는 거지? 그것도 현역 경찰관의 사주를 받아서…' 하나코는 어깨를 축 늘어뜨렸다.

"이럴 줄 알았어." 카오리가 스마트폰을 보면서 말했다. "상대는 술집 여자예요. 사적으로도 만나나 봐요. 같이 골프도 치러 갔고, 다음 주에 드라이브 약속도 잡았네요."

하나코가 슬쩍 보니 화면에는 메신저 대화 창이 떠 있었다. 긴 대화를 주고받았고 귀여운 이모티콘도 많은 걸 보면 두 사람 사이는 무척 가까운 듯했다.

"내가 예상한 대로예요. 언니, 이 은혜는 꼭 갚을게요."

"잘됐네요. 아니, 그게 아니라, 아가씨. 이런 짓은 정말 그만둬요."

카오리는 조언을 무시하며 화장실에서 나갔다. 지나가던 점원을 붙잡고 "이거 떨어져 있었어요."라고 말하며 남자의 스마트폰을 건넨 다음, 찻값을 계산하고 호탕한 걸음걸이로 가게를 떠났다. 하나코는 서둘러 그 뒤를 쫓았다.

"언니, 어떻게 할래요? 고마우니까 내가 고기라도 살게요."

"저는 안을 데리러 가야 해요."

"그래요? 그럼 다음에 여유 있을 때 봐요. 저는 체육관에 가야겠네요. 고마웠어요, 언니."

카오리가 손을 흔들며 성큼성큼 걸어갔다. 아무래도 저 상태로는 당분간 결혼은 무리일 것 같다. 시누이의 늠름한 뒷모습을 바라보다가 하나코도 걸음을 뗐다. 그때 한 남자가 앞을 막아서서 하나코는 눈을 휘둥그레 떴다. 그 남자는 아버지 타케루였다.

"아빠, 여기서 뭐 하는 거야?"

"뭐 하냐니, 당연히 미행이지. 내가 내 딸을 미행하는 게 뭐 어때서?"

"언제부터?"

타케루는 질문에 대답하지 않고 말했다.

"사쿠라바 가문의 딸내미는 교육을 더 받아야겠군. 너한테 스마트폰을 훔치라고 하다니, 간도 크지. 그건 그렇고 하나코, 너 실력이 녹슬지 않았더라. 아버지 전성기 때를 보는 줄 알았다."

칭찬을 들어도 전혀 기쁘지 않았다. 그보다 타케루의 복장이 신경 쓰였다. 보기 드물게 정장에 넥타이 차림이었다. 하나코는 이런 옷을 입은 타케루가 낯설었다.

"아빠, 어디 가? 웬일로 정장을 입었어?"

"볼일이 좀 있어서. 그런데 하나코, 안은 어디 있냐?"

자초지종을 설명했다. 안을 시댁에 맡겼다고 하자, 타케루가 고개를 끄덕였다.

"마침 잘됐군."

"잘됐다니, 뭐가?"

"혼잣말이야."

저녁을 맞은 유라쿠쵸는 혼잡했다. 일요일이라 쇼핑을 하러 온 손님으로 더더욱 붐볐다.

"음. 저 가게가 좋겠군."

타케루가 그렇게 말하며 대로 옆에 있는 제과점에 들어갔다.

하나코도 하는 수 없이 아버지의 뒤를 쫓았다. 제과점은 여자 손님으로 바글바글해서 타케루가 몹시 튀어 보였지만, 그는 전혀 개의치 않고 진열대를 바라보다가 점원에게 말했다.

"이걸로 주시죠."

타케루가 손가락으로 가리킨 것은 커다란 초콜릿 케이크였다. 그 모습을 본 하나코가 놀라서 저도 모르게 작게 속삭였다.

"아빠, 설마 사려고?"

"당연하지. 케이크 가게에서 케이크를 사는 게 뭐 어때서?"

하나코는 아빠가 돈을 내고 물건을 사는 광경을 너무 오랜만에 봐서 신선했다. 그나저나 아빠가 왜 이러는 걸까? 케이크를 돈 주고 사고, 평소에는 입지 않는 정장을 입었다. 무언가 심상치 않은 일이 일어날 징조처럼 느껴졌다.

"거스름돈은 됐어요. 팁입니다."

타케루는 거스름돈도 받지 않은 채 직원이 내민 케이크 상자를 받아들었다. 거스름돈을 받지 않는 것도 이상했다. 아빠가 오늘 뭘 잘못 먹었나?

상자를 들고 가게에서 나온 타케루는 거리로 나가 달리는 차들을 바라보았다. 그 모습을 본 하나코는 또 한 번 놀라서 달려왔다.

"아빠, 설마 택시 잡을 건 아니지?"

"잡을 거야. 지하철로 가기는 귀찮으니까."

현기증이 났다. 택시를 잡아타다니 아빠답지 않았다. 타케루는 원래 '거리에 서 있는 차는 전부 렌터카'라고 입버릇처럼 말했다. 거리에 있는 자동차 문을 따서 질릴 때까지 타고 다니다가 다른 차로 갈아타는 것. 그게 타케루의 취미였다. 그런 사람이 택시를 잡아타고 요금을 내겠다니, 몹시 이상했다.

"아빠, 택시 같은 걸 왜 타? 여기에도, 저기에도 차가 서 있잖아. 자, 봐봐. 저 차도 멋있어." 길 건너편에 빨간 스포츠카가 노상 주차되어 있었다. 운전석에 아무도 없었다. "저게 좋겠다. 응? 아빠, 저 차로 하자."

하나코가 그렇게 말했지만 소용없었다. 타케루는 택시를 잡더니 뒷좌석에 올라탔다.

'거짓말. 말도 안 돼. 우리 아빠가 택시를 탈 리가 없어. 정말 아빠가 어디 아픈 건 아닐까?'

"하나코, 빨리 타. 두고 간다?"

"타, 탈게."

하나코는 혼란스러움을 느끼며 택시에 올라탔다.

"이거 뭉개지지 않게 조심해라."

타케루가 하나코의 무릎 위에 케이크 상자를 올려놓으며 말하자, 그녀는 양손으로 상자를 받쳐 들었다. 택시가 천천히 출발했다.

★

카즈마는 경찰청으로 돌아가 지금까지 알아낸 사건의 정황을 마츠나가 반장에게 보고했다. 카즈마의 이야기를 듣고 사건의 중대함을 깨달은 마츠나가는 급하게 마츠나가반의 수사관들을 경찰청으로 호출했다. 지금 미쿠모는 반원들 앞에 서서 막힘없이 자초지종을 설명했다.

"…지금까지 말씀드린 대로, 이번 사건들은 모두 이와나가 레이코, 옛 이름으로는 마미야 레이코인 여자를 가석방시키기 위해 벌인 범행으로 보입니다."

"그러니까 네 말은," 한 반원이 목소리를 높였다. "키시마 법무부 장관이 거래에 응했다는 거지? 그게 사실이면 심각한 문제잖아."

"네. 그렇습니다. 민감하고 복잡한 문제이니 법무부 측과 잘 조정해나가야 합니다."

또 다른 수사관이 손을 들었다.

"가석방된 레이코의 남편이자 전직 교도관은 어떤 사람이야?"

"토치기 교도소에서 정보를 찾아봤습니다. 본명은 이와나가 요시타케. 58세. 도쿄 코마에시 출신입니다. 스물다섯 살 때 교도관이 되었고, 처음으로 부임한 곳은 요코하마 교도소였습니다. 그 뒤에는 칸토지구에 있는 교도소들을 돌아다니다가 12년 전에 토치기 교도소로 전임됐습니다. 그리고 5년 전에 교도관을 그만두면서 동시에 레이코와 혼인신고를 했습니다."

두 사람이 교제하는 낌새는 없었다고 했다. 남몰래 사랑을 키워왔다는 의미였다. 교도관과 수감자의 결혼을 공공연하게 떠들어서 좋을 것은 없으니, 관계자들은 굳이 그 주제를 입에 담지 않았다고 했다.

미쿠모가 이어서 말했다.

"레이코 부부의 현주소는 토치기 교도소 근처에 있는 다세대주택으로 돼 있지만, 토치기현 경찰청이 제공한 정보에 따르면 그 집은 꽤 오래전에 철거됐습니다."

"미쿠모." 한 수사관이 손을 들었다. "바지 무릎 쪽이 찢어졌는데, 괜찮아?"

미쿠모가 진지하게 대답했다.

"괜찮습니다. 내일은 꼭 새 바지를 입고 오겠습니다."

수사관들 사이에서 웃음이 터졌다. 마츠나가도 실소를 흘렸다. 발령받은 지는 얼마 되지 않았지만, 미쿠모는 놀리기 좋은 마츠나가반의 막내로 자리 잡았다. 사수인 카즈마로서는 미쿠모가 직장 분위기에 잘 녹아드는 것 같아 기뻤다.

"다들 알겠나?" 마츠나가가 박수를 한 번 치자 웃음소리가 잦아들며 모든 시선이 그쪽으로 쏠렸다. "버스 납치 사건과 두 건의 살인사건에 관여했을지도 모르는 사람들이다. 다른 무엇보다 그들의 신병 확보가 우선이야. 두 사람이 사건에 관여했다는 확증은 없지만, 레이코가 잠적한 것만은 의심의 여지가 없는 사실이다. 공개수배할 가능성도 있다."

이와나가 레이코는 가석방자임에도 보호관찰관과의 약속을 깨고 자취를 감추었다. 언론에 사진을 제공해 여러 창구로 제보를 받아보는 것도 효과적인 방법이었다.

미쿠모가 반원들에게 사진을 나눠주었다. 이와나가 레이코가 출소하기 직전에 찍은 사진이었다. 나이는 예순이라고 했지만 꽤 젊어 보였다. 민낯으로 이 정도 미모라면 상당한 미인이었다. 어쩐지 낯이 익은 느낌이었지만, 아마 기분 탓이리라. 미쿠모가 수사관들을 향해 말했다.

"남편인 이와나가 요시타케의 얼굴 사진은 찾지 못했습니다. 계속 수소문해서 사진을 찾아내겠습니다."

전직 교도관인 이와나가 요시타케는 옛 직장인 토치기 교도소에서도 친하게 지내던 친구가 없었다. 토치기현 경찰청에 그를 잘 아는 사람을 찾아달라고 요청해두었지만, 쓸 만한 정보를 기대하기는 어려울 듯했다.

"그 사람의 흔적이 어딘가에 반드시 남아 있을 겁니다."

미쿠모가 강하게 말했다. 그 말을 듣던 마츠나가가 물었다.

"남편인 요시타케 말인가? 아니면 레이코 말인가?"

"남편인 요시타케를 말하는 겁니다. 그 사람은 버스 납치의 주모자이자, 두 건의 살인사건을 실행한 사람이 분명합니다. 틀림없이 어딘가에 숨어 있을 겁니다. 우리가 그걸 놓치고 있을 뿐입니다."

특히 버스 납치 때는 틀림없이 어디선가 상황을 지켜봤을 것이다. 그의 목적은 키시마 법무부 장관에게 레이코의 가석방을 요구하는 것이었고, 이를 위해서는 장관의 손자가 제대로 버스에 탔는지 확인했어야 했다. 그러니 미쿠모의 말이 틀렸다고 볼 수는 없었다.

"아무튼 레이코 부부의 은신처를 찾아내야 한다. 도쿄 내의 호텔을 샅샅이 뒤져라."

"네."

마츠나가의 말에 반원들이 한목소리로 대답했다. 하지만 수사가 매우 어렵게 흘러가리란 것을 쉽게 예상할 수 있었다. 레이코 부부의 은신처를 찾아내기에는 정보가 너무 적었다. 지금은 도쿄 안을 쥐 잡듯이 뒤질 수밖에 없는 상황이었다.

논의 끝에 살인사건 두 건의 수사본부로 가서 이와나가 요시타케로 추정되는 남자가 현장 근처에서 목격되지 않았는지 일단 확인해보기로 했다. 카즈마는 미쿠모와 함께 경찰청에 남아서 토치기 교도소의 교도관들에게 전화를 걸어 이와나가 요시타케의 정보를 모으기로 했다.

마츠나가는 수사관 확충을 위해 윗선과 협의하겠다며 과장 자리로 갔다. 카즈마가 그 모습을 눈으로 쫓을 때, 미쿠모가 옆에서 말을 걸었다.

"선배님, 아무리 생각해도 키시마 법무부 장관을 찾아가는 게 좋을 것 같아요. 그 장관은 요시타케와 직접 대화를 나눴을지도 몰라요."

"네 마음은 알겠지만, 상대는 장관이야."

"장관이 그렇게 대단한가요? 사건 해결이 중요하죠."

"장관을 찾아가면 우리 둘도 혼나겠지만, 마츠나가 반장님도 관리 소홀로 윗분들께 깨질 거야. 그리고 반장님뿐만 아니라 더 윗사람까지 징계를 받을지도 몰라. 조직은 그런 곳이야."

"흠…. 경찰은 참 힘드네요. 아, 선배님. 커피 드실래요?"

"고마워."

미쿠모가 일어나서 벽 쪽에 놓인 커피머신을 향해 걸어갔다.

★

하나코와 타케루가 탄 택시는 히가시무코지마를 향해 달렸다. 시간은 저녁 5시가 지나 해가 뉘엿뉘엿 지고 있었다. 사쿠라바 본가 앞에서 택시가 멈췄다. 택시 요금을 낸 타케루가 뒷좌석에서 내렸다. 하나코도 따라 내렸다.

"여보, 늦었잖아요."

영문은 모르겠으나, 엄마 에츠코가 거기서 기다리고 있었다. 에츠코는 검은색 기모노 차림이었고 머리카락도 깔끔하게 올려 묶은 상태였다. 이게 대체 무슨 일일까.

"엄마." 하나코는 에츠코에게 다가가 작게 속삭였다. "뭐가 어떻게 된 거야? 아빠가 이상해. 케이크를 사질 않나, 택시를 타질 않나…, 아빠답지가 않아."

에츠코는 하나코를 무시하며 타케루에게 말했다.

"여보, 가요."

타케루와 에츠코는 나란히 사쿠라바 본가를 향해 걸어갔다. 두 사람이 사쿠라바 가문의 집으로 들어가는 것 자체가 이례적이라 하나코는 진심으로 당혹스러웠다.

"온다고 미리 말씀드렸어? 연락도 없이 불쑥 찾아오면…."

하나코가 말을 마치기도 전에 타케루는 초인종을 눌러버렸다. 곧 현관 안쪽에서 목소리가 들리더니 사쿠라바 미사코가 밖으로 나왔다. 두 사람을 본 미사코는 깜짝 놀라며 눈을 등잔만 하게 떴다.

"웨, 웬일로 두 분이 같이…."

"사부인, 오랜만에 뵙습니다." 에츠코가 허리를 굽히며 인사했다. "올해 설 이후로 처음 뵙네요. 잘 지내셨죠? 실은 드릴 말씀이 있어서 이렇게 찾아뵀답니다. 잠시 들어가도 될까요?"

"미리 연락이라도 주고 오시죠. 지금 제 꼴이 이런데."

미사코는 그렇게 말하며 얼굴을 찌푸렸다. 저녁을 만드는 중이었는지 그녀는 앞치마를 메고 있었다. 타케루가 앞으로 나섰다.

"괜찮습니다. 그런데 사돈어른은 안 계십니까?"

"잠깐 산책하러 나갔어요. 금방 돌아오겠지만…."

"그렇다면 잠시 실례 좀 하겠습니다."

타케루는 그렇게 말하며 신발을 벗고 집 안으로 들어가 버렸다. 에츠코도 뒤따라 들어갔고, 미사코는 당황한 표정으로 두 사람을 방으로 안내했다. 하나코도 민망해하면서 방으로 들어갔다.

"하나코, 케이크 드려라."

타케루가 말하자, 하나코는 사온 케이크를 미사코에게 내밀었다.

"별 건 아니지만 받으시죠."

"아니요. 받을 수 없습니다."

미사코는 케이크 상자를 받지 않았다. 예의상 하는 거절이 아니라 미쿠모 가문이 주는 물건은 받을 수 없다는 의미로 하는 거절인 듯, 말투에서 강인한 의지가 느껴졌다. 보다 못한 타케루가 설명했다.

"사부인, 유라쿠쵸에 있는 제과점에서 방금 사온 케이크입니다. 성에 차지 않으면 버리셔도 됩니다."

그 말을 듣고 미사코는 마지못해 케이크 상자를 받아들었다. 그때 복도에서 달려오는 발소리가 들리더니 안이 방으로 들어왔다. 안은 타케루와 에츠코를 보고 방긋 웃더니, 그대로 타케루의 무릎 위에 앉았다.

"안, 잘 있었어?"

"응. 잘 있었어. 할부지랑 할무니도 잘 있었어?"

"그럼, 잘 있었지."

안은 신이 나서 타케루와 에츠코 사이를 뛰어다녔다. 그 모습을 복잡한 표정으로 보던 미사코는 그제야 차를 내올 생각이 들었는지 "잠시만 기다리세요."라고 말하며 부엌으로 갔다. 하나코도 같이 부엌으로 향했다.

"불쑥 찾아와서 죄송해요, 어머니."

"괜찮다, 새아가. 그런데 무슨 일로 오신 거라니?"

"저도 그걸 모르겠어요."

두 사람이 왜 갑자기 사쿠라바 가문을 찾아왔는지, 하나코도 그 이유를 알 수 없었다. 굳이 생각해보자면 사쿠라바 가문끼리만 안의 생일파티를 하겠다는 것 때문인가 싶었지만, 하나코는 아직 부모님에게 그 이야기를 하지 않았다. 부모님에게 솔직히 말했다가는 심통을 부릴 것이 뻔하니 사실 대충 얼버무리고 넘어갈 생각이었다. 사쿠라바 가문이 미쿠모 가문과 거리를 두려 한다는 이야기를 부모님이 어디선가 우연히 들은 것일까.

"나 왔어."

현관 쪽에서 목소리가 들렸다. 미사코가 허둥지둥 부엌에서 나갔다. 그녀의 남편 노리카즈가 돌아온 것이었다. 하나코는 부엌에 남아 미사코 대신 차를 준비했다. 찻잔을 쟁반에 담아 방으로 가져가니, 마침 미쿠모 가문과 사쿠라바 가문 사람 네 명이 마주친 참이었다.

"사돈어른, 연락도 없이 찾아와서 죄송합니다."

타케루가 자신의 무례함을 사과했다. 노리카즈는 너그럽게 대답했다.

"아닙니다. 괜찮습니다. 건강해 보이셔서 다행입니다."

"사돈어른이야말로 혈색이 좋으시군요. 역시 천하의 경찰청에서 근무해서 그런가요? 아, 하나코, 너도 와서 앉아라."

"아, 네."

하나코는 네 사람 앞에 찻잔을 두고 구석 쪽으로 가서 앉았다. 쫄랑쫄랑 따라오는 안을 안아서 무릎 위에 앉혔다. 엄숙한 분위기를 느꼈는지 안도 평소보다 얌전했다.

"그런데 사돈어른, 오늘 어쩐 일로 이렇게 오셨는지요?"

노리카즈가 묻자, 타케루가 말했다.

"우리 하나코와 카즈마가 부부가 된 지 벌써 4년 반, 아니, 곧 5년이군요. 처음에는 불안한 마음으로 지켜봤습니다만, 하나코와 카즈마가 서로 밀어주고 끌어주며 좋은 가족을 만들어나가는 것 같아서 참 기특합니다."

무슨 말을 하고 싶은 것인지 모르겠다. 타케루의 옆에는 에츠코가 점잖은 얼굴로 앉아 있었다. 이렇게까지 예의를 차리는 부모님의 모습을 처음 본 하나코는 어쩐지 불길한 예감이 들었다.

"저희 미쿠모 가문이 대대로 다른 사람의 물건을 얻어서 생활하는 집안이라는 건 사돈댁도 잘 아실 겁니다. 그리고 반면에 사돈댁은 저희 업계에서 흔히들 말하는 짭새, 짜바리, 혹은 짭탱이 등등 명칭은 다양합니다만, 어쨌든 경찰관이시죠."

사쿠라바 가문을 조롱하는 것일까. 하나코는 가슴이 철렁했다. 노리카즈는 조금 얼굴을 붉혔지만, 말없이 타케루의 말에 귀를 기울였다.

"우리 두 가문은 물과 기름입니다. 절대 하나가 될 수 없는 평행선을 걷고 있지요. 그런 양가의 딸과 아들이 부부가 되겠다고 하니 그 용기가 가상해서 저는 두 사람 사이를 허락했습니다. 지금까지는 그럭저럭 지내왔지만 말입니다, 사돈어른. 이제는 물러날 때가 아닌가 싶습니다."

물러날 때. 그게 무슨 말일까. 아빠는 나와 안을 데리고 떠날 생각인 걸까. 저도 모르게 대화에 끼어들려던 순간, 엄마와 눈이 마주쳤다. 하나코, 조용히 있으렴. 그렇게 타이르는 엄마의 눈빛을 읽고 하나코는 말을 삼켰다.

"역시 도둑인 저희 미쿠모 가문과 경찰 일가인 사쿠라바 가문이 화기애애하게 지낼 수는 없겠습니다. 저희는 여기서 물러나겠습니다, 사돈어른. 앞으로 절대 여러분 앞에 나타나지 않겠습니다. 약속합니다."

타케루가 그렇게 말하며 고개를 숙이자, 에츠코도 똑같이 고개를 숙였다.

"자, 잠깐만. 아빠, 그게 무슨 말이야?"

하나코는 저도 모르게 입을 열었다. 사쿠라바 가문과 연을 끊겠다는 말처럼 들렸기 때문이다. 그때 에츠코가 달래듯 말했다.

"하나코, 이미 결정된 일이야. 이제 우리와 사쿠라바 가문은 아무런 관련도 없단다. 설사 길거리에서 마주치더라도 인사조차 하지 않는 관계가 되는 거야."

"그렇게까지 할 필요는 없잖아…."

너무 갑작스러웠다. 어쩌다 이렇게 됐을까. 하나코가 반박할 말을 찾고 있을 때, 사쿠라바 노리카즈가 드디어 입을 열었다.

"사돈어른, 말씀 잘 들었습니다. 사실 저희도 최근에 사돈댁과의 관계를 어떻게 해야 할지 깊이 고민했습니다. 4년 반 전에는 제가 섣부르게 판단했습니다. 곧 정년퇴직할 예정이었으니, 그때가 되면 누구를 만나서 어울리든 상관없을 거라고 생각했습니다. 설사 상대가 도둑이라 해도 말입니다. 그런데 막상 시간이 흐르고 보니 상황이 달라졌습니다. 저는 올해로 쉰아홉입니다. 원래는 내년에 정년퇴직해야 할 나이지만, 요즘 사회는 제 나이대 사람들의 정년퇴직을 허락하지 않습니다. 65세까지, 아니 어쩌면 70세까지 은퇴하지 않고 일해야 할지도 모릅니다. 사돈어른과 스스럼없이 교류할 수 있는 시기는 아직 먼 듯합니다."

재고용제도 때문이리라. 노리카즈가 내년 이후에도 경찰청에 남아 일하게 됐다는 말을 하나코도 카즈마에게 들은 적이 있었다.

"어렵게 결정하셨으리라 생각합니다. 사돈어른, 정말 잘 결단하셨습니다."

"아닙니다. 그리 어려운 결정은 아니었습니다." 타케루가 가슴을 펴며 말했다. "저는 뼛속까지 도둑인 사람입니다. 하늘 아래 떳떳한 직업이 아니라는 건 제가 제일 잘 압니다. 하지만 안은 다릅니다. 그 아이만큼은 떳떳한 어른으로 자랐으면 좋겠습니다."

타케루는 그렇게 말하며 하나코 쪽으로 눈길을 돌렸다. 타케루는 하나코의 무릎 위에 앉은 안을 따스한 눈빛으로 바라보았다. 그러자 이번에는 에츠코가 입을 열었다.

"상황이 그렇게 됐습니다. 짧은 기간이었지만 감사했습니다. 하나코를 잘 부탁드립니다. 부족한 점도 많은 아이지만, 저희에게는 눈에 넣어도 아프지 않은 딸입니다."

"어, 엄마…."

깊이 고개를 숙이는 에츠코를 보며 하나코는 말을 잇지 못했다. 사쿠라바 미사코가 에츠코에게 말했다.

"사부인, 고개 드세요. 하나코는 정말 착하고 좋은 아이예요. 우리 카즈마에게는 과분할 정도랍니다."

"하나코를 잘 부탁드립니다, 사부인. 원하시는 대로 가르치며 키워주세요. 마지막으로 부탁이 있습니다. 하나코, 안을 한 번만 안아보자. 안, 이리 오렴."

에츠코가 그렇게 말하자 안이 하나코의 무릎에서 내려와 에츠코에게 달려갔다. 에츠코는 손녀를 꽉 껴안으며 머리를 쓰다듬었다.

"나도 안아보자."

타케루가 말하며 안을 껴안았다. 두 사람의 각오를 모르는 안은 해맑게 웃었다. 타케루는 한참 뒤에 안을 내려놓고는 만족스러운 표정으로 말했다.

"그럼 저희는 이만 실례하겠습니다. 나오지 않으셔도 됩니다. 누가 뒤따라오면 뒷발로 흙탕물을 튀기는 게 저희 집안의 철칙이라서요."

타케루와 에츠코가 일어나 인사를 하고는 방에서 나갔다. 노리카즈와 미사코도 진지한 표정으로 고개를 숙여 인사했다. 하나코는 저도 모르게 자리에서 일어났다.

"어머니, 안 좀 받아주세요."

안을 미사코에게 맡기고 방에서 뛰쳐나갔다. 현관에서 부모님을 따라잡았다.

"잘 있어라, 하나코."

타케루가 현관을 나섰다.

"건강하렴, 하나코."

에츠코도 사쿠라바 가문의 집을 뒤로했다.

"아빠, 엄마, 잠깐만 기다려."

감정이 복받친 하나코는 신발을 신고 두 사람의 뒤를 쫓았다. 부모님의 등에 대고 필사적으로 외쳤다.

"왜 그래? 꼭 마지막 인사 같잖아. 이런 장난은 재미없어."

억지로 웃으며 말했지만, 타케루와 에츠코는 대답하지 않았다. 두 사람은 묵묵히 대로를 향해 걸었다.

"이제 못 만나? 아니지? 우리는 가족이잖아. 그래, 사쿠라바 가문은 경찰 일가지만, 우리 가족을 싫어하지는 않아. 나는 우리가 잘할 수 있을 거라고-."

"하나코." 타케루가 뒤를 돌아보았다. 표정이 몹시 진지했다. "너는 눈에 넣어도 아프지 않은 내 딸이다. 앞으로도 반드시 잘 헤쳐나갈 수 있을 거야."

"아빠…."

"불길한 예감이 든다. 미쿠모 가문에 큰일이 생길 것 같은 예감이…. 아니, 재앙이 닥칠 것 같은 예감이 들어."

"재앙? 아빠, 그게 무슨 말이야?"

"만약 너한테 그 재앙이 닥친다면, 그때는 걱정하지 마라. 내가 어떻게든 구해줄 테니까."

도저히 이해할 수가 없었다. 재앙이라니, 대체 무슨 말인가. 자세한 이야기를 듣고 싶었지만, 에츠코가 빈 택시를 잡아 버렸다. 택시를 타기 직전에 에츠코가 다가와 하나코를 꼭 안았다.

"하나코, 마음 단단히 먹어. 너는 내 딸이잖니. 그러니까 괜찮을 거야."

정말 이대로 이별인 걸까. 얼떨떨해서 눈물도 나오지 않았다. 도깨비에 홀린 기분이었다.

"하나코, 잘 지내."

두 사람이 탄 택시가 출발했다. 하나코는 그 뒷모습을 멍하니 바라볼 수밖에 없었다.

★

미쿠모는 망설였다. 조금 전부터 계속 고깃집 앞을 서성거렸다. 시간은 오후 11시를 넘어섰다. 야근을 한 탓에 몸이 피곤했지만 허기가 졌다. 저녁에 먹은 음식이라곤 슈퍼에서 파는 빵이 전부였다. 잠자기 전에 음식을 먹으면 살찌기 십상이니 얼른 집에 가서 자려고 했지만, 고깃집 앞을 지나자 굳은 결심이 흔들리고 말았다.

먹고 싶다. 우설과 갈비가 머릿속을 떠나지 않았다. 가게 환풍기에서 뿜어져 나오는 맛있는 냄새에 군침이 흘렀다. 어떻게 할지 고민하는 미쿠모 뒤에서 갑자기 목소리가 들렸다.

“아가씨, 무슨 일 있으십니까?”

돌아보자 사루히코가 서 있었다. 미쿠모는 그를 보자 저도 모르게 손뼉을 쳤다.

“마침 잘됐다, 사루히코. 혼자 들어가기 멋쩍어서 망설이던 참이었어.”

“아가씨, 바지가 찢어졌잖습니까?”

“이미 찢어진 걸 어쩌겠어? 내일부터 비상용 바지를 회사 로커에 넣어두려고. 자, 가자.”

심야의 고깃집은 북적북적했고 자리의 8할이 차 있었다. 점원의 안내를 받아 자리에 앉은 미쿠모는 밥과 함께 우설, 갈비,

등심이 1인분씩 나오는 세트 메뉴를 주문했다. 점원이 떠나자 사루히코가 물었다.

"아가씨, 수사에는 진전이 있습니까?"

미쿠모는 늘 사루히코와 정보를 교환했다. 그는 미쿠모의 조수이자 오른팔 같은 존재였다. 지금까지 알아낸 사건의 정황을 이야기하자, 사루히코가 말했다.

"그렇군요. 역시 관건은 레이코 부부의 행방이군요. 사실 저도 신경이 쓰여서 이와나가 요시타케라는 남자를 조사해봤습니다. 도쿄 코마에시 출신이더군요. 어린 시절에는 여러 지역을 전전했다고 합니다. 가장 오래 산 지역은 하치오지시, 그 다음이 이나기시입니다."

사루히코가 종이 한 장을 테이블 위에 올려놓았다. 거기에는 사루히코의 글씨체로 주소 몇 개가 적혀 있었다. 요시타케의 과거 주소였다. 조사해 볼 가치가 있을지도 모른다.

"고마워. 참고할게."

경찰은 아직 이와나가 요시타케와 이와나가 레이코의 흔적을 발견하지 못했다. 그들은 보호관찰관과의 면담 약속을 어겼을 정도이니 사전 준비를 철저히 했을 것이다. 외국으로 도망쳤을지도 모른다고 생각하는 수사관도 있었다. 사실 미쿠모도 속으로 그렇게 생각했다.

외국으로 도망쳤을 가능성이 있다고 이야기하자, 사루히코가 팔짱을 꼈다.

"아가씨의 말씀대로 외국으로 도망갔을 가능성이 있습니다. 못다 한 일이 없다면 이 나라를 떴을지도 모르지요."

사루히코의 말 가운데 신경 쓰이는 단어가 있었다. 못다 한 일. 미쿠모는 머릿속에 떠오른 생각을 입 밖에 꺼냈다.

"첫 번째 범행은 법무부 관료 살인이었어. 이건 이와나가 레이코의 가석방을 원활히 진행하려고 장애물을 없애는 과정이었지. 두 번째 범행은 버스 납치. 장관 손자의 목숨과 맞바꿔 레이코를 가석방시켰어. 이해가 안 되는 건 세 번째 범행이야. 세타가야 자택에서 살해당한 전직 검사 말이야."

피해자의 이름은 야나기사와 토모노리였고, 레이코의 사건을 담당한 검사였다. 그는 레이코가 가석방된 당일 살해당했다.

"전직 검사를 살해해서 얻을 수 있는 이점은 딱히 없어. 굳이 꼽자면 복수일까? 어쩌면 전직 검사를 살해한 사람은 레이코 본인일지도 몰라. 피해자의 주소나 일정을 미리 조사한 사람은 남편인 요시타케겠지만. 가석방된 당일에 복수할 생각이었으니 사전 조사를 아주 철저히 했겠지. 문제는 레이코가 복수하려는 인물이 또 있냐는 거야. 목표가 전직 검사뿐이었다면 그 여자는 이제 여기서 할 일이 없을 테지. 그렇다면 외국으로 도망쳤을 가능성도 커."

"아가씨는 복수의 대상이 더 있을 거라고 생각하시나요?"

"그건 모르겠어. 하지만 찾아볼 가치가 있을 것 같아."

그때 고기가 나왔다. 석쇠가 충분히 달궈진 것을 확인하고 먼저 우설을 구워 먹었다. 맛있다. 역시 먹기를 잘했다. 이걸 먹지 않고 그냥 집에 갔다면 평생 후회했을 것이다.

“아가씨, 식사하시는 도중에 죄송합니다.” 사루히코가 봉투를 꺼냈다. “지난번에 이은 2탄입니다. 사모님도 대단히 진심이신지, 이번에는 무려 연예인도 들어 있습니다. 한번 확인이라도 해보시면….”

“사루히코, 나는 선볼 생각이 없어. 엄마한테도 그렇게 말해줘. 나는 이제 막 형사가 됐다고. 전에도 말했잖아.”

“…죄송합니다.”

사루히코가 몸을 움츠리며 사과했다. 사루히코에게는 늘 고맙지만, 가끔 엄마의 첩자 같은 짓을 하는 것이 옥의 티였다. 엄마는 사윗감 찾기를 인생의 목표처럼 생각하는 경향이 있었다. 미쿠모가 도쿄로 상경한 데에는 엄마의 사윗감 찾기로부터 도망치겠다는 목적도 있었다. 하지만 자신을 도쿄로 도망치게 한 것 자체가 엄마의 계략은 아니었나 하는 생각도 들었다. 사실 사루히코가 손에 든 봉투 속을 확인하고 싶은 마음이 없지 않아 있었다. 연예인에게 관심은 없지만, 상대가 누구인지는 궁금했다.

고기를 구워 열심히 입에 넣었다. 자연스럽게 힘이 솟았다. 이 늦은 시간에 이렇게 고열량 음식을 섭취했다는 죄책감이 고개를 들자, 조금 더 일하고 자야겠다는 생각이 들었다. 그러자 사루히코가 미쿠모의 생각을 읽은 듯 말했다.

"아가씨, 설마 이 시간에 또 일하시려고요?"

"그냥 뭐…. 수수께끼를 풀어야 하니까."

"역시 아가씨는 대단하십니다. 탐정의 피가 흐르시는군요."

미쿠모는 집게로 등심을 집어 석쇠 위에 올렸다.

★

"미쿠모, 이제 곧 도착한다."

자동차 핸들을 쥔 카즈마가 조수석에 앉은 호죠 미쿠모에게 말했다. 그녀는 새근거리며 자고 있었다. 미쿠모의 잠든 얼굴은 심장이 내려앉을 정도로 예뻤지만, 얼굴이 너무 단정해서인지 오히려 양심의 가책을 느낄 만한 감정은 들지 않았다. 카즈마는 만약 자신이 독신이고 여자친구도 없었다면, 하루하루가 천국임과 동시에 고문이었으리라 생각했다.

"미쿠모, 곧 도착한다."

오늘 아침, 카즈마가 경찰청에 출근해보니 미쿠모가 자기 책상에서 엎드려 자고 있었다. 어젯밤 기숙사에 옷을 갈아입으러 갔다가 다시 출근해서 거의 밤을 새워 사건을 조사했다고 했다. 너무나 신입답지 않은 후배를 보며 카즈마는 혀를 내둘렀다.

"미쿠모, 일어나."

"아, 선배님." 드디어 미쿠모가 눈을 떴다. "죄송합니다. 깜빡

잠들었어요."

"아니야, 괜찮아."

지금 카즈마가 모는 잠복용 차량은 이나기시를 달리고 있었다. 미쿠모의 조사에 따르면, 전직 교도관인 이와나가 요시타케는 어릴 때 도쿄 내를 전전했다고 했다. 그가 살던 집들은 대부분 철거되거나 리모델링되었는데, 이나기시에 있는 건물만은 지금도 그대로 남아 있었다. 조금 전 연락이 닿은 집주인은 마지막으로 집을 임대했을 때가 10년 전이었고, 지금은 집을 방치해둔 상태라고 했다.

내비게이션의 목소리가 목적지에 도착했음을 알렸다. 지극히 평범한 주택가였다. 잠복용 차량을 코인 주차장에 세워두고 이제 도보로 그 집을 찾기로 했다. 두 사람은 어렵지 않게 그 건물을 찾았다.

안에 들어가기 망설여질 정도로 낡은 건물이었다. 망가진 자전거가 현관문을 막듯이 쓰러져 있었다. 주변에는 사람 손을 타지 않은 풀과 나무가 무성했다.

집주인에게 미리 출입 허가를 받은 카즈마와 미쿠모는 자전거를 치우고 안으로 들어갔다. 문은 잠겨 있지 않았다. 창문이 깨졌으니 문을 잠가 봤자 의미가 없었을 것이다. 건물 안은 의외로 깔끔했지만, 그래도 신발을 벗을 생각은 들지 않았다. 신발을 신은 채 안으로 들어갔다.

"미쿠모, 조심해."

"선배님도 조심하세요. 거기 바닥이 삭았어요."

두 사람은 구역을 나눠 집 안을 둘러보았다.

"선배님."

미쿠모가 부르는 소리를 듣고 카즈마가 2층으로 올라가 보니 거기에 누군가가 생활한 흔적이 남아 있었다. 컵라면과 페트병 쓰레기가 나뒹굴었고, 꽤 오래되어 보였다. 이 흔적을 레이코 부부가 남겼다고 확신할 수는 없었고, 과학수사대를 부르기에는 근거가 부족했다.

애초에 기대가 크지 않았기에 낙담하지도 않았다. 카즈마는 수사가 헛수고의 연속임을 알고 있었다. 그러나 미쿠모는 분한 듯 입술을 깨물었다.

"미쿠모, 일단 돌아가자."

카즈마는 그렇게 말하며 빈집에서 나왔다. 미쿠모도 뒤에서 따라왔다. 코인 주차장으로 돌아가 다시 잠복용 차량에 올라탔다. 막 오전 11시가 지난 시간이었다.

두 사람은 경찰청으로 돌아가기로 했다. 오늘 오후 경찰청에서 기자회견이 있을 예정이었다. 수사1과 과장을 비롯한 간부 몇 명이 참석하여 이와나가 레이코, 옛 이름은 마미야 레이코인 여자가 도망쳤다는 사실을 발표할 계획이었다. 그녀의 얼굴 사진을 함께 공개하면서 국민들에게 제보를 요청하기로 했다. 경찰의 수뇌부는 우선 레이코의 신병을 확보한 다음, 그녀가 일련의 사건들에 관여했는지 조사할 방침이라고 했다. 거기에는 카즈마도 이견이 없었다.

"선배님, 퇴직자를 조사하고 싶은데 어떻게 하면 되나요?"

조수석에 앉은 미쿠모가 물었다. 왜 퇴직자를 조사하려는 것일까. 카즈마가 이유를 묻자 미쿠모가 대답했다.

"사실 레이코의 복수는 끝나지 않았다는 생각이 들어서 관련된 사람들을 찾아봤어요. 여러 가능성을 생각해봤는데, 레이코를 체포한 경찰관, 그러니까 레이코에게 실제로 쇠고랑을 채운 경찰관이 지금 퇴직한 상태예요."

30년 전 일이다. 레이코가 조직한 사기단이 적발되었을 때, 그녀는 미리 위기를 눈치채고 도주했다. 하지만 순찰 중이던 경찰관 두 명과 마주쳐 그 자리에서 현행범으로 체포되었다. 그때 경찰관 한 명이 숨졌고, 다른 경찰관 한 명이 레이코를 체포했다. 미쿠모가 말하는 사람은 살아남은 쪽, 그러니까 그녀를 체포한 경찰관이었다.

"그런데 그 사람이 퇴직한 건 어떻게 알았어?"

"직원 명부에 없었거든요. 결혼하면서 성을 바꿨을 가능성도 있지만요."

"이름이 뭔데?"

"스즈키 타케하루예요."

당시 파출소에서 근무하던 경찰관이었을까. 현재 경찰청에는 약 4만 6천 명의 직원이 있다. 퇴직자 수도 연간 수백 명에 달한다. 그 가운데서 사람을 찾아내기란 거의 불가능에 가까웠다.

"스즈키…, 타케하루…."

무언가 꺼림칙했다. 머릿속에서 희미하게 어떤 기억이 떠올랐다. 하지만 그 정체를 알 수는 없었다. 만약 퇴직하지 않았다면, 역시….

카즈마는 백미러로 뒤차를 확인하며 잠복용 차량을 길가에 세웠다. 스마트폰을 꺼내 화면을 몇 번 터치한 다음 귀에 갖다댔다. 잠시 후 상대가 전화를 받았다.

"카즈마, 이런 시간에 웬일이냐?"

카즈마의 아버지 노리카즈였다. 카즈마가 말했다.

"죄송해요, 아버지. 잠시 여쭤볼 게 있어서요. 스즈키 타케하루라는 이름을 아시나요? 30년 전에 시나가와 인근 파출소에서 근무하던 경찰관이에요."

"상당히 옛날 일이구나. 게다가 스즈키라는 성은 너무 흔해."

"일하시는 중에 죄송해요. 뭔가 생각나는 게 있으시면 나중에라도 연락 주세요."

전화를 끊으려는데 수화기 너머로 노리카즈가 말했다.

"잠깐만, 카즈마. 혹시 그거 이소카와 타케하루 아니냐? 그 친구가 예전에는 성이 스즈키였던 것 같은데…."

이소카와 타케하루는 형사부장이다. 한마디로 카즈마의 상사였지만, 부장급 간부와 일개 형사가 말을 섞을 일은 거의 없었다.

"아버지, 타케하루 형사부장님이 30년 전에 큰 공을 세우셨나요? 시나가와구에서 도주하던 사기단의 리더를 체포해서요. 그때 경찰관 한 명이 희생됐어요."

"맞아. 그 사람이 타케하루다. 그런데 타케하루한테 무슨 문제라도 있는 거냐?"

"아니요. 그냥 확인할 게 있어서요. 일하시는 중에 죄송했어요."

전화를 끊었다. 통화 내용을 들었는지 조수석에 앉은 미쿠모가 말했다.

"퇴직한 게 아니군요."

"응. 형사부장님이야. 계급은 경무관이고."

카즈마는 상사와 술을 마시다가 그의 무용담을 들은 적이 있었다. 그는 파출소에서 근무하던 당시 공을 세운 덕분에 수사1과로 발탁되었다고 했다. 이후에도 중요한 범죄 수사에서 활약해 이름을 날렸다. 국가공무원 종합직 시험을 통과한 성골 출신이 아니라 지방공무원 출신이지만 형사부장까지 승진했다. 몹시 이례적인 경우였다. 원래 경찰청 부장급은 치안감이 맡게 되어 있다. 경무관은 치안감보다 한 단계 낮은 계급이자, 성골 출신이 아닌 경찰관이 달 수 있는 가장 높은 계급이다. 사실 카즈마의 아버지 노리카즈도 성골 출신이 아니지만 부부장까지 승진했다.

이소카와 타케하루 형사부장은 30년 전에 마미야 레이코를 검거한 덕분에 이렇게까지 출세할 수 있었다. 그는 수사1과로 발령받은 뒤, 직속 상사의 딸과 결혼하면서 이름까지 스즈키 타케하루에서 이소카와 타케하루로 바꾸었다. 아무튼 인생은 참 아이러니하다. 도주하던 레이코를 발견한 두 경찰관 중 한 명은 목숨을 잃었고, 다른 한 명은 그 사건을 발판삼아 이례적인 출세를 했으니 말이다.

"선배님, 레이코의 다음 타깃은 이소카와 타케하루 형사부장님일 거예요."

"왜 그렇게 생각해?"

"객관적인 근거는 없습니다. 하지만 전직 검사 야나기사와 토모노리가 살해당했으니 형사부장님 역시 복수 대상이 될지도 모릅니다. 경호를 늘리도록 제안하는 게 좋을 것 같습니다."

일리가 있는 말이었다. 그쪽에 언질을 주는 것이 좋을 듯했다. 카즈마는 다시 스마트폰을 꺼냈다.

카즈마와 미쿠모가 향한 곳은 후츄시에 있는 경찰대학교였다. 경찰대학교는 상급 간부를 육성하는 학교 조직이다. 경감으로 승진할 예정인 사람들이 전국에서 몰려와 연수를 받는 장소로도 잘 알려진 곳이었다.

카즈마는 수사1과에 연락해 이소카와 타케하루 형사부장의 일정을 확인했다. 그는 오전 중에 도쿄에 있는 지구대를 돌고 오후에는 경찰대학교에서 격려사를 할 예정이라고 했다. 카즈마와 미쿠모는 마침 이나기시에 있었기에 금방 후츄시로 이동할 수 있었다. 그래서 경찰청으로 돌아가기 전에 후츄시 경찰대학교에 들러 이소카와 타케하루 형사부장에게 조심하라는 말을 전하기로 했다.

관계자 전용 주차장에는 부장급 인사가 이용하는 검은색 공무용 차량이 주차되어 있었다. 주차장 입구에서 신분을 증명하고 안으로 들어갔다. 오후 1시를 넘어선 때였다. 강의가 이루어지는 대회의실로 가자, 문 앞에 사복을 입은 형사 한 명이 서 있었다. 오사다라는 낯익은 형사였다. 카즈마는 그가 형사부장의 운전기사 겸 비서로 일하는 것도 알고 있었다.

"이소카와 타케하루 형사부장님께 드릴 말씀이 있어. 형사부장님은 어디 계셔?"

카즈마가 묻자, 오사다가 턱으로 대회의실 문을 가리켰다.

"안에서 말씀 중이셔. 갑자기 들이닥쳐서 무슨 용건이야?"

이소카와 타케하루 형사부장에게 직접 이야기할 생각이었지만, 오사다에게 미리 설명해두는 것도 나쁘지 않겠다는 생각이 들어 카즈마가 사정을 설명했다. 이야기를 끝까지 들은 오사다가 물었다.

"확증은 있어? 그 가석방된 수감자가 형사부장님을 노린다는 확증 말이야."

"없어. 어디까지나 가능성이야."

"형사부장님은 합리적인 분이야. 확증이 없는 얘기는 믿지 않으셔."

"하지만 언질이라도 드려야 해. 귀담아듣지 않으시더라도 우선 말만 전할게."

오사다는 잠시 생각하더니 손목시계를 확인하고는 말했다.

"그래, 알았어. 이제 몇 분 후면 나오실 거야. 얘기해봐."

"고마워."

감사 인사를 하고 그 자리에서 대기했다. 오사다가 미쿠모 쪽을 힐끔거리며 쳐다봤다. 오사다는 독신이었다. 그래서인지 미쿠모가 신경 쓰이는 모양이었다.

"소개가 늦었네. 이번에 새로 들어온 호죠 미쿠모야. 이쪽은 오사다."

"호죠 미쿠모입니다. 잘 부탁드립니다."

"저야말로 잘 부탁드립니다."

오사다가 쑥스러운 듯 얼굴을 붉혔다. 카즈마는 그 모습이 재미있었다. 평소 뻣뻣하고 여자에게 관심 없어 보이던 오사다가 얼굴을 붉히다니.

잠시 후 대회의실 문이 열리더니 두 남자가 나왔다. 한 사람은 흰머리가 많은 장년 남자였고, 다른 한 명은 교직원으로 보이는 젊은 남자였다. 머리가 희끗희끗한 남자가 이소카와 타케하루 형사부장이었다. 회의에서는 몇 번 봤지만, 대화를 나눈 적은 한 번도 없었다. 오사다가 다가가 그의 귓가에 무어라 귓속말을 했다. 그러자 타케하루가 날카로운 눈빛으로 카즈마 쪽을 보았다. 역시 형사부장답게 카리스마 넘치는 눈빛이었다.

"카즈마, 형사부장님이 자세한 이야기를 듣고 싶으시대."

오사다의 말을 들은 카즈마는 타케하루에게 다가갔다. 고개를 숙이며 자기소개를 했다.

"사쿠라바 카즈마입니다. 이쪽은 신입인 호죠 미쿠모입니다."

옆에서 미쿠모가 고개를 숙였다. 타케하루가 카즈마를 보며 말했다.

"사쿠라바 노리카즈 부부장의 아드님이군. 내가 아버지께 신세를 많이 지고 있네. 그래, 내가 체포한 수감자가 가석방돼서 내 목숨을 노리고 있다고?"

"그렇습니다. 수감자의 이름은 마미야 레이코입니다. 기억나십니까?"

"그 여자라면 잘 알지." 그렇게 말하던 타케하루는 무언가가 생각난 표정을 지었다. "그렇군. 오늘 오후에 기자회견에서 그런 발표를 한다고 들었네. 가석방된 수감자가 행방불명됐다고 했지? 그게 그 여자였군."

"맞습니다."

"그건 그렇고 그 여자가 가석방될 줄이야…. 상상도 못 했네. 평생 감방에서 살 줄 알았는데."

이소카와에게는 잊을 수 없는 사건이었을 것이다. 그 사건에서 파트너가 사살당했고, 본인은 그 원수를 갚듯 마미야 레이코에게 쇠고랑을 채웠으니 말이다.

"마미야 레이코가 나를 노린다는 증거는 있나?"

"없습니다. 하지만 사건을 담당한 전직 검사 야나기사와 토모노리 씨도 누군가에게 살해당했습니다."

"세타가야 사건 말인가?"

"그렇습니다."

타케하루 형사부장은 잠시 생각하듯 턱에 손을 대더니 이내 입을 열었다.

"내가 체포한 수감자가 가석방될 때마다 겁을 먹으면 아무것도 할 수가 없어. 레이코가 나를 노린다면 그 근거를 제시하는 게 형사의 임무일세. 나는 줄곧 그렇게 해왔어. 내 말이 틀린가?"

"맞는 말씀입니다."

"레이코를 잡는 게 자네들의 일일세. 내 몸을 지키는 건 자네들의 일이 아니야."

소문으로 듣던 것과 똑같은 인물이었다. 카즈마가 그의 의지를 받들겠다는 듯 고개를 숙이자 타케하루 형사부장이 말했다.

"하지만 자네의 충고는 명심하겠네. 자, 가세."

타케하루 형사부장이 그렇게 말하며 걸어갔다. 카즈마와 미쿠모도 함께 걸었다. 타케하루 옆에는 오사다가 딱 붙어 있었다. 짧은 계단을 내려갈 때였다. 갑자기 미쿠모가 외마디 비명을 지르며 계단에서 굴러떨어졌다.

"미쿠모, 괜찮아?"

카즈마는 곧바로 미쿠모에게 달려갔다. 계단 아래에서 미쿠모가 얼굴을 찌푸렸다. 무릎 언저리를 꽤 심하게 부딪친 모양이었다. 타케하루와 오사다도 불안한 표정으로 미쿠모를 내려다보았다. 미쿠모가 아픔을 참으며 말했다.

"걱정하실 필요 없습니다. 저는 괜찮으니 어서 가시죠."

"그럴 수는 없지." 타케하루가 대답했다. "호죠 소타로 선생님의 따님에게 흉터가 남도록 내버려 두면 내가 선생님을 뵐 낯이 없어지니까."

역시 알고 있었던 모양이다. 카즈마는 오사다와 함께 미쿠모를 부축해 의무실까지 데려다주었다. 의무실로 들어가자, 안쪽에서 흰 가운을 입은 초로의 의사가 나왔다. 카즈마와 오사다는 의무실 밖에서 진찰이 끝나기를 기다렸다.

10분쯤 후에 의무실 문이 열렸다. 미쿠모가 의사와 함께 나왔다.

"죄송합니다."

그녀는 자신을 기다려 준 상사들에게 사과했다. 그 옆에서 의사가 설명했다.

"간단한 응급처치만 했습니다. 뼈에는 이상이 없는 것 같지만, 계속 아프면 정형외과에 가보세요."

"형사부장님, 실례가 많았습니다."

카즈마가 타케하루 형사부장에게 허리를 굽혔다. 타케하루는 고개를 끄덕이고는 복도를 걸어갔다. 카즈마도 미쿠모와 함께 걸음을 옮겼다. 그녀는 왼발을 조금 절뚝거렸다.

건물에서 나와 주차장으로 향했다. 검은색 공무용 차량과 카즈마 일행이 타고 온 흰색 잠복용 차량이 나란히 주차되어 있었다. 차를 향해 걸어가던 그때였다. 갑자기 굉음이 귓가를 울렸다.

검은색 공무용 차량이 화염에 휩싸인 모습이 또렷이 보였다. 카즈마는 미쿠모의 어깨를 잡고 재빨리 땅에 엎드렸다. 오사다도 타케하루 형사부장의 몸을 감싸며 땅에 엎드렸다.

잠시 후 고개를 들고 돌아보자, 잔해로 변해버린 공무용 차량에서 검은 연기가 뿜어져 나왔다.

그로부터 1시간 뒤, 경찰대학교의 분위기는 소란스러웠다. 누군가가 고의로 설치한 폭발물 때문에 검은색 공무용 차량이 폭발했다는 추정이 나왔다. 또 다른 폭발물이 있을지도 모르니 부지 내의 모든 건물은 임시 폐쇄되었다. 지금도 경찰청에서 파견된 폭발물처리반이 이 일대를 수색하는 중이었다.

비가 내리기 시작했다. 카즈마와 미쿠모는 부지 한쪽에서 대기했다. 사건의 목격자라 아무것도 하지 않고 자리를 뜰 수는 없었다. 타케하루 형사부장은 차가 폭발할 때 몸을 낮추다가 허리를 삐끗했는지 경찰 차량 안에서 안정을 취하고 있었다.

"선배님, 역시 범인은 형사부장님을 노렸네요."

옆에 있는 미쿠모가 말하자, 카즈마가 대답했다.

"그러게. 레이코의 다음 목표는 타케하루 형사부장님이었어."

두 사람은 경찰대학교 측에서 빌려준 비닐우산을 함께 쓰고 있었다. 카즈마의 어깨가 비에 젖어 축축했다. 그때 한 경찰관이 달려와 카즈마에게 말했다.

"확인해본 결과 저 건물은 안전합니다. 안으로 들어가시죠."

경찰관이 손가락으로 가리킨 곳은 조금 전 카즈마 일행이 있었던 큰 건물이었다. 카즈마는 미쿠모와 함께 건물 안으로 들어갔다. 경찰관이 회의실로 안내했다. 그 안에는 수사관들이 있었다. 대부분 이 지역을 담당하는 후츄 경찰서의 수사관이었지만, 개중에는 경찰청 수사관도 있었다.

경찰청 형사부장의 공무용 차량이 폭파되었으니 경찰청에서도 사람을 파견한 것이었다. 다행히 희생자는 없었지만 대대적인 수사가 시작될 예감이 들었다.

"카즈마, 잠깐 시간 돼?"

회의실로 들어온 사람은 오사다였다. 오사다 역시 조금 지쳐 보였다.

"형사부장님이 두 사람과 대화하고 싶으시대. 이쪽으로 와."

미쿠모와 함께 회의실을 나섰다. 복도를 지나며 카즈마가 오사다에게 물었다.

"형사부장님의 오후 일정은 어떻게 됐어?"

"전부 취소됐어. 경호원을 붙인다는 얘기도 있나 봐."

조금 전 마츠나가 반장에게 전화로 상황을 보고했더니, 경찰청에서도 움직임이 있었다고 했다. 오후에 있을 예정이었던 기자회견도 미뤄졌다. 타케하루 형사부장의 공무용 차량을 폭파한 사람이 레이코라면, 그 여자에 관한 정보를 언론에 공개하면 안 된다는 신중론이 나왔기 때문이라고 했다. 카즈마도 그 대응이 옳다고 생각했다.

"실례합니다."

오사다가 그렇게 말하며 문을 열었다. 그곳은 손님을 위해 마련된 응접실이었고, 소파와 테이블이 놓여 있었다. 타케하루가 소파에 앉아 있었다.

"형사부장님, 두 사람을 데려왔습니다."

오사다가 말하자, 타케하루가 허리를 손으로 감싸며 일어났다.

"자네들에게 진심으로 고맙네."

"무슨 말씀이십니까?"

"호죠 소타로 선생님의 따님 말일세." 타케하루의 눈이 미쿠모를 향했다. "자네가 계단에서 구르지 않았다면 나와 오사다는 지금쯤 이 세상에 없었을 걸세."

오사다가 덧붙이듯 말했다.

"시한폭탄이었을 가능성이 크다더군."

이런 이야기였다. 미쿠모가 계단에서 구르는 바람에 타케하루 일행은 그녀를 의무실로 데려다주어야 했다. 덕분에 미쿠모가 치료를 받은 시간만큼 범인의 계산에 오차가 생겼다. 미쿠모가 다치지 않았다면 두 사람은 그때 공무용 차량을 타고 후츄시 도로를 달리고 있었을 테고, 그랬다면 그들은 목숨을 잃었을 것이다.

"자네들은 내 생명의 은인일세."

"당치도 않습니다."

"아무튼 공무용 차량을 폭파한 자를 알아내야겠네. 자네들의 이야기를 믿어보면 가석방된 레이코가 연관됐을 가능성이 커."

"네. 개인적으로는 그렇게 생각합니다."

증거는 없다. 하지만 이번 사건의 범인은 버스 납치 사건에서도 사용된 폭발물을 썼다. 그 점도 공통점이었다.

"나와 오사다는 다른 공무용 차량을 타고 경찰청으로 돌아갈 거야. 하지만 자네들은 여기서 수사에 협력해주게. 사건을 직접 겪은 당사자로서 좋은 의견을 낼 수도 있을 테니."

"알겠습니다. 그렇게 하겠습니다."

카즈마와 미쿠모는 인사한 뒤 응접실에서 나왔다. 수사관들이 복도에서 정신없이 돌아다녔다. 이 건물의 안전은 확인되었지만, 부지 전체가 안전한지는 아직 확인되지 않았다. 자유롭게 돌아다니려면 시간이 조금 더 걸릴 듯했다.

오후 4시가 조금 지났을 즈음, 드디어 부지 안에 있는 모든 건물의 안전이 확인되어 자유롭게 돌아다닐 수 있게 되었다. 동시에 본격적인 수사가 시작되었다. 경찰은 학교 관계자를 대상으로 탐문을 시작했고 교내를 드나든 사람을 추려 신속하게 명단을 작성했다.

문제는 범인이 공무용 차량에 폭발물을 설치한 시간대였다. 타케하루가 타는 공무용 차량은 보통 경찰청 주차장에 주차되었는데, 그곳은 당연히 경비가 삼엄했다. 외부인이 침입해 폭탄을 설치하기는 어려웠다. 경찰청 이외의 장소에서 폭탄을 설치했다고 보는 것이 자연스러웠다.

카즈마는 지금 교직원을 상대로 탐문을 하는 중이었다. 카즈마 옆에는 미쿠모도 있었다.

"타케하루 형사부장님이 오늘 경찰대학교를 방문한 건 예전부터 계획되어 있던 겁니까?"

"네. 몇 달 전부터 잡혀 있던 일정이에요."

"형사부장님이 여기에 도착하셨을 때가 몇 시쯤이었죠?"

"오전 11시 30분 정도였어요."

형사부장은 교장을 비롯한 학교 관계자들과 인사한 다음 점심을 먹었다고 했다. 그리고 오후 1시, 대회의실에서 격려사를 했다. 격려사에 필요한 시간은 10분 정도였다. 그 이후의 일은 카즈마가 아는 대로였다.

공무용 차량이 폭발한 정확한 시간은 오후 1시 45분이었다. 미쿠모가 계단에서 구르는 바람에 출발이 늦어졌지만, 원래라면 타케하루와 오사다가 차 안에 있을 시간이었다. 타케하루의 공무용 차량이 주차장에 머무른 시간은 2시간 15분 정도였다. 그 사이에 범인이 폭탄을 설치했을 가능성이 컸다.

"학교 뒤편에 있는 경비실 앞 CCTV 영상을 준비했습니다."

다른 교직원의 말을 듣고 카즈마는 그쪽으로 향했다. 타케하루의 공무용 차량이 있던 주차장은 관계자 전용 주차장이라 정문과 연결된 일반 주차장과는 분리되어 있었다. 납품업체가 물건을 반입할 때는 반드시 학교 뒤편에 있는 경비실 앞을 지나 관계자 전용 주차장으로 들어가야 했다.

"영상을 미리 훑어봤어요." 교직원이 설명했다. "오늘 아침부터 형사부장님의 차가 폭발할 때까지 경비실 앞을 지나간 차는 일곱 대였습니다."

그중 두 대는 타케하루가 타고 온 공무용 차량과 카즈마 일행의 잠복용 차량이었다. 따라서 나머지 다섯 대를 눈여겨보아야 했다.

"첫 번째 차량은 학교와 계약을 맺은 식품업체예요. 식당에서 사용하는 식재료를 매일 실어오는 대형트럭이 오전 9시 넘어서 들어왔어요. 두 번째는 세탁전문업체의 대형트럭이에요. 우리 학교에는 숙박 시설도 있어서 이 차가 매일같이 침대 시트를 교환하러 와요."

세 번째는 교내에 있는 전자기기를 점검하러 온 전자제품업체, 네 번째는 교직원의 도시락을 배달하러 온 도시락 배달업체, 다섯 번째는 교내 자판기에 음료를 채우러 온 음료업체 트럭이었다.

카즈마와 미쿠모는 모든 영상을 확인하기로 했다. 트럭이 출입하는 장면을 몇 번이나 돌려봤다. 특별히 수상한 점을 발견하지는 못했다. 범인은 업체 트럭 사이에 섞여 이곳에 들어오지는 않은 듯했다. 그렇다면 역시 여기 오기 전에 폭탄을 설치했다는 말일까.

"이 도시락업체가 이상해요."

CCTV 영상을 보면서 미쿠모가 말했다. 화면 안에는 하얀 왜건형 자동차가 있었다. 교내에 들어오는 장면을 찍은 영상이라 차의 앞부분이 비스듬하게 잡혔다. 운전석과 조수석에 각각 남자가 앉아 있었다.

"조수석에 앉은 사람은 운전석에 있는 사람과 달라요, 입은 옷이요."

듣고 보니 그랬다. 복장이 달랐다. 운전석에 있는 남자는 하얀 제복에 하얀 모자까지 썼지만, 조수석에 앉은 남자는 검은 점퍼 차림이었다.

카즈마가 교직원에게 말했다.

"죄송합니다만, 도시락업체가 찍힌 오늘 자 영상이 또 있습니까? 그리고 도시락업체의 연락처를 알려주십시오."

"영상을 찾아볼게요. 연락처는…, 여기요."

카즈마는 교직원이 알려준 번호로 즉시 전화를 걸었다. 여자

상담사가 전화를 받았다가 형사임을 알고는 다른 부서로 연결해주었다. 다음으로 전화를 받은 사람은 남자였다. 카즈마가 상황을 설명했다. 후츄시 부근을 담당하는 배달기사가 무사한지도 물었다. 그러자 수화기 너머의 남자가 말했다.

"그게…, 형사님이 말씀하신 대로입니다. 사실 배달차 한 대가 행방불명됐어요."

몹시 난처한 목소리였다. 안 그래도 어떻게 해야 할지 방법을 찾는 중이었다고 했다.

"후츄 경찰서에 신고하세요. 상황을 바로 알 수 있도록 저도 연락을 해두겠습니다. 그런데 행방불명된 차에 탄 직원은 한 명이었나요?"

"네. 저희는 원칙적으로 혼자서 배달을 하거든요."

틀림없다. 도시락 배달업체 직원으로 위장한 수상한 자가 경찰대학교에 침입했다. 카즈마가 전화를 끊자마자 교직원이 말했다.

"이건 어떻습니까? 학교 뒤편에 있는 창고 앞 CCTV 영상이에요."

카즈마는 화면으로 눈을 돌렸다. 조금 전 영상에 비해 자동차 앞 유리가 또렷하고 크게 보였다. 운전석에 앉아 핸들을 쥔 사람은 30대에서 40대 정도로 보이는 남자였다. 조수석에 앉은 사람은 그보다 나이가 들어 보였다.

"어?"

카즈마 옆에 있던 미쿠모가 갑자기 목소리를 높였다. 카즈마가 물었다.

"왜 그래? 미쿠모."

"저 이 사람 알아요."

미쿠모가 화면을 가리키며 대답했다.

★

히가시무코지마역에서 나오자 비가 한두 방울씩 떨어졌다. 오늘 서쪽부터 비가 내린다던 아침 일기예보가 생각났다. 하나코는 우산을 살지 고민하다가 집에 산더미처럼 쌓여 있는 비닐우산을 떠올리고 참기로 했다. 서둘러 어린이집으로 향했다.

오후 5시가 넘었다. 오늘은 오후 4시까지 일을 했다. 하나코가 근무하는 서점은 1시간 단위로 교대 시간을 선택할 수 있어서 좋았다.

어린이집 부지 안으로 들어섰다. 안은 보통 실외에서 놀다가 하나코가 데리러 오면 달려 나오곤 했는데, 오늘은 날씨가 궂어 실내에 있는 모양이었다.

"미쿠모 안의 엄마예요. 딸아이를 데리러 왔어요."

하나코가 그렇게 말하며 교실을 들여다보자, 근처에 있던 보육 교사가 돌아보았다.

"아, 안 어머님 오셨어요? 안, 엄마 오셨다."

교실 정중앙에 보육 교사 한 명을 중심으로 아이들이 둘러 앉아 있었다. 선생님이 그림책을 읽어주는 듯했다. 안은 엄마가 왔다는 말을 듣고도 그림책에 푹 빠져 꿈쩍하지 않았다. 하나코는 낭독이 끝날 때까지 기다리기로 하고 보육 교사에게도 그렇게 말했다. 교실에서 나와 복도 벽에 붙은 아이들의 그림을 구경할 때, 뒤에서 목소리가 들렸다. 돌아보니 보육 교사 나가이 유카리가 서 있었다.

"유카리 선생님, 몸은 괜찮으세요?"

"괜찮아요. 오늘부터 다시 일을 시작했어요."

나가이 유카리는 지난번 버스 납치 사건에서 인질로 잡힌 세 보육 교사 중 한 명이었다. 임산부라 도중에 버스에서 내렸지만, 보육 교사 가운데 가장 믿음직한 존재였다. 그녀는 내년 봄에 아이를 출산할 예정이라고 했다.

"안의 아버님이 형사님이셨죠? 어머님들 사이에서도 멋있다고 소문이 자자해요."

그 사건으로 카즈마가 형사라는 사실을 들키고 말았다. 동시에 하나코와 카즈마가 공식적으로 혼인신고를 하지 않았다는 사실도 밝혀졌지만, 아직도 부모님의 반대가 심해서 그렇다는 억지 핑계를 대며 겨우겨우 얼버무렸다.

"형사여도 집에서는 평범해요."

"그런데 오늘 안의 기분이 조금 안 좋아 보였어요. 혹시 무슨 일이 있었나요?"

"아니요. 아무 일도…."

"그런가요? 그럼 제 착각일 수도 있겠네요."

역시 보육 교사였다. 안을 잘 지켜보고 있는 모양이었다. 역시나 부모 자식 관계라 그런지, 하나코가 심리적으로 괴롭거나 스트레스를 받는 일이 있으면 안도 그 영향을 받는 경우가 종종 있었다. 사실 하나코의 마음은 어제부터 몹시 괴로웠다.

타케루와 에츠코의 절연 선언 때문이었다. 미쿠모 가문은 앞으로 사쿠라바 가문과 일절 교류하지 않겠다고 했다. 하나코는 어젯밤부터 계속 부모님에게 전화를 걸었지만, 통화는 한 번도 연결되지 않았다.

사실 오늘 아침 출근 전에 츠키시마에 있는 할아버지의 집을 찾아갔다가 집이 깔끔하게 정리된 모습만 확인하고 돌아왔다. 얼마 전 저녁을 먹으러 그 집에 갔을 때 할아버지가 죽음을 준비한다며 방을 정리하던 것이 떠올랐다. 그것도 이 상황의 복선이었다는 생각이 들었다.

나만 미쿠모 가문에서 떨어져 나오고 말았다. 그렇게 생각하니 마음 한구석이 텅 빈 듯 허전했다. 그런 감정이 안에게도 전해져 그 아이의 기분에 영향을 미쳤을지도 모른다.

"어머님, 남편분과는 어디서 만나셨나요?"

"도서관에서요. 제가 예전에 도서관에서 일했거든요."

"그렇군요. 도서관에서 만나셨다니 엄청 로맨틱해요."

요즘 카즈마는 무척 바빴다. 어떤 사건을 담당하는지는 모르지만, 자정이 넘어 집에 돌아오는 일이 잦았다. 어젯밤에도

11시가 다 돼서야 집에 들어왔다. 아침에는 집안일 때문에 정신이 없어서 어제 사쿠라바 본가에서 있었던 일을 말하지 못했다.

그 두 사람이 왜 갑자기 사쿠라바 가문과 연을 끊겠다고 했는지, 그 이유를 도무지 알 수 없었다. 바로 며칠 전에도 안의 생일날 스키야키 파티를 하자고 우기던 사람들이 말이다. 갑작스럽게 마음이 바뀐 데에는 그만한 이유가 있을 테지만, 하나코는 짐작 가는 바가 전혀 없었다.

"아, 끝났나 보네요."

나가이 유카리의 목소리를 듣고 감상에서 빠져나온 하나코는 교실을 들여다보았다. 안이 하나코를 향해 달려왔다. 하나코가 안을 안아 올리며 말했다.

"안, 그림책 어땠어?"

"아는 얘기였어."

"음…, 그래? 안은 기억력이 좋구나."

이 나이 때 아이들의 기억력은 실로 놀라웠다. 그리고 무엇이든 보자마자 흉내를 내기 때문에 늘 행동을 조심해야 했다.

"안, 오늘 저녁은 뭐 먹고 싶어?"

"음…. 깔끔한 거."

이것도 그 일환이었다. 카즈마가 가끔 하던 말을 기억하고 안이 흉내를 내는 것이었다. 깔끔한 게 무엇인지 알고 하는 말이 아니었다.

"깔끔한 거? 뭐가 좋으려나?"

안과 손을 잡고 복도를 걸었다. 신발장 앞까지 와서야 조금 전보다 빗발이 굵어졌음을 깨달았다. 우산 없이는 밖에 나가지 못할 만큼 굵은 비가 쏟아졌다. 어떻게 하지? 어린이집에서 우산을 빌려주려나? 그렇게 생각했을 때였다. 등 뒤에서 목소리가 들려 뒤를 돌아보았다.

초로의 남성이 서 있었다. 통원버스 운전기사였다. 그가 인사를 하기에 하나코도 작게 고개를 숙이며 인사했다.

★

카즈마는 잠복용 차량을 몰았다. 이제 5분 후면 도착할 예정이었다. 목적지는 안이 다니는 히가시무코지마 플라워어린이집이었다.

경찰대학교 CCTV에 찍힌 남자의 정체는 어린이집 운전기사였다. 지난번 버스 납치 사건이 일어났을 때 대형 버스를 운전하던 남자였다. 이름은 모르지만, 실제로 버스에 탔던 미쿠모가 그를 기억하고 있었다. 미쿠모가 버스에 탈 때 그는 버스에서 내렸기 때문에 아주 짧은 순간 마주친 것이 전부라고 했다. 그런데도 도시락 배달차의 조수석에 탄 사람이 히가시무코지마 플라워어린이집의 운전기사임이 틀림없다고 미쿠모는 단언했다.

재킷 주머니 안에서 스마트폰이 진동했다. 카즈마가 확인해

보니 모르는 번호가 떠 있었다. 스마트폰을 조수석에 있는 미쿠모에게 건넸다. 그녀가 전화를 받으며 말했다.

"네, 경찰청 수사1과 호죠 미쿠모입니다. …죄송합니다. 카즈마 형사님은 운전 중이라 전화를 받을 수 없습니다. 괜찮으시면 저한테 용건을 말씀해 주십시오. …네."

미쿠모는 한동안 통화를 이어나갔다. 카즈마는 미쿠모가 하는 말만 듣고도 대화 내용을 대강 알 수 있었다. 통화를 마친 미쿠모가 자세히 설명했다.

"후츄 경찰서에서 온 전화였어요. 행방불명된 배달차를 찾았대요. 배달기사도 무사하답니다."

이야기는 이랬다. 오전 배달을 하던 배달기사가 신호에 걸려 정차했을 때, 갑자기 한 남자가 조수석에 올라탔다. 그가 칼을 들이밀며 협박을 해서 배달기사는 어쩔 수 없이 남자와 함께 경찰대학교 부지 안으로 들어갔다. 배달을 마치고 밖으로 나와 한참 달린 뒤에야 그 남자가 차를 세웠다. 배달기사는 거기서 폭행을 당해 정신을 잃었다고 했다. 배달기사가 경찰대학교에서 도시락을 내리는 동안 남자는 폭탄을 설치했을 것이다.

카즈마는 오늘 그 운전기사가 어린이집에 출근했는지 알지 못했다. 원래는 먼저 전화로 문의하는 것이 순서였지만, 미쿠모와 의논한 끝에 연락 없이 어린이집에 찾아가기로 했다. 섣불리 전화를 했다가 상대가 이쪽의 의도를 눈치채면 안 되기 때문이었다. 아무튼 지금은 운전기사의 신병을 확보하는 것이 가장 중요했다.

어린이집에 도착했다. 차를 세우고 어린이집 안으로 들어갔다. 오후 6시가 되려는 참이었다. 아직 아이들 몇 명이 부모님을 기다리며 교실에 남아 있었다. 교실을 둘러보았지만, 안은 없었다. 벌써 집에 돌아간 모양이었다. 카즈마는 보육 교사와 눈이 마주쳐 인사를 했다. 카즈마는 안을 데리러 오는 일이 거의 없었지만, 보육 교사는 버스 납치 사건 때문에 카즈마가 누구인지 아는 듯했다. 카즈마는 복도 안쪽으로 들어가 원장실 문을 두드렸다.

"들어오세요."

"실례합니다." 카즈마가 문을 열었다. 마주 보이는 책상 앞에 원장선생님이 앉아 있었다. 카즈마는 버스 납치 사건 때 그와 대화를 나눈 적이 있어 구면이었고, 그는 카즈마의 딸 안이 이 어린이집에 다니는 것도 알고 있었다.

"형사님이 어쩐 일로 여기에 오셨습니까?"

"불쑥 찾아와서 죄송합니다. 여쭤볼 게 있어서 왔습니다. 이쪽은 동료인 호죠 미쿠모입니다."

카즈마 옆에 있던 미쿠모가 고개 숙여 인사했다. 원장이 소파에 앉으라고 권하자, 그 말대로 하며 카즈마가 원장에게 물었다.

"아이들 통원버스를 운전해주는 분이 있죠? 그분에 대해 여쭤볼 게 있습니다."

"이와나가 요시타케 씨요? 그 사람이 무슨 문제라도 일으켰습니까?"

카즈마와 미쿠모가 시선을 교환했다. 본명으로 일할 줄은 몰랐다. 그러나 4대 보험 가입 절차 때문에 신분을 속인 채 정규직으로 취업하기는 어려웠으리라는 생각이 들었다. 카즈마가 이어서 말했다.

"무슨 범죄 혐의가 있어서 그런 건 아니고요. 참고만 하려고 하니 그 사람에 대해 아시는 걸 말씀해 주세요."

"반년 전에 원래 일하던 운전기사가 사고를 당해서 급하게 새 운전기사를 뽑게 됐습니다. 그때 제일 먼저 지원한 사람이 이와나가 요시타케 씨였어요. 대형 면허도 있었고, 버스 운전도 할 수 있다길래 바로 채용했습니다."

"그 사람의 예전 직업이 뭐였는지 아십니까?"

"네, 압니다. 면접 때 이력서를 받았거든요. 그 직업을 교도관이라고 하나요? 아무튼 교도소에서 일했다고 들었습니다. 규칙이나 시간을 잘 지킬 것 같아서 기대가 컸죠. 실제로도 성실하게 일해주고 있고요."

통원버스 운전기사는 아침과 저녁, 총 두 번 버스를 몰아야 했다. 일주일에 몇 번은 가까운 공원으로 아이들을 태워줘야 할 때도 있었다. 남는 시간에는 어린이집에 있는 식물을 관리하거나 망가진 놀이기구를 수리하면서 관리인 같은 일을 해야 한다고 했다. 그런 일조차 없을 때는 아침에 아이들을 어린이집으로 데려다준 뒤에 저녁까지 내내 쉬는 모양이었다.

"원장선생님은 요시타케 씨가 사적으로 어떻게 지내는지 아십니까? 예를 들면 결혼은 했는지, 아이가 있는지, 그런 대화를 나눈 적이 있으신가요?"

"없습니다." 원장이 겸연쩍은 듯 대답했다. "저희도 직원 친목회 개념으로 정기적인 회식을 하지만, 요시타케 씨는 한 번도 참여한 적이 없어요. 아무래도 여자 보육 교사가 많다 보니 참여하기 민망할 수 있겠다 싶어서 적극적으로 오라고 하지는 않았습니다."

그 마음은 알 것 같았다. 카즈마가 원장에게 물었다.

"그런데 요시타케 씨는 오늘 어디에 가셨습니까? 벌써 퇴근하셨나요?"

원장이 일어나 창밖을 보며 고개를 갸웃거렸다.

"이상하네요. 버스가 없어요. 보통은 저기에 세워두는데…. 기름이라도 넣으러 갔나?"

원장이 원장실에서 나갔다. 요시타케를 찾으려는 것 같았다. 카즈마와 미쿠모도 따라나섰다. 원장은 복도를 지나 교실 쪽으로 걸어갔다.

"좀 이상하지 않습니까?" 카즈마 옆에서 걷던 미쿠모가 말했다. "요시타케가 여기서 일하게 된 과정이요. 원장선생님은 전에 일하던 사람이 사고를 당했다고 하셨죠. 누군가가 고의로 사고를 낸 걸지도 몰라요."

"그럴지도 모르지. 아, 조심해. 턱이 있어."

"감사합니다."

미쿠모가 신중하게 턱을 넘었다. 미쿠모의 말에도 일리가 있었다. 그가 이 어린이집에서 일하기 위해 전임자를 쫓아냈을 가능성은 충분했다.

"저기, 형사님." 원장이 돌아와서 카즈마에게 말했다. "요시타케 씨가 어디 있는지 아는 사람이 없습니다. 제가 핸드폰으로 연락해 보겠습니다. 아, 자네." 원장이 지나가던 보육 교사를 불러 세워 물었다. "운전기사 요시타케 씨 말이야, 어디 있는지 아나?"

보육 교사는 카즈마 쪽을 힐끔 보고는 고개 숙여 인사하더니 대답했다.

"요시타케 씨는 사모님과 따님을 버스로 데려다주러 가셨어요."

"제 아내와 딸을요?"

카즈마가 자기도 모르게 보육 교사 쪽으로 성큼 다가갔다. 그 박력에 기가 눌린 듯 보육 교사가 대답했다.

"그, 그렇습니다. 안의 어머님이 우산을 놓고 오셔서 요시타케 씨가 버스로 데려다주겠다고 하셨어요. 방금 전에요."

카즈마가 반사적으로 뛰쳐나갔다. 미쿠모가 뒤에서 무어라 말했지만, 카즈마는 거기에 신경 쓸 겨를 없이 어린이집 밖으로 달려나갔다.

★

“정말 감사합니다. 덕분에 편하게 가네요.”

하나코는 통원버스 맨 앞자리에 앉아 있었다. 옆에는 안도 있었다. 안은 창문에 손을 대고 바깥 풍경을 바라보았다. 하나코가 감사 인사를 하자, 운전석에 있는 초로의 운전기사가 시선을 앞에 고정한 채 고개를 끄덕였다.

“아, 제 소개를 안 했군요. 저는 미쿠모 하나코라고 해요. 이 아이는 제 딸인 안이에요. 항상 저희 딸아이가 타는 버스를 운전해주셔서 감사합니다.”

“저는 이와나가 요시타케입니다. 소문은 들었습니다. 버스 납치 사건 때도 큰일을 하셨다고요.”

“아니에요. 그때는 오히려 제가 감사했습니다.”

그때의 기억이 여전히 생생했다. 학부모 한 명이 버스에서 내리겠다고 억지를 부리던 때였다. 이 운전기사가 냉철하게 학부모들을 설득했다. 말에 설득력이 있어서 여전히 기억에 남았다. 의지할 수 있겠다고 안도한 것도 잠시, 남성들이 모두 버스에서 내리게 되었지만.

“저는 원래 교도관이었습니다. 교도관이라는 직업을 아시나요? 교도소에서 수감자를 돌보는 일이죠. 저는 칸토에 있는 여러 교도소를 돌며 근무했어요.”

“그렇군요. 쉽지 않은 일이었겠어요.”

"교도관으로 30년 정도 일했습니다. 집은 보통 직장 근처에 있는 빌라를 빌렸죠. 가끔 기숙사에 들어갈 때도 있었지만요. 뭐라고 하면 좋을까. 교도소에는 죄를 지은 죄인밖에 없잖습니까? 저는 교도관이었지만, 저 역시 성인군자는 아니었어요. 나와 그들의 차이가 무엇인지 계속 고민했습니다."

이 사람이 이렇게 말이 많을 줄은 몰랐다. 그런데 조금 불길한 느낌이 들었다. 대화를 삼가는 게 좋을 것 같아 하나코는 들리지 않는 척을 했다. 하지만 요시타케는 계속 말을 이었다.

"운이 나빴으면 저도 그 사람들과 같은 곳에 들어갔을지도 몰라요. 그런 생각을 여러 번 했습니다. 제가 20대일 때, 술에 취해 싸움을 한 적이 있었어요. 저는 어릴 때부터 팔심이 세서 몸싸움에서 져본 적이 없습니다. 그때도 그랬죠. 주먹이 제대로 먹혀서 상대가 쓰러졌어요. 만약 그때 쓰러진 사람이 잘못해서 돌에 머리를 부딪쳤다면 죽었을지도 모릅니다. 그러면 제가 감방에 들어갔겠죠."

하나코는 안을 바짝 당겨 안았다. 안은 운전기사가 이상하다는 것을 눈치채지 못한 채 창문에 글자를 쓰며 놀고 있었다. 밖에 내리는 비 때문에 차창에는 뿌옇게 김이 서렸다.

"그 사람을 처음 만난 건 12년 전, 제가 마흔여섯 살 때였습니다. 토치기 교도소로 발령받은 해였어요. 처음 만난 순간, 그 사람은 저를 보고 웃었습니다. 저는 그 웃음을 보고 그녀가 제 내면을 꿰뚫어 본 것 같다는 생각을 했어요. 실제로 그 사람은 저를 꿰뚫어 봤습니다. 제가 감방 안에 들어가고 싶어한다는 걸 알아차렸어요. 그 사람은 정말 대단한 사람이에요."

강한 위기감이 하나코를 덮쳐 왔다. 하나코는 정신을 다잡고 말했다.

"죄송해요. 여기서 내려주세요."

하지만 요시타케는 하나코의 말을 무시했다. 통원버스는 교차로에서 직진했다. 하나코의 집으로 가려면 그 교차로에서 좌회전했어야 했다.

"기사님, 지금 이 골목에서 왼쪽으로…."

"그 사람을 위해서라면 무슨 짓이든 할 겁니다. 저는 그렇게 맹세했어요. 그녀를 밖으로 내보낼 수만 있다면 제가 감방에 들어가도 좋아요. 모든 게 다 그 사람을 위한 계획이었습니다. 교도관을 그만둔 것도, 그 사람과 혼인신고를 한 것도요. 혼인신고를 해야 면회하기가 쉽거든요."

이 남자는 정체가 뭘까. 하나코는 공포와 동시에 궁금증을 느꼈다. 왜 우리 모녀였을까. 왜 하필 우리를 선택했을까. 어쩌면 카즈마와 관련이 있는 것일까. 계속 수감자나 교도소 이야기를 하는 것을 보면 옛날에 카즈마가 체포한 범죄자와 연관이 있는 것일지도 모른다.

"그 사람의 계획은 그야말로 완벽했어요. 저는 아무 생각 없이 그저 시키는 대로 움직이기만 하면 됐습니다. 그 사람이 가석방되는 건 원래 있을 수 없는 일인데, 그 사람은 그 일을 해내고야 말았습니다. 감옥 안에서 고안한 계획으로요."

통원버스가 천천히 멈췄다. 신호등에 빨간불이 들어와 있었다. 운전석에 앉은 요시타케가 뒤를 돌아보더니, 하나코의 얼굴을 보며 씨익 웃었다.

"얼굴이 조금 있네요. '레이'의 얼굴이."

그게 무슨 말일까. 애초에 레이가 누구란 말인가. 이해할 수 없는 것들 천지였지만, 아무튼 지금은 안의 안전이 가장 중요했다. 지금 버스는 가만히 서 있다. 이 틈에 도망칠 수 있지 않을까. 버스 앞뒤에 달린 문은 운전기사만 열 수 있다. 그렇다면 길은 창문밖에 없다. 하지만 이 창문으로 어떻게 도망칠 수 있을까. 안만이라도 밖으로 내보낼 수 있을까.

그때 진동이 울렸다. 핸드백 속에 든 스마트폰이었다. 발신자가 누구인지는 모르지만, 지금은 도움을 요청하고 싶은 심정뿐이었다. 운전기사 요시타케는 아직 스마트폰의 진동을 눈치채지 못했다. 하나코가 핸드백에 손을 뻗으려 한 순간, 안이 천진난만하게 말했다.

"엄마, 전화 안 받아?"

그 말에 요시타케가 반응했다. 날카로운 눈빛으로 이쪽을 쳐다봤다. 전화를 포기할 수밖에 없었다. 하나코는 그제야 이마에 식은땀이 흐르고 있음을 깨달았다.

★

"소용없어. 안 받아."

카즈마는 스마트폰을 재킷 주머니에 넣었다. 하나코에게 전화를 걸었지만 받지 않았다. 핸들을 고쳐 쥐며 앞에 있는 교차로에서 좌회전했다.

"무사히 집에 갔을지도 몰라요, 선배님."

조수석에 앉은 미쿠모가 기운을 북돋듯 말했지만, 카즈마는 사태가 좋지 않은 방향으로 흘러가고 있음을 직감했다. 이와나가 요시타케라는 운전기사는 틀림없이 일련의 사건을 일으킨 범인이었다. 카즈마는 그렇게 확신했다.

"여기야. 잠깐만 기다려."

"조심하세요, 선배님."

아파트 앞에 잠복용 차량을 세우고 운전석에서 내렸다. 초인종을 누르는 것보다 직접 실내를 확인하는 것이 빠르다고 판단한 카즈마는 곧바로 공동현관문을 열고 아파트 안으로 들어갔다. 엘리베이터로 8층까지 올라가 열쇠로 문을 따고 집에 들어갔다. 현관에 놓인 신발만 보아도 하나코와 안이 집에 없음을 알 수 있었지만, 일단 방 안을 확인했다. 역시 두 사람은 집에 없었다. 카즈마는 낙담한 채 엘리베이터로 1층까지 내려가 다시 잠복용 차량에 올라탔다.

"…네. 맞습니다. …네. 긴급사태입니다. 긴급수배 요청합니다."

미쿠모가 스마트폰에 대고 무슨 말을 하고 있었다. 통화를 마친 미쿠모가 말했다.

“어린이집에 연락해서 알아낸 통원버스의 차량번호를 무코지마 경찰서에 전달했고 긴급수배도 요청했습니다.”

“고맙다, 미쿠모.”

“서두르시죠. 직접 돌아다니면서 찾는 수밖에 없어요.”

“그래.”

카즈마는 안전벨트를 매고 잠복용 차량의 액셀을 밟았다. 조수석에 앉은 미쿠모가 고개를 갸웃거리며 말했다.

“왜 하필 사모님이었을까요? 그 이유를 모르겠어요.”

“나도 그래. 도무지 이해가 안 돼.”

그는 어째서 하나코와 안을 데리고 간 것일까. 짐작 가는 이유가 없었다. 카즈마가 아는 한, 이와나가 요시타케와 하나코 사이에는 연결고리가 없었다. 굳이 하나를 꼽아 보자면 버스 납치 사건이 연결고리였다. 그 사건을 겪는 과정에서 하나코가 범인 측의 원한을 산 것일까. 하지만 이와나가 레이코는 가석방되었으니, 범인 측은 그 사건으로 원하는 바를 이룬 상황이었다.

“선배님, 괜찮아요. 사모님은 무사하실 거예요.”

단순한 위로의 말이라고 생각했다. 그러나 미쿠모는 자신감 넘치는 표정으로 덧붙였다.

“제가 사람을 관찰하는 능력에는 자신이 있거든요. 사모님을 처음 뵀을 때 어떤 분야의 달인 같은 기운을 느꼈어요. 그런 기운을 풍기는 사람은 쉽게 무너지지 않습니다."

맞다고 할 수는 없지만 그렇다고 틀리다고 할 수도 없는 말이었다. 하나코는 어릴 때부터 할아버지에게 소매치기 기술을 배웠다. 달인이라고 해도 과언이 아닌 수준이었다. 하지만 지금 하나코 옆에는 안도 함께 있었다. 카즈마는 그것이 너무나 불안했다.

"선배님, 다음 골목에서 좌회전이요. 통원버스는 크니까 비교적 넓은 도로로 갔을 거예요."

"알았어."

교차로 신호가 파란불로 바뀌었다. 카즈마는 잠복용 차량의 핸들을 꺾어 좌회전했다. 시야에 들어오는 노란색 통원버스는 없었다. 실망감을 억누르며 카즈마는 액셀을 밟았다.

★

"세워주세요. 부탁드릴게요. 안이…, 저희 딸애가 무서워해요."

하나코가 그렇게 말했지만, 요시타케는 들은 척도 하지 않았다. 통원버스는 계속 달렸다. 어디로 가는 길인지 도무지 알 수 없었다.

"제발요. 세워주세요."

요시타케는 아무런 반응 없이 앞을 보며 차를 운전했다. 하나코는 최악의 경우, 창문에서 뛰어내릴 각오를 해두었다. 안을 품에 안고 뛰어내릴 것이다. 등이 땅에 닿도록 떨어지면 안만은 구할 수 있을 것이다.

우선은 바깥에 있는 사람과, 가능하다면 카즈마와 연락하고 싶었다. 그는 우리가 통원버스에 갇힌 줄은 꿈에도 모를 것이다. 이 상황을 알리기 위해서는 스마트폰이 필요했다. 하나코의 가방은 발 언저리에 놓여 있었다.

하나코는 운전석 쪽을 바라보았다. 요시타케는 수시로 백미러를 확인하며 하나코의 상태를 주시했다. 그가 눈치채지 못하도록 가방에서 스마트폰을 꺼내야 했다. 신중하게 움직여야….

그때 하나코는 생각지도 못한 장면을 목격했다. 안이 스마트폰을 손에 들고 있는 것이 아닌가. 얘가 언제 이걸…. 재빠른 손놀림만큼은 하나코의 피를 이어받은 모양이었다. 하지만 지금은 감탄할 때가 아니었다. 하나코는 딸의 손에서 스마트폰을 가져다가 허벅지 밑에 감추었다.

"어디로 데려갈 생각이에요?"

하나코가 묻자, 요시타케가 핸들을 쥔 채 대답했다.

"안심해요. 따님에게 위해를 가할 생각은 없으니까."

'딸에게는' 위해를 가하지 않는다고 말했다. 바꿔 말하면 '나에게는' 위해를 가하겠다는 뜻인가. 할아버지에게 어느 정도 호신술을 배워둔 덕에 하나코는 상대가 남자여도 나름 잘 싸울 자신이 있었다. 하지만 상대가 무기를 갖고 있다면 그걸로 끝이었다. 권총이나 칼을 들이민다면, 하나코는 몸이 얼어붙고 말 것이다. 아무리 도둑질을 잘해도 그 분야에서는 다른 여자들과 큰 차이가 없었다.

갑자기 허벅지 밑에서 스마트폰 진동이 느껴졌다. 진동의 간격으로 보아 문자메시지가 온 듯했다. 하나코는 화면이 보이도록 스마트폰이 놓인 각도를 조정했다. 운전기사 요시타케에게 들키지 않도록 주의하며 화면에 표시된 문자메시지를 확인했다. 놀랍게도 아버지 타케루가 보낸 문자메시지였다. 그리고 그 내용은 더욱 놀라웠다. '통원버스에 주의'라고 쓰여 있었다.

심장이 세차게 뛰었다.

'아빠가 어딘가에 있어. 그리고 내가 처한 상황을 알고 있어.'

하나코는 요시타케를 보았다. 그는 지금 앞을 보며 운전하고 있었다. 하나코는 아버지에게 짧은 문자메시지를 보냈다. '어디야?'라고 보내자, 곧바로 읽음 표시가 떴다. 하나코는 이어서 '구해줘'라고 보냈다. 돌아온 답변은 '그래'였다.

아버지가 구해주러 올 것이다. 하지만 대체 어떻게? 버스는 계속 달리는 중이었다.

또 문자메시지가 왔다. '1분 후 충격에 대비해. 안을 지켜'라고 쓰여 있었다. 하나코는 그 문자메시지를 읽자마자 안전벨트를 맸다. 안에게도 안전벨트를 매주었지만, 몸이 작아서 벨트가 헐거웠다. 요시타케가 힐끔거리며 하나코를 쳐다보았지만, 거기에 신경 쓸 겨를이 없었다. 앞으로 30초.

손에 땀이 뱄다. 하나코는 운전석으로 눈길을 돌렸다. 아버지의 계획이 무엇인지는 알 수 없지만, 지금은 그를 믿을 수밖에 없다. 이제 15초.

속으로 숫자를 셌다. 그리고 5초가 남았을 때, 하나코는 옆에 있는 안을 위에서 감싸 안는 듯한 자세를 취했다. 그때 날카로운 소리와 함께 강한 충격이 덮쳐 왔다. 운전기사가 급브레이크를 밟은 것 같았다. 하나코는 필사적으로 안을 끌어안으며 충격으로부터 몸을 지켰다. 이윽고 버스가 완전히 멈췄다.

하나코는 쓰러진 상태에서 살짝 눈을 떴다. 깨진 앞 유리창 너머로 트럭 화물칸이 보였다. 아무래도 버스와 트럭이 충돌한 모양이었다. 운전석을 보자, 요시타케가 머리를 손으로 누르며 고통스럽게 얼굴을 찌푸리고 있었다.

"안, 괜찮아?"

하나코가 안에게 말을 걸었다. 안은 하나코를 올려다보며 고개를 끄덕였다. 당장이라도 울 것 같은 표정이었지만, 의식은 또렷해 보였다. 그때 앞쪽 문이 열리며 한 남자가 버스 안으로 들어왔다. 아버지 타케루였다. 전체적으로 검은 옷을 입고 있어 마치 그림자처럼 보였다. 타케루는 운전석에 있는 요시타케에게 달려들었다.

요시타케도 필사적으로 맞서 싸웠다. 팔심이 세다고 했던 말이 허풍은 아니었는지 요시타케는 만만치 않은 상대였다. 한참 엎치락뒤치락하다가 요시타케가 강한 팔심으로 타케루를 압도하기 시작했다. 하나코가 이대로면 아버지가 질지도 모르겠다고 생각한 순간이었다. 엄마 에츠코가 유려한 몸짓으로 문을 통과해 버스 안으로 들어왔다.

"실례 좀 할게요."

에츠코는 오른손에 든 전기충격기를 요시타케의 목에 갖다 댔다. 그는 경련을 일으키더니 그대로 쓰러져 움직이지 않았다.

"에츠코, 방해하면 어떻게 해? 내가 지금 딱 필살기를-."

"안, 괜찮아?" 타케루를 무시하며 에츠코가 달려왔다. 안을 끌어안고 볼을 비비며 말했다. "미안해, 안. 무서웠지?"

"할무니, 나 무섭지 않았어."

"어머, 안은 역시 대단하구나."

타케루가 요시타케의 손목에 수갑을 채웠다. 수갑 한쪽은 버스 좌석 밑에 채웠다. 하나코는 일어나서 아버지에게 다가갔다.

"아빠, 이 사람은 대체…."

"미안하다, 하나코. 우리 때문에 네가 이런 사건에 휘말렸구나."

"그게 무슨 말이야? 내가 왜…."

"여기서 길게 설명할 시간이 없다."

멀리서 경찰차 사이렌 소리가 들렸다. 그 소리는 점점 가까워졌다. 에츠코가 달려와 하나코에게 안을 맡기며 말했다.

"그럼 안녕, 하나코. 건강하게 지내렴."

"하나코, 너도 알겠지만," 타케루가 그렇게 운을 떼고는 말했다. “경찰에 우리 이야기는 하지 말아라. 그래, 지나가던 아저씨 아줌마가 도와줬다고 해라.”

“여보, 그건 아니죠. 지나가던 미남미녀가 도와줬다고 하렴, 하나코.”

“그래. 그게 좋겠다. 그럼 잘 지내라, 하나코.”

두 사람은 의기양양하게 버스에서 내렸다. 아무것도 모르는 안은 해맑게 손을 흔들며 할아버지와 할머니를 배웅했다. 두 사람은 대체 어떻게 이렇게 딱 맞는 타이밍에 나타나서 우리를 구해준 것일까. 도무지 알 수 없었다.

어디선가 핸드폰 벨 소리가 들렸다. 귀를 기울이니 운전석 근처에 누워 있는 요시타케 주변에서 소리가 들렸다. 하나코는 안을 좌석에 앉히고 움직이면 안 된다고 일렀다. 유리 파편이 사방에 흩어져 있었다. 안이 돌아다니기에는 위험했다.

하나코는 요시타케 쪽으로 다가갔다. 그때 버스 통로에 떨어진 핸드폰을 발견했다. 폴더폰이었다. 하나코가 그것을 집어 들자 벨 소리가 끊겼다.

요시타케의 핸드폰인 듯했다. 요시타케가 타케루와 싸우다가 실수로 흘린 모양이었다. 하나코가 핸드폰을 그대로 두고 돌아서려 한 순간, 다시 벨 소리가 울렸다. 화면을 보니 ‘레이’라는 글자가 떴다. 전화 발신자의 이름이었다.

하나코는 일반인인 자신이 전화를 받으면 안 된다는 사실을 알고 있었다. 하지만 한편으로는 전화를 받는 것이 좋을지도 모른다는 생각이 들었다. 저 운전기사는 어떤 범죄에 가담했음이 분명했다. 앞으로 진행될 수사를 고려하면 이 전화 발신자의 목소리를 들어놓는 것이 좋을 수도 있었다. 하나코는 도둑의 딸이지만 동시에 형사의 아내이기도 했다.

마음을 굳게 먹고 통화 버튼을 누른 하나코는 핸드폰을 귀에 댔다. 자신은 일절 소리를 내지 않고 상대의 목소리를 들을 심산이었다. 가능한 한 많은 정보를 이끌어 내야 했다.

아무 소리도 들리지 않았다. 상대도 입을 다물고 있는 듯했다. 하나코는 숨을 죽인 채 수화기 너머의 소리에 귀를 기울였다.

"…요시타케?"

여자 목소리였다. 목소리만으로는 청년인지 중년인지 구별할 수 없었다. 하지만 존칭도 없이 운전기사의 이름을 부르는 것으로 보아 전화를 건 사람이 요시타케보다 높은 위치에 있음을 알 수 있었다. 그러고 보니…. 하나코는 조금 전에 들은 이야기를 떠올렸다. 요시타케가 줄줄 늘어놓던 교도관 시절의 이야기였다. 그때는 어쩐지 소름이 끼쳐 한 귀로 흘려들었지만, '그 사람'이라는 인물이 이야기 속에 등장했던 기억이 났다. 혹시 이 전화를 건 사람이 '그 사람'인 것은 아닐까.

"요시타케?"

전화 발신자가 다시 운전기사의 이름을 불렀다. 하나코는 숨을 죽이고 핸드폰을 귀에 바짝 댔다. 자신의 심장 소리가 상대에게 들릴까 봐 걱정될 정도로 긴장되었다.

"혹시 하나코니?"

그 말을 들은 순간, 핸드폰을 떨어뜨릴 뻔했다.

'어떻게 나를…, 내 이름을 아는 거지?'

하나코는 주변을 살폈다. 어디선가 이 버스를 지켜보고 있는 것일까. 하나코는 가까운 좌석에 앉아 급하게 창문 커튼을 닫았다.

"하나코구나."

전화 발신자가 알겠다는 듯 말했다. 부정하고 싶었지만, 상대에게 목소리를 들려줄 수는 없었다. 여자가 이어서 말했다.

"요시타케가 이 전화를 받지 않는다는 건 계획이 실패했다는 뜻이구나. 모처럼 너를 만날 수 있을 줄 알고 기대했는데 아쉽다."

이 여자는 대체 누구일까. 이리저리 머리를 굴려 보았지만, 짚이는 바가 없었다. 아빠나 엄마의 지인인가?

"어쩔 수 없지. 다음에 만날 날을 기대할게. 그럼 그때 보자, 하나코."

전화가 끊겼다. 대체 누구일까. 어떻게 하나코를 아는 걸까. 깊은 혼란을 느끼며 하나코는 한동안 멍하니 앉아 있었다. 잠시 후 안이 "엄마!"라고 부르는 소리를 듣고서야 하나코는 비틀거리며 일어났다.

멀찍이 들리던 경찰차 사이렌 소리가 점점 가까워졌다.

★

길이 꽉 막혔다. 차는 조금도 움직일 기미가 없었다. 카즈마는 잠복용 차량을 그 자리에 세워둔 채 차에서 내리기로 했다. 뒤따라 오는 차에는 미안했지만, 지금은 다른 사람을 신경 쓸 여유가 없었다. 안전벨트를 풀며 조수석에 있는 미쿠모에게 말했다.

"미쿠모, 내리자."

"네. 선배님."

두 사람이 동시에 잠복용 차량에서 내렸다. 비는 거의 그쳤다. 멀리서 경찰차 사이렌 소리가 들렸다. 미쿠모가 도움을 요청한 무코지마 경찰서의 경찰차가 버스를 수색하는 모양이었다.

"앗, 아야. 죄송합니다."

미쿠모가 행인과 부딪쳤지만, 카즈마는 거기에 신경 쓸 겨를도 없었다. 앞쪽에 사람들이 모여 북적거렸다. 카즈마는 단숨에 거기까지 달려가 사람들을 헤치고 앞으로 나아갔다.

"죄송합니다. 지나갈게요. 비켜주세요."

사람들 사이를 빠져나오자 노란 통원버스가 보였다. 버스 앞에는 대형 트럭이 서 있었다. 버스 앞부분이 찌그러진 것을 보니 버스가 트럭의 화물칸을 들이받은 상황인 듯했다. 주변에는 흙먼지가 가득했다. 트럭 화물칸에 실려 있던 흙 일부가 아스팔트 위에 떨어져 있었다.

버스 앞문이 열려 있었다. 카즈마는 지체 없이 그쪽으로 달려갔다. 흙먼지 때문에 손수건으로 코를 막으며 버스 발판에 발을 디뎠다.

"하나코!"

그렇게 외쳤을 때, 운전석 앞에서 쓰러진 남성을 발견했다. 머리가 짧은 초로의 남성이었다. 이 남자가 이와나가 요시타케일까. 그런데 이상하게도 그는 의식이 없었고 오른손에는 수갑까지 차고 있었다. 수갑이 버스 좌석 밑에 걸려 있어 움직일 수도 없는 상태였다. 대체 누구의 짓일까. 나보다 먼저 도착한 경찰관이 있었다는 뜻인가.

"아빠!"

안의 목소리였다. 고개를 돌리자 안을 품에 안은 하나코가 버스 맨 뒷좌석에 서 있었다. 버스 안에 다른 사람은 없었다. 카즈마는 두 사람에게 달려갔다.

"괜찮아?"

안이 손을 뻗자 카즈마는 하나코에게서 딸을 받아 안았다. 두 사람 다 부상은 없는 듯했다. 카즈마는 하나코에게 재차 물었다.

"하나코, 괜찮아?"

"응. 멀쩡해." 하나코가 대답했다. "안도 괜찮을 거야. 충돌할 때 충격이 컸지만 잘 견뎠어. 그래도 일단 병원에 가보는 게 좋을 것 같아."

"당연히 그래야지. 바로 구급차가 올 거야."

다친 곳이 없다고는 하나, 활기차 보이는 안과 달리 하나코는 낯빛이 어두워 카즈마는 걱정이 되었다.

"하나코, 정말 괜찮아? 안색이 안 좋아."

"정말 괜찮아."

"무슨 일이 있었던 거야? 누가 구해줬어?"

"…아빠랑 엄마가."

하나코가 기어 들어가는 목소리로 말했다. 카즈마는 바로 상황을 이해했다. 그 두 사람이라면 이 정도 일쯤은 간단하게 끝냈을 것이다. 트럭을 충돌시켜 버스를 멈추는 난폭한 해결책은 그 두 사람이 아니면 생각해낼 수 없는 방법이었다.

"나는 버스가 충돌하면서 정신을 잃은 걸로 할게. 경찰이 물어보면 아무것도 기억나지 않는다고 할 거야."

"그, 그래. 그렇게 하자."

바깥이 소란스러워졌다. 무코지마 경찰서의 경찰차와 구급차가 도착한 듯했다. 버스와 트럭이 도로를 완전히 막는 바람에 현재 교통이 마비된 상태였다.

"선배님, 버스 안은 어떤가요?"

그 목소리와 함께 미쿠모가 버스에 올라탔다. 카즈마는 하나코에게 눈짓을 보냈다. 하나코의 부모님, 그러니까 타케루와 에츠코를 일절 언급하지 말라는 신호였다. 하나코는 눈짓의 의미를 이해했는지 고개를 끄덕였다. 미쿠모가 의식을 잃은 요시타케를 경계하며 버스 뒤쪽으로 걸어왔다.

"아, 하나코 언니. 괜찮으세요? 다친 곳은 없으신가요?"

두 사람은 안면이 있었다. 버스 납치 사건을 통해 서로 아는 사이가 되었다. 호죠 미쿠모는 어리고 흠잡을 데 없는 미인이었지만, 카즈마는 그런 후배와 파트너가 되었다는 이야기를 하나코에게 하지 않았다. 하나코의 눈에는 그녀가 어떻게 보일까. 카즈마는 조금 긴장했지만, 하나코는 그런 데에 질투를 느끼지 않는지 오히려 미쿠모를 반갑게 맞았다.

"네. 괜찮아요. 걱정 끼쳐서 미안해요."

"일단 버스에서 내리시죠. 병원에 가셔야 해요. 선배님, 밖에서 사람들에게 사건의 정황을 물어봤는데, 현장에서 정체불명의 2인조가 사라지는 모습을 목격한 사람이 있었습니다. 그들이 검은 옷을 입었다는 증언도 있었어요. 이건 그 두 사람 짓이겠죠? 대체 정체가 뭘까요?"

미쿠모가 고개를 갸웃거리며 요시타케로 보이는 남자를 바라보았다. 카즈마는 벌써 핵심 증언을 모아온 미쿠모를 보며 역시 대단하다는 생각을 하면서도, 대충 얼버무렸다.

"하나코는 아무것도 기억나지 않는대. 충돌할 때 충격이 커서 일시적으로 정신을 잃었나 봐. 다행히 외상은 없어 보이지만."

"큰일이네요. 정밀검사를 받으셔야겠어요. 하나코 언니, 당장

병원으로 가시죠."

"싫어. 병원 안 갈 거야."

칭얼대는 안에게 미쿠모가 말했다.

"안, 괜찮아. 우리 구급차 탈 수 있어. 원래 구급차는 아무나 못 타거든."

"구급차 말고 기차 타고 싶어."

"안, 고집부리면 안 돼."

카즈마는 세 사람이 이런저런 대화를 하며 버스에서 내리는 모습을 끝까지 지켜보았다. 그런 다음 다시 운전석으로 가서 쓰러진 이와나가 요시타케의 상태를 확인했다.

그는 완전히 정신을 잃은 채 입에서 침을 흘리고 있었다. 아주 호되게 당한 듯했다. 둔기로 맞았거나, 어쩌면 전기충격기를 맞았을지도 모르겠다. 어쨌든 그는 눈을 뜬 뒤에 철저한 심문을 받게 될 예정이었다.

버스 통로에 핸드폰이 떨어져 있었다. 검은 폴더형 핸드폰이었다. 요시타케의 물건일까. 소중한 증거품이니 함부로 다룰 수는 없었다. 손수건으로 핸드폰을 주워 버스 좌석 뒤 그물망에 있던 비닐봉지 안에 집어넣었다. 비닐 너머로 버튼을 눌러 통화내역을 확인해보니, 몇 분 전에 '레이'라는 사람과 통화한 내역이 있었다.

레이. 상황상 이 사람이 이와나가 레이코일 것 같았다. 그녀를 가석방시키기 위해 요시타케는 온갖 범죄를 저질렀다. 카즈마는 시험 삼아 재다이얼로 전화를 걸어보았다.

핸드폰을 귀에 댔다. 아무리 기다려도 상대는 전화를 받지 않았다.

카즈마는 밤 1시가 지나서야 무코지마 경찰서에서 나왔다. 그 옆에는 호죠 미쿠모도 있었다. 두 사람은 오늘 하루 동안 여러 차례 경찰 조사를 받고 경찰청과 무코지마 경찰서를 왕래해야 했다. 이와나가 요시타케가 통원버스 안에서 습격을 당한 사건과 더불어, 후츄시 경찰대학교 주차장에서 형사부장의 공무용 차량이 폭발한 사건도 있어 오늘도-날짜가 바뀌어 이제 어제이지만-정신없이 바쁜 하루였다.

"미쿠모, 같이 맥주라도 마실래?"

카즈마가 미쿠모에게 말하자, 그녀가 물었다.

"가족분들은 괜찮으십니까?"

"아까 문자메시지가 왔어. 하나코와 안, 둘 다 이상 없대. 지금은 자고 있을 거야."

"알겠습니다. 한잔하시죠. 어차피 지금 기숙사에 가도 잠만 잘 테니까요."

바에 들어갔다. 앉을 수 있는 자리라고는 테이블 하나와 카운터석뿐인 작은 가게였다. 마침 테이블이 비어 있어 거기에 앉았다. 맥주와 감자튀김을 주문했다. 맥주가 나오자 카즈마와 미쿠모는 건배를 했다.

"일단 건배. 앞으로 검증 작업만 남았네. 이제 사건의 정황이 어디까지 밝혀질지가 관건이야."

"그러게요. 레이코는 어디로 간 걸까요? 얼른 잡히면 좋겠는데."

요시타케는 공무용 차량을 폭파한 혐의로 체포되었고, 앞으로 다른 죄목도 추가될 예정이었다. 경찰은 그가 살던 단기임대 아파트의 위치를 알아내 내부 수색을 끝냈지만, 거기에 레이코는 없었다. 그녀의 행방을 찾는 수사는 앞으로도 계속될 것이다.

"키시마 장관은 처벌받지 않는 건가요?"

미쿠모가 묻자, 카즈마가 대답했다.

"아마도. 현직 법무부 장관이 뒷거래를 한 사실이 알려지면 일이 복잡해질 테니까. 아마 이대로 흐지부지되겠지."

"흠…. 국가권력은 참 대단하군요."

일련의 사건들은 이와나가 요시타케가 부인 이와나가 레이코를 출소시키기 위해 꾸민 일이었다. 그리고 30년 전 레이코를 심문한 전직 검사와 그녀를 체포한 경찰관에게 복수하려는 의도도 있었다.

"조금 전에 후츄 경찰서 담당자에게 들었는데, 요시타케가 공무용 차량을 폭파했다고 인정했대. 늦어도 내일 중에는 경찰청으로 이송될 거야."

"하지만 심문이 쉽지 않을 것 같아요."

"그러게."

요시타케는 현재 후츄 경찰서에 있다. 내일이 되면 경찰청으로 이송되어 그가 다른 사건에도 관여했는지 확인하는 심문이 시작될 테지만, 그렇다고 키시마 장관과 거래한 사실을 술술 털어놓게 할 수도 없었다. 어디서부터 어디까지 파고들어야 할지 그 기준을 정하기가 어려워질 듯했다.

"선배님, 두 번째 잔은 뭘로 하시겠어요?"

맥주잔이 어느새 비어 있었다. 카즈마는 마침 감자튀김이 나오는 것을 보고 다시 맥주를 시켰다. 미쿠모는 칵테일을 주문했다. 그녀는 술이 센지 취한 기색을 찾아볼 수 없었다.

"미쿠모, 이번 사건을 어떻게 생각해? 명탐정 호쵸 소타로의 딸이 어떻게 생각하는지 궁금하다."

"글쎄요." 미쿠모가 턱에 손을 대며 말했다. "세 가지 의문점이 있어요. 아직 풀리지 않은 수수께끼라고나 할까요? 첫 번째는 현장에 남아 있던 정체불명의 문자예요. 선배님, 생각나시나요?"

"생각나지. 알파벳 L 말이지?"

법무부 관료 시마자키 토오루와 전직 검사 야나기사와 토모노리가 각각 자택에서 살해당한 사건이었다. 두 사건 모두 요시타케가 관여한 듯했고, 두 현장에 똑같이 알파벳 L이 남아 있었다. 시마자키 토오루가 살해된 현장에서는 컴퓨터 문서작성 프로그램 안에, 야나기사와 토모노리가 살해된 현장에서는 스마트폰 문자메시지 작성 화면에 L이라는 글자가 남아 있었다.

"둘 다 우연은 아니에요. 처음에는 요시타케의 부인 레이코의 이니셜일 가능성도 생각해봤지만, 그렇다면 L이 아니라 R이었을 거예요."

"요시타케가 착각했을지도 모르지. 레이코의 앞글자가 R이 아니라 L인 걸로."

"어쩌면 그랬을지도 모르죠."

사실 카즈마는 의심되는 부분이 있었다. L이라는 이니셜을 보면 가장 먼저 떠오르는 것은 하나코의 본가인 미쿠모 가문이었다. L의 일족이라고 불리는 그들은 범죄사회에서 유명한 도둑 일가였다. 지금까지는 설마 했지만, 오늘 하나코와 안을 구출한 사람이 장인과 장모였음을 알게 되자, 어떤 형태로든 이 사건의 배후에 미쿠모 가문이 있는 것은 아닐까 하는 의심이 싹텄다. 하지만 그 의심을 누구에게도 말할 수 없어 그저 가슴 속에 담아둘 생각이었다. 미쿠모 가문의 정체를 세상에 알릴 수는 없다.

"그렇구나. 두 번째는?"

"두 번째 의문점은 이와나가 레이코라는 여자예요."

그때 술이 나왔다. 카즈마는 감자튀김을 먹으며 두 번째 잔을 마셨다. 미쿠모는 푸르스름한 칵테일을 한 모금 마시고는 입을 열었다.

"그 여자는 어떤 인물일까요? 그걸 알 수 없는 게 이상해요. 요시타케를 미치게 만든 사람은 틀림없이 그 여자예요. 게다가 가석방된 후에 그 여자를 본 사람이 아무도 없어요. 이대로 영영 잡히지 않을지도 모른다는 불안한 예감까지 듭니다."

무슨 말인지 알 것 같았다. 평범하던 교도관이 자신의 인생을 바쳐 출소시키려 한 여자. 프로필도 있고 얼굴 사진도 있지만, 왠지 모르게 섬뜩한 존재로 느껴졌다.

"마지막으로 세 번째는 선배님과도 조금 관련이 있는데, 오늘 사건이에요. 요시타케는 왜 하필 하나코 언니와 안을 버스에 태웠을까요? 그게 세 번째 의문점이에요."

"나도 생각해봤어." 카즈마가 솔직하게 말했다. "어린이집 선생님의 얘기에 따르면 요시타케는 우산이 없는 하나코와 안을 집에 데려다주겠다고 했다잖아. 어쩌면 다른 의도가 없었을지도 몰라. 곤경에 빠진 두 사람을 순수하게 도와주려던 건 아닐까?"

"그렇게 생각하기에는 버스가 발견된 장소가 이상하지 않나요? 선배님의 집과는 전혀 다른 방향이었어요."

"맞아. 그랬지."

안을 데리러 간 하나코는 실제로 우산이 없어 난처했을 것이다. 그때 지나가던 요시타케가 집에 데려다주겠다고 제안하자, 하나코는 그의 호의를 받아들여 버스에 탔을 것이다. 문제는 거기서부터였다. 대체 버스 안에서 무슨 일이 일어난 것일까.

"아무튼 오늘 밤은 늦었으니까 내일부터 본격적으로 조사가 시작될 거야. 그러면 새로운 정보도 나오겠지."

"선배님, 상당히 낙천적이시군요."

"하나코한테도 그런 말 자주 들어. 너는 역시 21세기 홈즈의 딸답네. 벌써 어엿한 형사가 됐어. 내가 수사1과에 발령받았을 때는…."

"앗, 안 돼."

미쿠모는 손이 미끄러졌는지 테이블 위에 유리잔을 엎었다. 다행히 유리잔은 깨지지 않았지만, 안에 든 칵테일이 쏟아져 미쿠모의 무릎을 적시고 말았다. 그 모습을 본 카즈마는 실소를 터뜨렸다. 이래서야 매일 바지를 빨아야겠구나.

카즈마는 물티슈를 더 달라고 하려고 점원을 향해 손을 들었다.

★

오늘은 오랜만에 찾아온 휴일이었다. 미쿠모는 동네 빵집에서 점심을 사기 위해 기숙사 근처 거리를 걸었다. 그때 뒤에서 미쿠모를 부르는 목소리가 들렸다.

"아가씨, 점심 사러 가시나요?"

"아, 사루히코. 마침 잘 만났다. 나 빵집에 가는 길인데, 같이 갈래?"

"저야 영광이지요."

미쿠모는 사루히코와 나란히 걸었다. 날이 맑아서 기분이 상쾌했다. 사루히코가 함께 있으니 가게에 자리를 잡고 앉아 빵을 먹어도 좋을 것 같았다.

"아가씨, 지난번에 말씀하신 사건은 진전이 있습니까?"

이와나가 요시타케 사건을 말하는 것이었다. 그가 체포된 지는 사흘이 지났지만, 큰 진전은 없었다. 요시타케는 경찰대학교에서 공무용 차량을 폭파한 범행만 인정했고, 다른 사건에는 관여하지 않았다고 주장했다. 그의 부인 레이코의 행방도 여전히 묘연했다.

하지만 진전이 없지는 않았다. 법무부 관료 시마자키 토오루가 살해당한 현장에서 범인의 것으로 보이는 발자국이 나왔고, 그것이 요시타케의 발자국이라는 분석도 나왔다. 덕분에 그가 시마자키 토오루 살인사건의 범인이라는 가설이 갑자기 힘을 얻었다.

이를 설명하자, 사루히코는 고개를 끄덕였다.

"그렇군요. 지금 아가씨는 어떤 사건을 맡고 계십니까?"

"그저께 시부야에서 자산가 부부가 살해당했거든. 그 사건을 수사하고 있어."

사실 어제 시부야 경찰서에 수사본부가 설치된 참이었다. 오늘도 수사에 참여하고 싶었지만, 마츠나가 반장이 미쿠모에게 쉬라는 명령을 내렸다. 요시타케 사건 때문에 매일 밤늦게까지 수사를 했으니 오늘 하루만은 푹 쉬라는 지시였다. 카즈마도 오늘은 쉬고 있을 것이다.

"그 사건의 범인으로 추정되는 인물이 있습니까?"

"응. 지금 아들이 행방불명이거든. 수사본부는 그 사람이 범인일 가능성이 크다고 보고 있어. 나도 그렇게 생각하고."

빵집에 도착했다. 점심때라 가게 안에 사람이 많았다. 사루히코와 함께 있으니 빵을 잔뜩 샀다. 남은 빵은 집에 가져가면 된다. 가게 안에는 앉아서 먹을 수 있는 자리도 마련되어 있었다. 미쿠모는 사루히코와 함께 빈 테이블 앞에 앉았다. 이곳의 손님들은 주로 동네 주부들이라 젊은 여자와 노인이 함께 앉은 모습이 튀어 보였지만, 두 사람은 주변의 시선이 익숙한 듯 개의치 않고 자리를 잡았다. 미쿠모는 카페오레를, 사루히코는 아메리카노를 주문한 다음 방금 산 빵을 함께 먹었다.

"아가씨, 그 행방불명된 아들을 제가 조사해봐도 될까요?"

"응. 고마워."

역시 갓 구운 빵은 맛있었다. 한동안 빵을 먹는 데 집중했다. 사루히코도 만족스러운 표정으로 빵을 먹었다.

형사가 되고 나서 무엇이 가장 신기했냐고 묻는다면, 미쿠모는 식사 속도라고 대답할 것이다. 형사들은 단 몇 분 만에 음식을 먹어치웠다. 형사의 세계에는 천천히 음식을 즐긴다는 개념이 없는지, 식사는 빨리 해치우면 장땡이라는 분위기가 지배적이었다. 그래서 길거리 음식으로 끼니를 때우기 일쑤였고, 운이 좋으면 분식집에서 라면을 먹었다. 우아하게 빵을 먹을 일은 절대 없었다.

"그런데 사루히코, 나한테 볼일이 있는 거 아니었어?"

사루히코가 먹던 빵을 내려놓았다. 오늘은 맞선 사진을 가져오지 않은 것 같았다. 사루히코는 주머니에 손을 넣더니 작은 종이봉투를 꺼냈다. 그것을 미쿠모에게 내밀며 말했다.

"사모님께서 보내신 겁니다."

"엄마가? 이게 뭔데?"

"키후네신사에서 산 점괘입니다."

"엄마도 참…."

교토에 있는 키후네신사는 인연을 맺어주는 3대 신사로 불리는 곳이었다. 예로부터 인연을 맺는 데 효험이 있는 곳이라는 평을 받으며 많은 이들의 발길을 끌었다. 하지만 키후네신사가 모시는 신은 물을 관장하는 용신이지, 연애의 신이 아니었다. 키후네신사 부지 구석에 있는 유이노야시로라는 곳이야말로 인연을 맺어주는 신사였고, 헤이안 시대에 문인 이즈미시키부가 그곳에서 참배를 드렸다는 설도 있었다. 교토에서 자란 미쿠모는 당연히 알고 있는 정보였다.

"그런데 사루히코, 이런 점괘는 직접 사야 효력이 있는 거 아니야?"

"글쎄요. 점괘를 구매한 순간이 아니라 점괘 내용을 확인한 순간에 점괘의 효력이 발생한다고 볼 수도 있겠지요. 사모님도 내용은 확인하지 않았다고 하셨습니다."

점괘 내용이 궁금했던 미쿠모는 저도 모르게 봉투를 열었다. 봉투 안에 든 점괘 종이는 단단히 밀봉된 상태였다. 미쿠모는 봉인을 뜯어서 점괘를 확인했다.

대길(大吉)이었다. 직접 산 점괘가 아닌데도 이상하게 기분이 좋았다. 점괘의 세부 항목에도 전부 좋은 내용뿐이었다. 소원은 '바라는 대로 이루어진다', 잃어버린 물건은 '찾는다'고 쓰여 있었다. 기다리던 사람은 '머지않아 반드시 온다', 연애는 '끝까지 사랑할 것'이라고 적혀 있었다. 대길 자체는 좋았지만, 이 내용은 조금 쑥스러웠다.

"아가씨, 왜 그러십니까?"

사루히코가 묻자, 미쿠모가 점괘 종이를 접어서 봉투 속에 집어넣으며 말했다.

"아무것도 아니야. 사루히코, 이 애플파이 반 나눠 먹을래?"

"네. 원하는 대로 하시지요."

미쿠모는 애플파이를 집어 들었다. 그것을 반으로 나누면서 점괘 내용을 머릿속에서 지우려 노력했다.

'나는 형사야. 내일부터는 한가롭게 애플파이나 먹을 여유가 없어. 탐문 수사와 길거리 음식의 나날이 나를 기다리고 있단 말이야.'

★

하나코의 일이 끝났을 때, 카즈마에게서 문자메시지가 왔다.

오늘 갑자기 쉬게 되었으니 자신이 어린이집에 가서 안을 데려오겠다는 내용이었다.

하나코가 일을 마무리하고 서점에서 나와 보니, 화려한 스포츠카 한 대가 길가에 서 있었다. 스포츠카 운전석에 앉은 남자를 보고 하나코는 작게 한숨을 쉬었다. 안 그래도 슬슬 나타날 때가 되었다고 생각했다. 하나코가 스포츠카로 다가가자, 조수석 문이 열렸다. 운전석에 앉은 타케루가 말했다.

"타라. 바래다줄게."

하나코는 조수석에 앉으며 아버지에게 말했다.

"우리 이제 아무 상관도 없는 거 아니었어?"

"오늘은 특별히 예외야."

스포츠카가 출발했다. 아마 이 차는 다른 사람의 물건일 것이다. 그 증거로 차 안에서 희미하게 궐련 담배 냄새가 났다. 타케루는 시가만 피우고 궐련 담배는 일절 피우지 않는 사람이었다.

"저번에 구해줘서 고마웠어요. 안도 무사해."

"그것참 다행이구나."

사흘 전 일이었다. 하나코는 어린이집 통원버스를 탔다가 이와나가 요시타케라는 남자에게 납치당할 뻔했다. 경찰 조사에서 그때 겪은 일을 거의 다 말했지만, 두 가지 사실만은 말하지 않았다. 자신을 구해준 사람이 부모님이었다는 것과 요시타케의 핸드폰으로 모르는 여자와 대화했다는 것이었다. 요시타케의 핸드폰에 전화를 건 여자는 하나코를 알고 있었다. 그 여자는 과연 누구였을까. 지난 사흘 동안 줄곧 생각했지만, 짚이는 바가 전혀 없었다.

"아빠, 레이가 누구야?"

하나코가 물었지만, 타케루는 대답하지 않았다. 잠시 후 스포츠카가 속도를 줄이더니 가까운 대형백화점 주차장으로 들어섰다. 빈자리에 차를 세운 타케루가 무겁게 입을 열었다.

"너는 이제 미쿠모 가문 사람이 아니다. 사쿠라바 가문 사람이야. 그러니까 그런 건 몰라도 돼."

"알아야겠어. 사흘 전 버스 안에서 이와나가 요시타케라는 운전기사의 핸드폰으로 전화가 걸려왔어. 상대는 여자였고. 그 사람이 나를 알고 있었어. 내 이름을 확실히 불렀단 말이야."

타케루가 크게 한숨을 쉬었다. 비통하기 그지없는 표정이었다. 하나코는 그런 표정을 지은 아버지를 처음 보았다.

"사실은 말이다, 하나코. 나한테는 세 살 많은 누나가 있다."

"거짓말. 그런 얘기는 한 번도…."

"일단 들어. 나한테는 정말 누나가 있어." 타케루가 과거를 회상하는 눈빛으로 이야기를 시작했다. "우리 누님은 대단한 여자였다. 아버지가 나를 본체만체하며 누님만 예뻐할 정도였어. 나도 그런 편애를 이해할 수밖에 없었어. 누님의 재능이 얼마나 뛰어난지 알았으니까."

타케루의 누나는 오랜 역사를 간직한 미쿠모 가문 안에서도 최고의 재능을 지녔다는 평가를 받았다. 수려한 외모에 명석한 두뇌, 냉철한 통찰력. 도둑에게 필요한 자질을 모두 갖춘 사람이었다. 집안의 어른인 미쿠모 이와오도 그녀의 재능을 칭찬해 마지않았다.

"누님은 열두 살 때 혼자 미국에 갔다. 겨우 열두 살 때, 그것도 무일푼으로 말이다. 거기서 도둑질을 하면서 영어를 배웠고 각지를 관광하며 돌아다녔어. 그리고 5년 후에는 비행기 일등석을 타고 귀국했지. 그 정도로 배짱이 두둑한 여자였다."

하지만 어디서부터 잘못된 것인지, 그녀는 다른 미쿠모 가문 사람들과 결정적으로 한 가지가 달랐다. 바로 범죄에 대한 사고방식이었다. 그녀는 목적을 달성하기 위해서는 수단과 방법을 가리지 말아야 한다고 생각했다.

"일본으로 돌아온 누님은 미국에서 쌓은 인맥을 활용해 불법약물을 밀매하기 시작했어. 그것 자체가 미쿠모 가문의 철칙에 어긋나는 행동이었지만, 아버지는 묵인할 수밖에 없었다. 사랑스러운 딸이 하는 일이었으니까. 누님이 시작한 약물 사업은 금방 번창했지만, 원래 그 바닥을 쥐고 있던 녀석들은 새로운 경쟁자를 달갑게 여기지 않았다."

불법 조직을 말하는 것이리라. 당연히 세력 싸움이 일어났다. 그때도 그녀는 뛰어난 행동력을 발휘했다. 먹히지 않으려면 먼저 쳐야 한다고 생각했는지, 상대편 리더의 집에 침입해 그 남자를 살해했다.

"누님은 목적을 위해서라면 살인도 불사해야 한다고 생각했지. 너도 알다시피 우리 미쿠모 가문은 살인을 금기하잖냐. 그 사건을 계기로 아버지는 누님과 의절했다. 사실 늦은 감이 없지 않았어. 아버지는 지금도 누님이 약물에 손을 댔을 때 연을 끊었어야 했다고 후회하신다."

한마디로 부끄러운 과거였다. 미쿠모 가문에 그렇게 어두운 역사가 있는 줄 몰랐던 하나코는 그 이야기를 쉽사리 믿을 수 없었다. 그래서 얼떨떨한 기분으로 타케루에게 물었다.

"그 사람은 지금 어떻게 됐어?"

"누님도 운이 다했는지 30년 전에 경찰에 잡혔어. 도주하면서 경찰관을 쏘는 바람에 무기징역을 선고받고 토치기 교도소에 들어갔지. 우리는 누님이 영영 감방에서 못 나올 줄 알고 안심했다. 우리가 순진했지. 올해로 복역한 지 딱 30년이라 가석방 권리가 생겼나 보더라. 지금은 벌써 자유의 몸이 된 모양이고. 하나코, 네가 얼마 전에 겪은 버스 납치 사건도 사실 누님이 연관된 것 같다. 그 사건도 누님이 세상 밖으로 나오려고 계획한 거였어."

"그럼 이와나가 요시타케라는 사람도…."

"맞아. 그 남자는 전직 교도관이야. 교도소에서 누님을 만나 서서히 세뇌당한 거야. 누님에게 그 정도는 식은 죽 먹기거든."

버스를 운전하며 이야기를 늘어놓던 요시타케의 모습이 지금도 선명하게 떠올랐다. 정말 세뇌당한 사람 같은 느낌이 있었다. 그 정도로 그는 광기에 차 있었다.

"누님의 이름은 이와나가 레이코다. 30년 전 체포됐을 당시에는 이름이 마미야 레이코였지만, 사실 그건 누님이 돈을 주고 산 호적의 이름이야. 본명은 미쿠모 레이. 하나코, 너한테는 고모 되는 사람이다."

"미쿠모…, 레이…."

실감이 나지 않았다. 도둑 일가에서 태어나 어렸을 때부터 가족들의 비상식적인 언행에 휘둘리며 살아왔다. 그 덕분에 웬만한 일에는 충격을 받지 않을 자신이 있었지만, 사실은 고모가 있었고 그 고모가 망설임 없이 사람을 죽이는 범죄자라는 이야기를 듣자, 하나코는 충격을 감출 수 없었다.

"너한테는 말하고 싶지 않았다." 타케루가 이어서 말했다. "누님은 까다로운 여자야. 게다가 천재 범죄자다. 왜 너를 데려가려고 했는지도 의문이야. 네가 그 버스를 탄 것도 우연은 아니겠지. 누님에게 너는 조카니까."

그때 수화기 너머로 말하던 여자의 목소리가 떠올랐다. 다정한 목소리였다.

"애초에 누님의 능력이면 더 쉽게 감방에서 나올 수 있었을 거야. 그런데 굳이 네가 탄 버스를 납치했지. 누님에게 범죄는 놀이에 가까운 것 같다. 앞으로도 어떤 장난을 칠지 몰라. 나도 전력을 다해 우리 가족을 지킬 생각이지만, 일단 카즈마에게도 지금 상황을 알려줘라."

문득 어떤 기억이 떠올랐다. 몇 주 전, 츠키시마에 있는 할아버지 집을 방문했을 때였다. 우연히 들어간 방에서 빛바랜 낡은 그림책을 발견했다. 그 그림책 뒤에 '레이'라는 이름이 적혀 있었다. 지금 생각해 보니 그건 고모인 미쿠모 레이의 그림책이었다.

"너한테는 미안하다. 당분간은 우리도 얌전히 지낼 생각이야. 너도 카즈마, 안과 함께 셋이서 행복하게 지내야 한다, 하나코."

얼마 전, 타케루는 갑자기 카즈마의 본가를 찾아가 앞으로 사쿠라바 가문과 교류하지 않겠다고 선언했다. 어쩌면 그것도 미쿠모 레이라는 수감자의 출소와 관련이 있을지도 모른다. 아니, 틀림없이 관련이 있을 것이다. 혹시나 사쿠라바 가문에 불똥이 튈까 봐 미리 관계를 정리한 것이었다.

"아빠, 설마…."

타케루가 시동을 걸더니 차를 출발시켰다. 스포츠카가 날카로운 엔진 소리를 내며 비탈길을 내려갔다. 타케루의 표정이 전에 없이 진지해서 하나코는 더 이상 아무 말도 할 수 없었다.

★

"사루히코, 그거 확실한 정보지?"

확인차 다시 묻자, 수화기 너머로 사루히코가 대답했다.

"네. 틀림없습니다. 정확한 정보입니다. 이 정보를 활용하든 매장하든 아가씨가 원하는 대로 하십시오."

"고마워. 나중에 밥이라도 살게."

미쿠모는 전화를 끊었다. 스마트폰을 한 손에 든 채 수사본부가 설치된 시부야 경찰서 회의실로 달려갔다. 눈으로 카즈마를 찾았다. 카즈마는 회의실 구석에 놓인 화이트보드 앞에 서 있었다. 화이트보드에는 현장 주변의 주택 지도가 붙어 있었고, 카즈마는 다른 수사관들과 의견을 교환하고 있었다.

미쿠모는 곧장 카즈마에게 다가갔다.

"선배님."

그 목소리에 뒤를 돌아본 카즈마에게 말했다.

"행방불명된 아들이 최근에 가깝게 지내던 접대부가 있었다고 합니다. 나카노역 근처 유흥업소에서 일하는 22세 여성이고, 그 여자의 집은 코엔지에 있어요."

미쿠모가 말하는 사건은 시부야 히로에서 자산가 부부가 살해당한 사건이었다. 자취를 감춘 외아들을 범인으로 보고 수사관들이 그의 행방을 쫓는 중이었다. 사건이 발생한 지 닷새가 지났지만, 여전히 아들의 흔적은 찾을 수 없었다.

"그 여자의 주소도 입수했어요. 조사해볼 가치가 있을 것 같습니다."

"가깝게 지내던 접대부? 처음 듣는 정보네. 미쿠모, 어떻게 그런 걸 찾아냈어?"

"어떤 제보자가 제공한 정보입니다."

"전에 말한 그 정보원이야? 대단하다, 그 사람. 언제 한번 얼굴 좀 보고 싶은걸."

카즈마가 그렇게 말하며 걸음을 옮겼다. 미쿠모도 카즈마 옆에서 나란히 걸었다. 회의실에 있는 수사관들이 두 사람 쪽을 힐끔거리며 쳐다봤다. 경찰학교에서 나오자마자 수사1과에 배속된 여형사가 있다는 이야기가 시부야 경찰서에서도 화제가 된 모양이었다.

두 사람은 시부야 경찰서에서 나왔다. 경찰서 건물 바로 앞에 시부야역이 있어 지나다니는 사람이 많았다. 시부야라는 지역의 특성 때문인지 특히 젊은 남녀가 많았다. 그 사람들 틈에서 한 남자가 이쪽을 향해 다가왔다. 검은 재킷을 입은 30대 남자였다. 남자는 가냘프고 중성적인 분위기를 풍겼다.

"카즈마."

남자는 카즈마를 향해 걸어왔다. 카즈마가 남자를 발견하고는 "안녕하세요." 하면서 손을 들어 인사했다. 아무래도 두 사람은 아는 사이인 듯했다.

"갑자기 와서 미안해." 남자가 고개를 숙였다. 쑥스러움을 많이 타는 성격인지 눈동자가 자꾸만 흔들렸다. 다른 사람과 눈을 맞추지 못하는 성격인 듯했다. "여기 있다는 얘기를 들었거든. 일하는 데 내가 방해했나?"

"괜찮아요. 그보다 무슨 일이세요?"

"아, 그게 사실은…."

미쿠모는 이상한 변화를 느꼈다. 갑자기 심장이 쿵쾅거렸다. 눈에 비친 모든 것들이, 이 세상이 눈부시게 빛나 보였다. 내가 왜 이러지? 설마 이건….

"내가 안의 생일을 잊어버려서…. 이거, 안한테 전해줘."

남자가 손에 든 종이봉투를 내밀었다. 카즈마는 그것을 송구하다는 듯 받아들었다.

"마음 써주셔서 감사합니다."

빠바바밤. 미쿠모의 머릿속에서 화려한 파이프 오르간 소리가 울려 퍼졌다. 멘델스존의 '한여름 밤의 꿈' 중 한 곡이었다. 흔히들 결혼행진곡이라고 말하는 그 곡이었다.

만나면 알 수 있을 것이다. 줄곧 그렇게 생각했다. 이 정도 관찰력과 직감이면 틀림없이 처음 만난 순간에 자신의 배우자를 알아볼 수 있으리라 믿었다. 그리고 지금, 미쿠모는 확신했다.

'틀림없어. 이 사람이 내 배우자야. 나는 이 사람과 결혼하게 될 거야.'

키후네신사의 점괘 내용이 떠올랐다. 그 점괘에는 기다리던 사람이 '머지않아 반드시 온다'고 쓰여 있었다. 정말로 왔다. 그토록 기다리던 사람이 마침내 오늘….

"그럼 난 갈게."

"감사합니다."

남자가 떠나갔다. 시종일관 주눅 들어 보이던 그는 한 번도 미쿠모와 눈을 맞추지 않았다. 부끄럼쟁이였다. 북적이는 사람들 틈에 섞여 사라지는 남자의 등을 눈으로 쫓으며 미쿠모가 카즈마에게 물었다.

"선배님, 방금 저분 누구예요?"

"아, 저 사람? 저 사람은 와, 와…."

"와?"

"아, 아니, 그게 아니라 케, 케빈이야. 케빈 타나카야."

"케빈이요? 혼혈 같지는 않았는데요."

케빈의 모습은 이미 사라지고 없었다. 하지만 미쿠모는 확신했다. 머지않아 다시 만날 날이 올 것이다.

'누가 뭐래도 그 사람은 내 운명의 상대니까.'

미쿠모는 이제 막 초일류 형사의 길에 들어섰다. 그러니 끊임없이 사건을 해결해나가야 했다. 그리고 오늘, 평생의 반려가 될 남자를 처음 만났다. 미쿠모는 오늘을 평생 잊지 않으리라 다짐했다.

"미쿠모, 뭐해? 두고 간다."

정신을 차리고 보니 미쿠모는 길거리에 우두커니 서 있는 상태였다. 얼른 카즈마의 뒤를 쫓다가 앞에서 걸어오던 행인과 부딪치고 말았다.

"아야! 아, 죄송합니다."

미쿠모는 고개를 꾸벅 숙이고는 선배 형사를 쫓아 가벼운 발걸음을 옮겼다.

옮긴이 권하영

한국외국어대학교 일본어통번역학과를 졸업하고, 이화여자대학교 통역번역대학원에서 한일번역을 전공하였다. 번역작으로《루팡의 딸3》,《전남친의 유언장》등이 있다.

초판 2022년 8월 8일 8쇄
저자 요코제키 다이
옮긴이 권하영
ISBN 979-11-90157-34-6 03830

출판사 도서출판 북플라자
주소 서울시 강남구 논현동 118-13 5층
홈페이지 www.bookplaza.co.kr

영화 판권, 오탈자 제보 등 기타 문의사항은 book.plaza@hanmail.net으로 보내주세요.
잘못된 책은 구입하신 서점에서 교환해 드립니다.